HARALD SCHNEIDER
Pfälzer Eisfeuer

TODSCHICK Als bei einer Weinprobe der LandFrauen in Landau-Mörzheim ein Feuer ausbricht, wird Kommissar Palzkis Chef schwer verletzt. In der abgebrannten Scheune wird ein toter Außenprüfer des Finanzamtes entdeckt, der gerade die Bücher des Weinguts prüfte. Einen Tag später brennt in Zeiskam beim Hofladen der Familie Schick eine weitere Scheune ab. Palzki erkennt, dass die alte Salat-Züchtung Eiskraut, die der LandFrauenverband wiederbeleben will, das verbindende Element ist. Nach einem brutalen Attentat auf Palzki kommt ihm die Erkenntnis, dass die scheinbar heile Welt der LandFrauen voller Intrigen und Lügen ist. Kurz darauf wird eine tote LandFrau im Kräutergarten auf der Burg Lichtenberg bei Kusel gefunden. Bei einem Pressegespräch der LandFrauen in Kaiserslautern, bei dem der neue Likör »Pfälzer Eisfeuer« vorgestellt wird, entdeckt Palzki wichtige Ansatzpunkte für seine Ermittlungen. Unter widrigen Umständen versucht er schließlich bei einer Versammlung der LandFrauen in Rockenhausen am Donnersberg den Täter zu entlarven.

Harald Schneider, 1962 in Speyer geboren, wohnt in Schifferstadt und arbeitete 20 Jahre lang als Betriebswirt in einem Medienkonzern. Seine Schriftstellerkarriere begann während des Studiums mit Kurzkrimis für die Regenbogenpresse. Der Vater von vier Kindern veröffentlichte mehrere Kinderbuchserien. Seit 2008 hat er in der Metropolregion Rhein-Neckar-Pfalz den skurrilen Kommissar Reiner Palzki etabliert, der, neben seinem mittlerweile 21. Fall »Ordentlich gemordet«, in zahlreichen Ratekrimis in der Tageszeitung Rheinpfalz und verschiedenen Kundenmagazinen ermittelt. Schneider erreichte bei der Wahl zum Lieblingsautor der Pfälzer den 3. Platz nach Sebastian Fitzek und Rafik Schami.

HARALD SCHNEIDER
Pfälzer Eisfeuer

KRIMINALROMAN

GMEINER

*Personen und Handlung sind frei erfunden.
Ähnlichkeiten mit lebenden oder toten Personen
sind rein zufällig und nicht beabsichtigt.*

Immer informiert

Spannung pur – mit unserem Newsletter informieren wir Sie
regelmäßig über Wissenswertes aus unserer Bücherwelt.

Gefällt mir!

Facebook: @Gmeiner.Verlag
Instagram: @gmeinerverlag
Twitter: @GmeinerVerlag

Besuchen Sie uns im Internet:
www.gmeiner-verlag.de

© 2018 – Gmeiner-Verlag GmbH
Im Ehnried 5, 88605 Meßkirch
Telefon 0 75 75 / 20 95 - 0
info@gmeiner-verlag.de
Alle Rechte vorbehalten
4. Auflage 2022

Lektorat: Claudia Senghaas, Kirchardt
Herstellung: Julia Franze
Umschlaggestaltung: U.O.R.G. Lutz Eberle, Stuttgart
unter Verwendung eines Fotos von: © Frank Fischbach / shutterstock
Druck: Custom Printing Warschau
Printed in Poland
ISBN 978-3-8392-2328-4

INHALT

Glossar	7
Kapitel 1 Die Einladung	9
Kapitel 2 Die Weinprobe	22
Kapitel 3 Der Auftrag	39
Kapitel 4 Alles kommt anders als gedacht	56
Kapitel 5 Noch ein Brand	82
Kapitel 6 Es wird gefährlich	109
Kapitel 7 Familiendrama	126
Kapitel 8 Endlich wieder zu Hause	140
Kapitel 9 Ausflug in die Westpfalz	159
Kapitel 10 Im Kräutergarten	184
Kapitel 11 Pfälzer Eisfeuer	205
Kapitel 12 Die ersten Erfolge	218
Kapitel 13 Schlag auf Schlag	229
Danksagung	250
Bonus 1 Ratekrimi – Palzki und der flüchtende Bankräuber	255
Bonus 2 – Eine sommerliche Idylle (Palzki Classic 2007 – Dreiteiler)	258
Bonus 3 – Palzki interaktiv	268

GLOSSAR

Reiner Palzki – Kriminalhauptkommissar aus Schifferstadt

Klaus P. Diefenbach (KPD) – Dienststellenleiter der Kriminalinspektion Schifferstadt und Palzkis Vorgesetzter

Dietmar Becker – krimischreibender Student

Doktor Matthias Metzger – Notarzt

Günter Wallmen – Notfallchirurg und Metzgers Lehrling

Winfried Gansfuß – Besitzer eines Weinguts in Landau-Mörzheim

Ilse Gansfuß – Präsidentin der Pfälzer Landfrauen, Mitbesitzerin des Weinguts

Brigitte Mai – Geschäftsführerin des Landfrauenverbandes Pfalz

Martina Segemeier – Erste Kriminalhauptkommissarin der Kriminalpolizei Landau

Klaus Monetero – Außenprüfer des Finanzamtes

Stefan Lochbaum – Weingutbesitzer

Inge Schick – Landfrau, Inhaberin von ›Schickes Lädel‹, Zeiskam

Norbert Schindler – Politiker

Erna Giessler – Landfrau aus dem Ortsverein Kappeln, Kreis Kusel

Gerda Opnitz – Landfrau aus dem Kreisverband Südwestpfalz

Emmi Walter – Landfrau aus Kalkofen, Mitglied im Ortsverein Oberhausen

KAPITEL 1
DIE EINLADUNG

Es hätte so ein schöner Tag werden können.

»Musst du mir immer alles vermiesen?« Meine Frau Stefanie schaute mich mit einem kurz vor der Explosion stehenden Blick an. Diese Mimik war ein überaus deutlicher Warnhinweis. Ich konnte zwar nicht, wie es klischeehaft regelmäßig beschrieben wurde, meiner Frau jeden Wunsch von den Augen ablesen, aber zumindest aus ihrem Blick erkennen, wenn innerfamiliäre Gefahr drohte.

Ich schaltete rhetorisch einen Gang zurück. »Wer spricht denn hier von vermiesen? Ich wollte dir nur völlig objektiv meine Bedenken schildern.«

»Und wo liegt da der Unterschied?«, brummte sie mich an. »Wir haben selten genug die Gelegenheit, ohne Kinder auszugehen.« Sie sah mich herausfordernd an und stellte mit bittersüßer Stimme die Frage der Fragen: »Oder willst du überhaupt nicht mit mir ausgehen?«

Ich wusste, dass in solch einer Situation ein einziges falsches Wort genügen würde, um den Dritten Weltkrieg auszulösen. Zwecks privater Deeskalation und Bemühungen um den Weltfrieden nahm ich sie in den Arm und lächelte sie an. Gegen mein Lächeln war sie meist wehrlos. »Natürlich freue ich mich auf den gemeinsamen Abend mit dir. Es sind nur die Begleitumstände, die mich stören.«

»Du musst nicht einmal Wein trinken«, erwiderte sie. »Wir sagen den anderen, dass du Auto fahren musst. Damit wird sich wohl jeder zufriedengeben. Du musst also keine Angst haben, dass du wieder Sodbrennen bekommst, Reiner.«

Ich erkannte das Missverständnis. Gut, dass wir darüber gesprochen hatten. »Ich meine doch gar nicht die Weinprobe an sich, Stefanie«, klärte ich sie auf. »Du weißt, dass ich seit einiger Zeit auch mal ein Gläschen Wein trinke. Seit meinen Ermittlungen in Bad Dürkheim und an der Weinstraße habe ich mich mit dem Rebensaft angefreundet. Er soll nur nicht zu viel Säure haben. Dennoch darfst du heute gerne an der Weinprobe aktiv mitmachen. Ich will doch, dass du auch mal deinen Spaß hast.«

Stefanie sah mich ratlos an. »Und wozu dann das ganze Theater? Ich dachte, du willst dich um den Abend drücken?«

»Ich doch nicht!«, wehrte ich mit beiden Händen ab, wohl wissend, auf der Verliererseite zu stehen. »Wie gesagt, es geht mir nur um die Begleitumstände.«

Meine Frau verstand immer noch nicht.

»KPD«, antwortete ich fast flüsternd.

Jetzt hatte sie verstanden und lachte laut heraus. »Du machst dir solch einen Stress wegen deines Chefs? Du siehst ihn die ganze Woche.«

»Eben drum. Da will ich ihn nicht auch noch am Samstagabend ertragen müssen. Seit Tagen erzählt er auf der Dienststelle jedem, der es nicht wissen will, dass er uns beide zu einer Weinprobe nach Landau eingeladen hat. Du kannst dir nicht vorstellen, welches Spießrutenlaufen ich täglich im Büro durchstehen muss. An den kommenden Montag möchte ich jetzt gar nicht denken.«

KPD, wie wir den Dienststellenleiter der Kriminalinspektion Schifferstadt wegen seiner Initialen nannten, hieß in Wirklichkeit Klaus Pierre Diefenbach. Man konnte ihn mit einem einzigen Attribut beschreiben: Egozentrisch. Das klang im ersten Moment relativ harmlos, sind doch viele bekannte Politiker, Schauspieler und andere A- bis D-Promis Egozentriker. Bei KPD war es weitaus schlimmer. Sein Weltbild bestand ausschließlich aus ihm. Alles, was sich um ihn herum abspielte und nicht in seine Gedankenwelt passte, gab es für ihn nicht. Um KPD zu verstehen, muss man die Zeit 13,8 Milliarden Jahre zurückdrehen. Nach der Urknalltheorie gab es vor diesem Zeitpunkt weder Materie noch Raum oder Zeit. Alles war in einer sogenannten Singularität vereinigt. Wenn man sich meinen Chef charakteristisch als solch eine Singularität vorstellte, dann war man an der Wahrheit verdammt nah dran. Selbst Donald Trump war gegen meinen Chef ein Altruist.

»KPD wird die ganze Veranstaltung sprengen. Ich befürchte, dass der Winzer Suizid verübt, wenn ihm KPD dauernd ins Wort fällt und ihn korrigiert.«

»So schlimm wird's schon nicht werden«, wiegelte Stefanie ab. »Herr Diefenbach ist zwar ein ausgeprägter Narzisst, aber wir müssen uns ja nicht neben ihn setzen.«

Natürlich würde es so kommen, dachte ich. KPD würde mir den ganzen Abend feuchte Sprechsalven in mein Ohr spucken, alles andere wäre ein Wunder.

»Außerdem gibt es nicht nur die Weinprobe«, sprach meine Frau weiter. »Wie du weißt, sind mehrere Landfrauen anwesend, die Einblicke in ihre Projekte über gesunde Ernährung geben.«

»Ich weiß«, sagte ich leise, fast schon verbittert. Von dieser Sache hatte ich erst nachträglich erfahren. Was das Thema Ernährung betraf, lagen Welten zwischen meiner Frau und mir. Konflikte ohne Ende. Stefanie ernährte sich als Vegetarierin gesundheitsbewusst: Rohkost, Gemüse und weitere grausame Dinge tauchten regelmäßig, das heißt täglich, in unserem Speiseplan auf. Unter der Woche konnte ich auf der Dienststelle meine Nahrungsaufnahme teilweise damit kompensieren, dass wir einen Dauerauftrag mit einem Pizzalieferanten unterhielten. An den Wochenenden und manchmal abends gelang mir gemeinsam mit den Kindern eine familiäre Futterflucht in Richtung Speyer, wo meine geliebte »Currysau« residierte. Aber auch hier hatten die letzten Wochen für einschneidende Veränderungen gesorgt: Zunächst war meine Tochter Melanie ernährungstechnisch konvertiert, seit sie in der Schule an der AG »Gesundes Kochen« teilnahm. Gemeinsam mit ihrer Mutter hatte sie einen kleinen Teil unseres Rasens herausgestochen und ein Kräuterbeet angelegt. Da sie mich und mein gesamtes Naturwissen kannten, hatten die beiden das Beet mit einer kleinen Steinmauer eingefasst, damit es beim Rasenmähen nicht unter die Räder kam. Das war nicht so weit hergeholt: Stefanie wunderte sich mehrere Jahre lang, warum der von ihr mitten im Rasen gepflanzte Bergahorn nicht richtig anwuchs. Bis sie mir eines Tages beim Rasenmähen zuschaute.

Bezüglich Nahrungsaufnahme gab es eine weitere Veränderung im Hause Palzki: Bei meinen Ermittlungen im Mannheimer Luisenpark war ich, als ich den Fernmeldeturm treppenmäßig besteigen musste, zu der Erkenntnis gekommen, einen kleinen Teil meines Körpergewichtes zu reduzieren. Stefanie war zwar der Meinung, dass ich einen größeren Teil meines Körpergewichtes reduzieren müsste, doch das meinte sie sicher nur im Scherz. Seit diesem Zeitpunkt waren die Besuche in der »Currysau« viel seltener geworden und statt Pizza in der Mittagspause gab es dreimal wöchentlich mit trockenen Käsescheiben belegtes Vollkornbrot, das mir Stefanie morgens zubereitete.

Stefanie tätschelte mir den Bauch. »Vielleicht finden wir doch noch etwas, was dir schmeckt und wenig Kalorien hat. Warst du in der letzten Zeit auf der Waage gestanden?«

»Vor zwei oder drei Tagen«, antwortete ich annäherungsweise. Dass ich mich frustriert mehrmals am Tag wog, musste ich ihr nicht auf die Nase binden. »Fast zehn Pfund habe ich inzwischen runter. Sieht man doch, oder was meinst du?«

»Fünf Kilogramm?«, fragte Stefanie und schaute mir auf den Bauch. »Sehen tut man noch nicht so viel.«

»Zehn Pfund«, beharrte ich. »Abnehmen tut man in Pfund, nur zunehmen in Kilo. Außerdem spannt die Hose bei Weitem nicht mehr so arg wie vorher.«

»Das ist auch eine neue«, antwortete Stefanie und seufzte. »Du wirst das schon schaffen, Reiner. Ich unterstütze dich, so gut ich kann.«

Eine weitere Diskussion rund um die Teilnahme an der Weinprobe erübrigte sich, da meine Schwiegermutter eintraf, die sich für den Abend als Kinder- beziehungsweise Babysitter zur Verfügung stellte.

»Hallo, Reiner«, begrüßte sie mich und stierte sogleich auf meinen Bauch. »Du wirst immer fetter.«

Stefanies Mutter konnte ich noch nie sonderlich gut leiden, glücklicherweise wohnte sie in Frankfurt und kam nur selten zu Besuch. Nachdem ich ihr ein paar Freundlichkeiten wie »Du wirst auch immer älter« und »Trägt man das jetzt so in Frankfurt?« retourniert hatte, ging sie eingeschnappt mit Stefanie ins Nebenzimmer zu unseren inzwischen einjährigen Zwillingen Lisa und Lars, die lautstark ihren Mittagsschlaf beendeten.

Die größte Pein blieb mir erspart: Stefanie verzichtete darauf, von mir das Tragen einer Krawatte zu verlangen. Das aufgezwungene Jackett, das noch aus Hochzeitsbeständen stammte, reichte. In Landau würde ich eine Gelegenheit finden, es schnellstmöglich über die Stuhllehne zu hängen oder an der Garderobe zu vergessen.

»Hoffentlich stinkt KPD nicht so sehr wie das letzte Mal. Weißt du noch?«

Stefanie nickte. Vor einiger Zeit hatte uns mein Chef zu den Nibelungenfestspielen nach Worms eingeladen. Als er uns abholte, blieb uns im wahrsten Sinne des Wortes die Luft weg: Er musste in Parfüm gebadet haben, so entsetzlich hatte es gestunken. In seiner näheren Umgebung mussten damals sämtliche Sauerstoffmoleküle abgestorben sein. Ich wusste bis heute nicht, wie er seine Atmung aufrechterhalten konnte.

Es klingelte. Stefanie schaute ein letztes Mal an mir herunter und schien zufrieden. Ich durfte die Tür öffnen.

Da ich wusste, was mich erwartete, war der Schock nicht allzu groß. KPD stand in seiner obligatorischen

Maßuniform vor mir. Ich hatte ihn, mit einer einzigen Ausnahme kürzlich im Luisenpark, nie ohne Uniform gesehen. Von der Uniform, zumindest dem oberen Teil, sah man nicht viel. Sie war über und über mit Orden und Ansteckern zugepflastert. In der Hand hielt er einen überdimensionalen Blumenstrauß, der sicherlich ein Vermögen gekostet hatte. Die ihn umströmende Parfümwolke hielt sich in Grenzen. Doch es gab noch eine andere Auffälligkeit: KPD kam mir unnatürlich groß vor, irgendetwas stimmte nicht.

»Na, haben Sie es schon bemerkt, Palzki?«, begrüßte er mich freudestrahlend. Er zeigte in Richtung Boden. »Das habe ich meinem Ideenreichtum zu verdanken. Schuhe mit hohen Absätzen, auf diesen Trick muss man erst mal kommen.«

Ich stellte mir meinen Chef als Transvestit vor, doch das Ergebnis war einfach nur geschmacklos. »Schuhe?«, stammelte ich stattdessen.

Er nickte, dabei klimperte das Metall an seiner Brust. »Damit bin ich statt 1,82 Meter beinahe 1,90 Meter groß. Jetzt bin ich auch in dieser Hinsicht der Größte auf der Dienststelle. Mit diesen Maßen wird man von seiner Umgebung gleich ganz anders wahrgenommen. Sie wissen ja, der erste Eindruck ist entscheidend.« Er musterte mich herablassend.

Für meinen Chef war diese Aussage symptomatisch. Aussehen und optische Wirkung, dies war ihm um Äonen wichtiger als Charakter, soziales Verhalten oder gar Empathie, das es in seinem Wortschatz nicht gab. Dass der Schein speziell bei ihm trog, wussten alle, die ihn kannten. Nur KPD nicht.

»Wo ist denn Ihre Frau? Der Blumenstrauß wird langsam schwer. Fast hätte ihn meine Frau zum heutigen Hochzeitstag bekommen. Ich kann meine Frau leider nicht zur Weinprobe mitnehmen, da sie mit der Hausarbeit nicht rechtzeitig fertig geworden ist.«

Dass seine Frau unter der Fuchtel ihres Mannes stand und ein jämmerliches Schattendasein als Mauerblümchen führte, war mir bekannt. Doch dieser Machospruch toppte alles Bisherige. Ich wollte ihn fragen, ob dies ein Scherz war, obwohl er strikt humorlos durchs Leben ging. Zu der Frage kam es nicht mehr, da Stefanie hinzukam.

»Guten Abend, Herr Diefenbach«, säuselte sie. »Schick sehen Sie aus.«

KPD lächelte und zeigte seine goldenen Backenzähne. Er streckte ihr wortlos die Blumen entgegen.

»Oh, sind die für mich?«

KPD nickte nur kurz und wandte sich mir zu. »Erlauben Sie Ihrer Frau mitzufahren oder sind wir heute nur zu zweit?«

Uns fiel synchron die Kinnlade herunter. Schnell hatte ich mich wieder unter Kontrolle und konnte den ersten Eklat des Abends verhindern. »Herr Diefenbach hat nur einen seiner berühmt-berüchtigten Scherze gemacht. Selbstverständlich fährst du mit zur Weinprobe.« KPD machte zwar nie Scherze, auf der anderen Seite hatten wir schon tausendfach über ihn gelacht. Und zwar immer dann, wenn es uns selbst nicht betraf. Den Scherz, dass meine Frau sich stets bemühte und ihre Hausarbeit zu meiner Zufriedenheit erledigt hatte, verkniff ich mir besser.

Die Verabschiedung fiel kurz aus. Meine Schwiegermutter spielte mit den Kleinen, und den Schaden, den der zehnjährige Paul anrichten würde, konnte ich am Montag der Haftpflichtversicherung melden. Von der 13-jährigen Melanie war nichts zu sehen.

Stolz zeigte KPD auf seinen neuen Dienstwagen. Nach meiner Zählung der dritte in diesem Jahr.

»Dieses Übergangsmodell wurde erst vorgestern geliefert. Ich bin noch etwas unsicher beim Chauffieren, weil ich mich an die vielen Schalter und Anzeigen noch nicht so richtig gewöhnt habe.«

Ich musste grinsen. Mein Chef gab zu, dass er unsicher fuhr. Da ich seit Kurzem die bittere Wahrheit kannte, versuchte ich, unser Leben zu retten. »Sie können beim Chauffieren ruhig Ihre Brille aufsetzen, Herr Diefenbach. Sie wissen, dass ich Ihr Geheimnis kenne.«

Fragend sah er mich an. »Haben Sie das Ihrer Frau verraten?«, flüsterte er.

»Nur meiner Frau«, beruhigte ich ihn. »Sie hat volles Verständnis dafür, wenn Sie Ihre Brille aufsetzen. Sonst weiß das natürlich niemand.«

Wenn der wüsste, dachte ich. Allen auf der Dienststelle hatte ich verraten, dass KPD extrem kurzsichtig und bei Entfernungen größer als ein oder zwei Meter blind wie ein Maulwurf war. Da eine Brille für ihn als Dienststellenleiter ein absolutes No-Go war, mogelte er sich wie ein Blindfisch durchs Leben. Im Büro, wo er alles kannte, fiel dies nicht weiter auf. Aber wehe, man musste mit ihm in einem Wagen sitzen, wenn er fuhr. Solche Todestouren hatte ich schon mehrfach hinter mir und stets nur mit knapper Not lebend überstanden.

KPD fühlte sich sichtlich unwohl, als er auf dem Fahrersitz saß und umständlich seine Brille aus dem Jackett zog.

»Die steht Ihnen vorzüglich«, meinte Stefanie, sichtlich erleichtert, aus dem Fond. »Die können Sie im Büro tragen.«

»Nein, nein, nein, das geht nicht, Frau Palzki.« Er fuchtelte mit seinen Armen so arg, dass er die Sonnenblende herunterriss. »Solche Hilfsmittel sind für einen sehr guten Chef wie mich nicht opportun. In meinem Job darf ich keine Schwächen zeigen. Das würde man sofort ausnutzen und gegen mich verwenden. Die Brille setze ich nur auf, wenn ich im Urlaub bin und mich keiner kennt.«

Endlich fuhr er los. Aus einem bestimmten Grund war mir wohler, nachdem wir die erste Kurve hinter uns hatten. Frau Ackermann, unsere Nachbarin, hatte uns nicht entdeckt. Ob sie ernsthaft krank war? Tagsüber stand sie hinter dem Küchenfenster und wartete darauf, nach draußen zu rennen, sobald sich ein menschliches Wesen auf der Straße zeigte. Da sich dieses unschöne neurotische Verhaltensmuster herumgesprochen hatte, gab es kaum Passanten auf unserem Gehweg. Nur meine Frau und ich waren des Öfteren unfreiwillige Opfer. Ausschließlich ein Umzug könnte uns aus diesem Dilemma retten, leider war diese Alternative aus wirtschaftlichen Gründen nicht umsetzbar.

Frau Ackermann hatte ein Problem. Das Problem war weniger ihr tranfunzliger Mann, der den ganzen Tag nur auf der Couch lag und dessen Toilettengänge zu Hochleistungsaktivitäten mutierten. Unsere Nachbarin war redselig. Im radikalen Sinn. Genau genommen konnte sie nichts anderes als reden. Und zwar ununterbrochen, sicherlich sprach sie auch im Schlaf. Hinzu kam ihre ausgeprägte Redegeschwindigkeit. Mittlere bis ältere Bürger kennen die Micky-Maus-Stimmen, wenn man auf einem Plattenspieler eine Langspielplatte statt mit 33 Umdrehungen mit der Single-Geschwindigkeit von 45 Umdrehungen je Minute abspielen ließ. Wenn man jetzt seine Fantasie strapazierte und, rein theoretisch, an der Welle des Plattentellers eine Bohrmaschine befestigte und diese einschaltete, dürfte dies in etwa der Sprechgeschwindigkeit unserer Nachbarin entsprechen. Kein Mensch beziehungsweise Zuhörer hielt diese Folter länger als ein paar Sekunden aus, ohne Spätfolgen davonzutragen. Mein persönlicher Zwangsrekord lag bei über einer Minute.

Doch Fortuna war uns hold. Jetzt musste ich nur noch diese ominöse Weinprobe nebst Produktvorstellungen der Landfrauen überstehen. Dann konnte ich diesen Tag in meinem Kalender erleichtert als »überlebt« abhaken.

»Nächstes Jahr«, begann KPD, während er mehr schlecht als recht die B9 in Richtung Speyer befuhr, »also das dritte oder vierte Nachfolgemodell dieses Dienstwagens, das wird ein Autonomer.« Er schaute zu mir auf die Beifahrerseite und setzte ein Grinsen auf, das nichts Gutes versprach. »Dann brauche ich zu Beginn der Fahrt nur das Ziel einzugeben und kann mich entspannt zurücklehnen, während der Wagen alleine fährt. Selbstfahren ist sowieso unter meiner Würde. Jeder Hansel darf heutzutage ein Auto lenken, sogar Frauen. Und mittlerweile sogar in Saudi-Arabien!« KPD bemerkte nicht, wie im Fond Stefanies Gesichtszüge entglitten. »Aber ich als sehr guter Chef bin immer die Speerspitze der technischen Innovation. Ich werde als erster Live-Tester des Autoherstellers das neue autonome Fahrsystem auf öffentlichen Straßen ausgiebig unter die Lupe nehmen.« Er seufzte. »Leider ist da nicht nur Licht, sondern auch Schatten. Sobald alle Autofahrer das neue System nutzen, gibt es keine Geschwindigkeitsübertretungen mehr. Dadurch bedingt, fallen in diesem Bereich keine Bußgelder mehr an und meine Schwarzkasse wird sich nicht mehr so schnell wie bisher füllen. Das wird aber noch ein paar Jahre dauern. Vielleicht kann ich durchsetzen, dass alle Bürger, die in Flensburg Punkte haben, das autonome System aus erzieherischen Gründen nicht nutzen dürfen.«

Hinter der Leitplanke blitzte gegenüber der ehemaligen Kurpfalzkaserne ein rotes Licht auf. KPD ging reflexartig vom Gas. »Immer diese Speyerer!«, schimpfte er. »Halten es nicht einmal für nötig, mich zu informieren, wenn sie eine Geschwindigkeitskontrolle durchführen. Denen werde ich am Montag mal kräftig die Leviten lesen. Mich so zu brüskieren, das ist unverantwortlich. Ich würde den Speyerer Beamten sogar zutrauen, an dieser Stelle absichtlich den Verkehr zu kontrollieren.« Er schielte zu mir. »Haben Sie extern etwas darüber verlauten lassen, dass wir diese Strecke fahren?«

Ich schüttelte energisch den Kopf. »Alles topsecret, wie immer, Chef.«

Beruhigt lehnte er sich zurück, drückte aber parallel wieder auf das Gaspedal. »Diese Geschwindigkeitsbegrenzung auf der Speyerer Umgehungsstraße ist eine reine Schikane«, schimpfte er. »Das nächste Mal nehmen wir einen Streifenwagen.« Der Rest der Fahrt verlief einigermaßen routinemäßig. Der einzige Aufreger war die äußerst schmale Landstraße zum Landauer Vorort Mörzheim, die man eher als Schotterpiste bezeichnen konnte. So wie es aussah, wurde das Sträßchen seit mehreren Jahrzehnten in jedem Frühjahr mit ein paar Fuhren Asphalt notdürftig ausgebessert. Die zudem kurvenreiche und schlecht einsehbare Strecke machte die Anfahrt nach Mörzheim zu einem Trainingslager für Kamikaze-Autofahrer. Details würde man am Montag in den diversen Polizeiberichten der Region nachlesen können.

KAPITEL 2
DIE WEINPROBE

»Da ist alles so furchtbar eng«, regte sich KPD auf, als wir im Landauer Ortsteil Mörzheim rechts in die Brühlstraße abbogen. »Nirgendwo ein Reservierungsschild für meinen Dienstwagen. Da nimmt man an einer Weinprobe teil und der Winzer sorgt nicht einmal für Parkplätze. Ah, da ist es ja: Weingut Gansfuß. Am besten, ich fahre gleich in den Hof. Irgendwo werden die hoffentlich einen Platz für meinen Wagen reserviert haben.«

KPDs Plan wurde durch ein Cabrio vereitelt, das quer vor dem Gittertor parkte. »Bei uns in Schifferstadt würde ich den Wagen sofort abschleppen lassen. Jetzt muss ich garantiert ewig weit laufen.« Er hielt mitten auf der Straße an und sondierte die Lage. »Was meinen Sie, Palzki? Zwischen den beiden Blumenkübeln, das könnte doch reichen.«

Vor dem Anwesen des Weinguts, das an den schmalen Gehweg gebaut war, standen mehrere Blumenkübel auf der Straße, um ein wildes Parken zu verhindern. »Ein bisschen eng ist das schon«, bewertete ich die Situation. »Wie wäre es, wenn meine Frau und ich aussteigen und schon mal vorgehen. Sie können dann in Ruhe in der Nähe einen geeigneten Parkplatz suchen. Vielleicht in Landau in Bahnhofsnähe?«

»Nichts da!«, bellte er zurück. »Aussteigen geht in Ordnung, aber nur, um mich in die Parklücke einzuweisen.«

In seiner Selbstüberschätzung zog er seine Brille ab, während ich ausstieg. Zu meiner eigenen Sicherheit stellte ich mich einige Meter abseits des vorderen Blumenkübels. »Jetzt langsam rückwärts und das Lenkrad rechts einschlagen«, rief ich durch die offenen Fenster. KPD drehte natürlich links ein. Kurze Zeit später war das Chaos perfekt: KPDs Wagen stand verkeilt zwischen Hauswand, Blumenkübel und dem vorderen von mehreren Autos, die aufgrund der schmalen Straße nicht vorbeifahren konnten. KPD stieg aus und machte das, was er immer machte: Er gab anderen die Schuld für sein eigenes Unvermögen. Er schimpfte auf die schmale Straße, die Blumenkübel, das Haus, das seiner Meinung nach zu nah an der Straße stand, und am lautesten mit dem vordersten Autofahrer, der mit seiner Hand eine Scheibenwischerbewegung vor seinem Gesicht machte.

»Könnten Sie bitte etwas Platz machen?« Verdutzt schauten wir in Richtung der Stimme. Eine junge Dame, vermutlich gerade im Alter, um einen Führerschein zu bekommen, öffnete die Tür des Cabrios. »Wenn Sie etwas zurückstoßen, kann ich durch die Lücke raus«, meinte sie zu dem von KPD blockierten Autofahrer. Dieser schüttelte den Kopf und deutete auf die hinter ihm wartenden Autos. Das junge Fräulein stakste nun zu den einzelnen Wagen und wiederholte ihren Spruch. Wahrscheinlich reagierten die anderen Verkehrsteilnehmer aus optischen Gründen vernünftig. Es dauerte einige Minuten, bis der größte, jemals in Mörzheim gesehene Verkehrsstau aufgelöst war.

»Und was mache ich jetzt?«, fragte KPD, der immer noch ziemlich schräg in der Parklücke stand, überfordert.

»Lassen Sie mich mal ran«, sagte ich autoritär und KPD gehorchte. Er stieg aus und machte mir Platz. »Passen Sie auf die für Sie ungewohnt hohe PS-Zahl auf«, gab er mir mit auf den Weg. Zum Dank für diesen Hinweis ließ ich den Motor erbarmungslos aufheulen. Aus der Parklücke zu kommen, war ein Kinderspiel. Da das Cabrio nicht mehr die Zufahrt blockierte, versuchte ich, selbstverständlich in Schrittgeschwindigkeit, durch das offene Tor in den Hof des Weinguts zu fahren. Ein junger Mann mit einem Ziegenbart versperrte mir den Weg.

»Im vorderen Hof ist es zu eng«, sagte er. »Nicht, dass Sie den schönen Lack des Wagens zerkratzen. Wenn Sie auf der Straße ein paar Meter weiter rechts um unser Flaschenlager fahren, sehen Sie einen kleinen Seitenweg. Fahren Sie um das Gebäude herum, danach folgt unsere Mehrzweckhalle. Dahinter können Sie in den hinteren Hof fahren. Parken Sie am besten neben der alten Scheune. Dort kann dem Wagen nichts passieren.«

Ich vermutete, dass es sich um den Sohn der Eigentümer handelte. Mit einer gewissen Genugtuung folgte ich seiner Anweisung. Im Rückspiegel sah ich, wie uns KPD mit seinen hohen Absätzen nachstolperte. Er fuchtelte wirr mit beiden Armen, da er keine Ahnung hatte, was ich vorhatte. Der Weg war leider sehr kurz. Das Gebäude mit dem Flaschenlager war das Eckhaus zwischen Brühlstraße und dem Stichweg. Dahinter, etwas zurückversetzt, stand eine Neubauhalle. Der hintere Hof war bedeutend größer als der vordere. Dort parkten einige landwirtschaftliche Fahrzeuge und viele andere Maschinen gab es auch. An der Rückseite der Halle war ein einstöckiger Anbau angeflanscht, im Anschluss stand eine alte Scheune. Unter deren Stirnseite stellte ich KPDs Dienstwagen ab.

Dann kam auch schon KPD angestürmt. Ohne auf mich zu achten, untersuchte er den Lack seines Wagens. An einer Stelle wischte er mit einem Taschentuch über den Kotflügel, dann nickte er zufrieden. Stefanie, die inzwischen wie ich ausgestiegen war, wurde die ganze Szene peinlich. »Kommen Sie, Herr Diefenbach. Lassen Sie uns die anderen suchen.«

»Ja, ja«, antwortete KPD und drehte sich zu mir um. »Schauen Sie bitte, ob alles korrekt abgeschaltet ist. Bringen Sie mir anschließend den Schlüssel.«

Da ich keinen gesteigerten Wert auf die Begrüßungszeremonie meines Chefs legte, ließ ich mir Zeit. Stefanie und KPD waren um die Halle herumgelaufen, um zum vorderen Hof zu gelangen, daher war es für mich zwangsläufig, einen anderen Weg zu wählen. Und der führte durch die Halle. Auf beiden Seiten gab es große Tore, die offen standen, sodass man durch die dunkle Halle hindurch in den vorderen Hof schauen konnte. Zunächst lief ich an dem niedrigen Nebengebäude vorbei. Laut einem Schild befanden sich darin die Toiletten. Als ich das Tor der Halle erreichte, staunte ich nicht schlecht: An einer der Querseiten befand sich eine Ausschanktheke. Die Halle selbst war mit schätzungsweise 200 bis 300 Stühlen bestuhlt. Es handelte sich um alte Sperrholzstühle, wie sie früher in Schulen verwendet wurden. Ich lugte weiter um die Ecke und entdeckte vor den Stuhlreihen gegenüber der Theke eine große Bühne.

»Ilse, das wird mir langsam zu viel!« Eine Männerstimme drang zu mir. Ich blieb ruckartig stehen und schaute scharf um die Ecke. Halb versteckt hinter einem Pflanzenarrangement hatte sich ein Mann in Winzerkleidung vor einer kleineren Frau aufgebaut. »Nächstes Jahr brauche ich den Platz wieder«, motzte er weiter. »Du kannst doch nicht einfach die Reben rausreißen, so wie es dir gefällt.«

»Komm, stell dich nicht so an«, konterte die Frau. »Der Betrieb gehört mir schließlich wie dir zur Hälfte. Diese paar Quadratmeter tun nicht weh.«

»Es geht nicht nur um den Platz.« Der männliche Part, anscheinend ihr Ehemann, ließ nicht locker. »Denk nur an die viele Zeit, die du mit diesem sinnlosen Zeug vertrödelst. Du weißt genau, dass unser Betrieb arbeitsintensiv ist. Und wenn du laufend ausfällst, können wir bald dichtmachen.«

»Jetzt mach dich mal locker, Winfried. Ich nehme dir immerhin die komplette Buchhaltung ab und auch die Steueraußenprüfung, die wir gerade haben, bleibt an mir hängen. Dann musst du halt eine zusätzliche Aushilfe einstellen.«

»Du weißt genau, wie unsere Finanzen aussehen. Wo ist der Prüfer überhaupt? Ich habe ihn das letzte Mal heute früh gesehen.«

»Weißt du, wie spät es ist, Winfried?«, sagte sie. »Der ist Beamter, die haben längst Feierabend. Jetzt komm mit nach vorne, die Gäste sind da. Meine Kolleginnen von den Landfrauen haben alles vorbereitet.«

Bevor sie mich entdeckten und des Lauschens bezichtigten, räusperte ich mich laut.

»Hallo, kann ich Ihnen helfen?« Die Frau klang nun viel freundlicher.

»Ich suche die Weinprobe«, sagte ich.

»Da müssen Sie in den vorderen Hof. Kommen Sie mit, ich zeige Ihnen den Weg. Mein Name ist übrigens Ilse Gansfuß und das ist mein Mann Winfried.«

Ich nickte ihm zu. »Sehr erfreut. Kann ich den Wagen neben der Scheune stehen lassen? Er gehört meinem Chef, Herrn Diefenbach.«

»Selbstverständlich. Die Scheune soll zwar irgendwann mal abgerissen werden, aber natürlich nicht heute.«

Frau Gansfuß führte mich zur anderen Seite der Halle. »Nächstes Wochenende spielt hier die Mörzheimer Erbsenbühne. Alle paar Jahre üben Laienschauspieler ein neues Theaterstück ein, das immer irgendetwas mit Wein zu tun hat. Dieses Jahr heißt das Stück ›Starenschreck‹.«

»Kommen da so viele Zuschauer?«, fragte ich, wegen der vielen Stühle überrascht. »Mörzheim ist doch relativ überschaubar.«

Frau Gansfuß lachte auf. »Haben Sie eine Ahnung! Die ›Erbsenbühne‹ ist in weitem Umkreis bekannt für ihre guten Stücke, die übrigens alle selbst geschrieben werden. Das Stück wird am nächsten Wochenende an drei Abenden aufgeführt. Alle Veranstaltungen sind restlos ausverkauft. Es sind so viele Nachfragen da, wir könnten glatt ein zweites Wochenende dranhängen.« Sie zeigte auf das Bühnenbild. »Das wird alles selbst gebaut. Schon Wochen vorher wird damit begonnen. Normalerweise stehen unsere landwirtschaftlichen Maschinen in der Halle, doch zurzeit müssen sie im Hof parken.«

Nachdem wir aus der Halle getreten waren, standen wir im vorderen Hof, dort, wo mir vorhin der junge Kerl mit dem Ziegenbart die Einfahrt verwehrt hatte.

Frau Gansfuß zeigte zunächst nach rechts, dann nach links. »Das ist unser Wohnhaus und dort drüben unser Flaschenlager nebst Weinkeller. Die Weinprobe wird ganz rustikal im Flaschenlager stattfinden, natürlich haben wir vorher Platz geschaffen und aufgeräumt.«

Der große Raum war absolut authentisch für eine Weinprobe. KPD, der auf Etikette und Luxus großen Wert legte, würde es zwar zu viel authentisch sein, doch mir gefiel es, dass die Veranstaltung vor Ort stattfand, wo ansonsten der Wein lagerte. Eine Betontreppe, die neben dem Eingang steil nach unten führte, war mit Flatterband abgesperrt. »Nicht, dass sich jemand das Genick bricht«, erklärte Frau Gansfuß.

In der Mitte des Raumes hatte man mehrere Tische aneinandergereiht und mit weißen Tüchern festlich abgedeckt. Mich irritierten weniger die vielen Weingläser und die für die Weinprobe benötigten Utensilien als die weiteren fünf Tische, die an der Wand standen und mit seltsamen Dingen bestückt waren. Bevor ich mir über dieses Arrangement im Einzelnen Gedanken machen konnte, kam Stefanie auf mich zu. »Das ist fantastisch, Reiner«, flötete sie zufrieden. »Frau Mai hat mir eben das Rahmenprogramm erklärt.«

»Rahmenprogramm, Frau Mai?«, stammelte ich, während ich im Hintergrund KPD verfolgte, wie er die zur Dekoration aufgestellten und ungekühlten Weinflaschen einzeln in die Hand nahm, kritisch das Etikett beäugte und mit dem Kopf schüttelte. Damit würde er sich heute Abend keine Freunde machen, dachte ich, als mir eine unbekannte Dame die Hand schüttelte.

»Ich bin Brigitte Mai«, erklärte sie mir selbstbewusst.

»Ihre Frau würde gut in unseren Verein passen. Schade, dass wir in Schifferstadt keinen Ortsverein haben. Aber das kann man durchaus ändern.«

»Frau Mai ist Hauptgeschäftsführerin des Landfrauenverbandes der Pfalz«, klärte mich Stefanie auf. »Ich wusste zwar, dass es die Landfrauen gibt, doch was sie genau machen, war mir unbekannt.«

»So geht es vielen«, sagte die Landfrauenchefin. »Daher sind wir immer bemüht, mit unseren Aktionen an die Öffentlichkeit zu kommen. Ich schicke Ihnen nächste Woche weitere Informationen zu, Frau Palzki. Ach, da kommt Frau Gansfuß. Darf ich Ihnen unsere Präsidentin vorstellen?«

Nach der Begrüßung schaute Frau Mai auf die Uhr. »Sollen wir langsam beginnen, Frau Gansfuß?«

Die Präsidentin blickte sich um. »Wo steckt nur mein Mann? Sobald er hier ist, gebe ich das Zeichen.«

Ich nutzte die kurze Zeit bis zum Beginn der Weinprobe für einen Toilettenbesuch. Wie mir bekannt war, musste ich dazu erneut durch die Mehrzweckhalle gehen, um zu dem Anbau mit den Toiletten zu kommen. Schemenhaft sah ich zwei Männer, die zwischen dem Eingang zur Toilette und der Scheune standen. Zum zweiten Mal wurde ich unfreiwilliger Zeuge eines Disputs.

»Das stimmt doch überhaupt nicht!«, flüsterte eine männliche Stimme erregt.

»Doch«, verteidigte sich dessen Kontrahent, den ich stimmlich als den hiesigen Weingutbesitzer identifizierte. »Wenn du das machst, wirst du dein blaues Wunder erleben. Außerdem kenne ich ja das eine oder andere Geheimnis von dir.«

»Was, du drohst mir, Winfried? Ich lasse mich nicht erpressen. Alles wird genau so gemacht, wie ich es dir gesagt habe. Und was das angebliche Geheimnis angeht: Ich treffe mich nachher mit den anderen, vielleicht sollten wir dir einen Warnschuss vor den Bug knallen.«

Schneller als ich reagieren konnte, schoss ein langhaariger Kerl um die Ecke und stieß mit mir zusammen. Ohne eine Wort zu sagen, nicht einmal seine zornige Mimik veränderte sich, rannte er durch die Halle. Winfried Gansfuß, der den Aufprall gehört haben musste, kam hinzu. »Nanu, suchen Sie immer noch die Weinprobe?«

»Toilette«, antwortete ich einsilbig mit drei Silben.

»In fünf Minuten fangen wir an«, gab er mir mit auf den Weg. Ganz so lange benötigte ich nicht. Zeit für ein paar Gedanken hatte ich dennoch. Dieser Winfried schien mit jedem in seinem persönlichen Umfeld Stress zu haben. Ich wusste natürlich, dass diese Verallgemeinerung alles andere als objektiv war. Ich hatte den Weingutbesitzer bisher nur zweimal für jeweils einen kurzen Augenblick gesehen beziehungsweise gehört. Als Kriminalbeamter hörte ich durch meine jahrelange Erfahrung die Flöhe förmlich husten, obwohl mich die Dispute dieses Weingutbesitzers nichts angingen. Schließlich war längst wissenschaftlich und statistisch bewiesen, dass mehr als 300 Prozent der Bürger in irgendwelchen Bereichen des Lebens Dreck am Stecken hatten. Die hohe Zahl 300 entstammte nicht KPDs unrealistischer Verbrechensstatistik, sondern aus der Einsicht, dass es jede Menge vordergründig harmlose Bürger gab, die gleich vielfach Dreck am Stecken hatten. 300 Prozent war der reine Durchschnitt, egal ob Lehrer, Arzt, Politiker, Winzer oder normaler Bürger.

Ich kam rechtzeitig zurück. Der Weingutchef richtete ein paar Begrüßungsworte an die 30 anwesenden Personen und ich beobachtete meine temporären Zeitgenossen. Über KPDs Verhalten war ich wenig erstaunt. Wichtigtuerisch hatte er sich mit durchgestrecktem Kreuz neben Winfried Gansfuß positioniert und bestätigte jeden einzelnen seiner Sätze mit einem heftigen Kopfnicken. Als dieser uns aufforderte, am großen Tisch Platz zu nehmen, setzte sich mein Vorgesetzter neben ihn. Prima, dachte ich. Soll er zur Abwechslung mal jemand anderen nerven. Stefanie und ich saßen neben Frau Mai, die zwar grundsätzlich zufrieden wirkte, doch ein paar Sorgenfalten in ihrem Gesicht blieben mir nicht verborgen.

Die Weinprobe begann. Gansfuß gab zunächst eine allgemein gehaltene Einführung, dann leitete er zu den Produkten seines Gutes über. Er nannte viele Details, alle Anwesenden hörten konzentriert zu, mit einer Ausnahme: KPD. Fast keinen Satz seines Sitznachbarn ließ er unkommentiert. Winfried Gansfuß war die Ruhe selbst und steckte die Kommentare der Obernervensäge ohne sichtliche Regung weg. Wahrscheinlich gab es so gut wie bei jeder Weinprobe immer einen, der aus der Rolle fiel und den Anwesenden sein angebliches Allwissen präsentieren musste. KPD war für Gansfuß auf alle Fälle die größte Herausforderung seines Lebens. Ein etwas labilerer Zeitgenosse hätte KPD längst einen Korkenzieher oder zumindest ein größeres Messer in den Brustkorb gerammt. Nicht so Gansfuß: In aller Ruhe spulte er sein Programm ab, das alles andere als eintönig war. Vor nicht allzu langer Zeit hätte ich mich zu Tode gelangweilt, inzwischen fand ich Gefallen an den vielfältigen und interessanten Informationen rund um den Wein.

Der Umgang der Anwesenden mit den ausgeschenkten Weinproben war sehr unterschiedlich: Die meisten probierten die angebotenen Weine und spuckten sie dann in die bereitgestellten Blecheimer. Ein paar wenige schluckten den Wein herunter, waren aber grundsätzlich darauf bedacht, die Gesamtmenge des getrunkenen Weins nicht zu groß werden zu lassen. Ich war der Einzige, der sich jeglichen Trinkgenusses enthielt. Autofahren und Alkohol waren bei mir ein absolutes No-Go. Mit Blick auf meinen Chef war mir klar, dass dieser heute kein Auto mehr fahren würde. Und garantiert auch nicht konnte. KPD, der immer auf Stil und Etikette bedacht war, wurde von dem Weingutchef regelrecht abgefüllt. Ständig schenkte er wie selbstverständlich KPDs Glas nach, der das gar nicht richtig wahrnahm. Der einzige Nachteil war, dass seine Stimme im Laufe des Alkoholgenusses immer lauter wurde und er damit die Erklärungen des Weingutchefs akustisch überdeckte.

Schließlich zog Winfried Gansfuß einen vorläufigen Schlussstrich: »Bevor wir eine kleine Pause machen, werden uns die anwesenden Landfrauen ihr erstes Projekt vorstellen.« Während wir gebannt zu einer Dame sahen, die aufstand und zu einem der Tische, die an der Wand standen, ging, füllte der Weingutchef KPDs Glas randvoll auf. Wahrscheinlich hoffte er, dass dieser zur zweiten Halbzeit schlafend unter dem Tisch liegen würde. Mein böser Gedanke, dass man KPD irgendwo in den Weinbergen verscharren könnte, ging in der Realität dann doch zu weit. Selbst wenn man zum Andenken eine Lage nach ihm benennen würde. Aber als Kopfkino war die Idee herrlich.

»Guten Abend, mein Name ist Gerda Opnitz. Ich engagiere mich bei den Landfrauen im Kreisverband Südwestpfalz.« Sie hob eine dünne Flasche in die Höhe. »Gemeinsam mit der Geschäftsführung des Verbandes arbeite ich bei der Entwicklung von neuen Produkten mit, die über unseren Verband vermarktet werden. Hier sehen Sie zum Beispiel einen noch namenlosen Likör, der nächste Woche auf der Landesverbandssitzung in Rockenhausen vorgestellt wird. Der Name und um welche Sorte Likör es sich handelt, ist noch streng geheim.« Sie stellte die etikettenlose Flasche wieder ab.

»Die Landfrauen vermarkten aber nicht nur Produkte. Unser Angebot ist äußerst vielseitig. Wir bieten in manchen Kreisverbänden mehr Kurse an als so manche Volkshochschule. Besonders stolz sind wir auf den Ernährungsführerschein des Deutschen LandFrauenverbandes. Viele meiner Kolleginnen sind regelmäßig in den Schulen im Einsatz, um Dritt- und Viertklässlern die Basics des gesunden Kochens beizubringen. Grundschulkinder bereiten unter deren Anleitung leckere Brote und Grumbeeren, fruchtige Quarkspeisen und andere kleine gesunde Gerichte zu.«

Sie hob von dem Tisch einen DIN A6 großen Zettel auf und streckte ihn in die Höhe.

»Das Unterrichtskonzept, das hinter dem Ernährungsführerschein steht, beinhaltet den praktischen Umgang mit Lebensmitteln und Küchengeräten. Die Schülerinnen und Schüler lernen, wie die Profiköche zu schneiden, zu rühren, zu reiben oder auch abzuschmecken. Alle Kinder, die die schriftliche und die praktische Prüfung bestanden haben, bekommen zum Schluss einen Ernährungsführerschein verliehen.«

Jetzt wusste ich, warum Melanie die Fronten gewechselt hatte. Zuerst der Ernährungsführerschein in der Grundschule, dann der SchmExpertenkurs in den höheren Klassen. Auch wieder ein Angebot des LandFrauenverbandes, welches Frau Opitz kurz und voller Stolz verkündet hatte. Kein Wunder, dass sie nichts mehr von Hamburgern und Co. wissen wollte. Hoffentlich blieb wenigstens mein Sohn Paul normal.

Stefanie war von dem Ernährungsführerschein begeistert. Ich selbst hatte vor einiger Zeit ein Ernährungsprojekt entwickelt, aber leider keinen Verlag dafür begeistern können. Ich war mir immer noch sicher, dass mein Projekt FFF-VP, der Fastfoodführer Vorderpfalz, eine absolute Marktlücke war.

Nachdem Frau Opnitz fertig war, nutzten einige der Weinprobengäste die Pause für einen Toilettenbesuch, auch KPD wackelte in diese Richtung. Ein fieser Gedanke fesselte mich. Klar, ich hatte mein neues Smartphone dabei. Es war zwar ausgeschaltet, um nicht ständig den Akku laden zu müssen, doch die Grundfunktionalitäten wie einschalten, telefonieren und sogar fotografieren hatte ich inzwischen drauf. Mit einem gemeinen Lächeln folgte ich KPD. Was ich in den folgenden Minuten sah, möchte ich der Nachwelt, zumindest vorläufig, vorenthalten. So viel sei gesagt: Mir waren ein paar tolle kompromittierende Fotos mit KPD als Protagonist gelungen. Vielleicht konnte ich die Aufnahmen irgendwann einmal in eigener Sache verwenden. Natürlich nur aus Notwehr. Jetzt war zwar der Akku des Handys leer, doch es hatte sich gelohnt.

Nachdem ich das Smartphone weggesteckt hatte, sah ich, wie sich neben einem Stehtisch Frau Mai, die Geschäftsführerin der Landfrauen, mit einer weiteren Dame stritt, die mit Nachnamen Schick hieß.

Um was es bei der Auseinandersetzung ging, konnte ich aufgrund der Entfernung leider nicht verstehen. Selbst bei den Landfrauen schien es nicht nur Friede, Freude, Eierkuchen zu geben.

Ein heller Gong ertönte.

»Im zweiten Teil kommen wir nun zu den etwas lieblicheren Weinen«, begann Herr Gansfuß. KPD war eines Kommentars nicht fähig, er saß mit debilem Gesichtsausdruck am Tisch und starrte Luftlöcher.

Irgendwie roch es rauchig. Zuerst dachte ich, dass sich jemand heimlich eine Zigarette angezündet hatte, möglicherweise eine dieser neumodischen E-Zigaretten, die angeblich weniger schädlich sein sollten, dafür einen Qualm wie eine Dampflokomotive produzierten. In der Fachzeitschrift »Psychologie und Polizei heute« hatte ich gelesen, dass die Raucher dieses Teufelszeugs damit ihre vermeintliche Wichtigkeit und, psychologisch gesehen, vor allem ihre Unsicherheit demonstrierten, was aber in der Umgebung nicht so gut ankam, da der Qualm stets als Belästigung angesehen wurde.

Inzwischen hatten auch die anderen etwas bemerkt. Immer mehr Gäste rümpften die Nase und schauten sich um. Als hochsensibilisierter Beamter wollte ich gerade aufstehen, doch Frau Gansfuß kam mir zuvor. Als sie die

Tür zum Hof öffnete, flutete eine Rauchwolke den Raum. Sie stand auf der Türschwelle und war geschockt. »Feuer«, flüsterte sie zunächst mehr zu sich selbst. Doch schließlich hatte sie es begriffen. »Feuer!«, rief sie. »Alles raus!«

Sofort sprangen alle von ihren Stühlen auf und rannten zur Tür. Ihr Mann stoppte sinnvollerweise die gefährliche Aktion. »Nicht in den Hof«, schrie er. »Nehmen Sie die andere Tür auf der Rückseite. Gehen Sie auf der Straße entlang zum Wohnhaus.«

Die Evakuierung lief einigermaßen in geordneten Bahnen ab, keiner reagierte panisch. Mit einer Ausnahme: KPD. Dieser hatte wohl als Letzter begriffen, dass im Hof irgendetwas brannte. »Mein Wagen!«, schrie er. »Mein neuer Dienstwagen. Palzki, helfen Sie mir auf der Stelle.« Wie von Sinnen rannte er hinaus in den Nebel.

Verdammt, was sollte das? Ich überlegte nur kurz. Grundsätzlich konnte es mir egal sein, was mein Chef tat und womit er sein Leben aufs Spiel setzte. Auch wenn ich ihn manchmal bis immer zum Teufel wünschte, konnte ich ihn in seiner hilflosen Lage nicht sich selbst überlassen. Mit seinen Promille war er unzurechnungsfähig. Dieses Attribut besaß er in meinen Augen zwar permanent, doch diese Sichtweise spielte zurzeit keine Rolle. Todesmutig stürzte ich ihm nach, Stefanie hatte längst mit den anderen Gästen den Raum verlassen. Ein paar Schritte und die Situation klärte sich auf: Der Rauch kam aus dem Tor der Mehrzweckhalle. Feuer war keines zu sehen. KPD stolperte in Richtung Halle, musste sich aber aufgrund der Rauchschwaden geschlagen geben. Mit seinen Absatzschuhen und seinem Alkoholpegel torkelte er durch den Vorgarten um die Halle herum. Nun sahen wir, dass nicht die Halle, sondern die alte Holzscheune, die laut Frau Gansfuß sowieso nicht mehr für die Ewigkeit stehen sollte, brannte und große Teile des Rauchs wie bei einem waagerechten Kamin durch die Halle in den vorderen Hof zogen. Uns schlug eine brutale Hitzewelle entgegen. Laut war es auch: Wer einmal in der Nähe eines Großbrandes war, weiß, wie laut es sein kann, wenn ein Gebäude brennt. Die Flammen züngelten aus zwei zerborstenen Fenstern im Erdgeschoss heraus. Das Obergeschoss und das Dach schienen, von dem brennenden Dachüberstand direkt über KPDs Wagen abgesehen, intakt zu sein, zumindest von außen waren keine weiteren Brandschäden zu erkennen.

In der Ferne hörte ich ein näher kommendes Sondersignal. Das konnte doch höchstens eine Minute her sein, als wir den Rauch entdeckten. Wurde die Feuerwehr bereits früher verständigt, vielleicht sogar vom Täter selbst? Dabei wusste ich nicht einmal, ob überhaupt eine Brandstiftung die Ursache für das Feuer war. Mehr Sorgen machte ich mir um KPD, der in der Mitte des Hofes lag, hustete und sich gerade aufrappelte. »Mein Wagen!«, schrie er erneut und sah dabei aus wie jemand, der sich nicht ohne Betreuer in der Öffentlichkeit aufhalten sollte. Mit seiner Feststellung hatte er recht. Der Wagen stand unmittelbar neben einem der beiden Fenster. Jeden Moment würden die Flammen übergreifen. Garantiert würde er mir die Schuld an der Misere geben, da ich sein Prachtstück dort geparkt hatte. In seinem Wahn kannte KPD keine Grenzen. Er torkelte mit seinen hohen Schuhabsätzen unkoordiniert in Richtung brennende Scheune, von hinten schoss der erste Feuerlöschzug in den Hof. Ich rannte meinem Chef nach, um ihn aus der Gefahrenzone zu bringen. Kurz bevor ich ihn erreichen konnte, fiel er erneut in den Dreck. Zeitgleich löste sich ein Teil des Dachüberstandes und knallte direkt auf KPD und mich.

KAPITEL 3
DER AUFTRAG

In allerletzter Sekunde zog mich jemand mit Gewalt am Oberarm zurück. Nun war ich an der Reihe, auf den Boden zu fallen. Neben mir knallten brennende Holzteile und Biberschwanzziegel auf das Pflaster.

»Weg da!«, schrie mir eine Frau ins Ohr. Ich drehte mich zur Seite und entdeckte eine Feuerwehrfrau, die zum zweiten Mal meinen Oberarm schnappte. Sie versuchte, mich aus der Gefahrenzone zu ziehen.

»Ich muss KPD retten!«, schrie ich ihr aufgrund des enormen Lärms entgegen. Ich rappelte mich auf, musste aber wegen der Hitze zunächst ein paar Schritte zurücktreten.

»Sie haben einen Schock!«, brüllte mich die Frau an. Klar, schoss es mir durch den Kopf. Mit KPD konnte sie nichts anfangen, zumindest nicht in dieser Situation.

»Unter dem brennenden Schutt liegt mein Chef!«, rief ich ihr retour, um auf ihn aufmerksam zu machen.

»Das habe ich gesehen«, antwortete sie. »Meine Kollegen holen ihn gleich raus. Sie ziehen eben die Schutzkleidung an.«

Tatsächlich kamen in diesem Augenblick zwei astronautenähnliche Feuerwehrleute angerannt, die im Handumdrehen KPD unter einem brennenden Holzbalken hervorzogen. Ein dritter zielte mit einem Feuerlöscher auf KPD. Im

Hintergrund sah ich, wie andere Feuerwehrleute die Wasserschläuche ausrollten. Gleich würde es sehr nass werden.

»Wir brauchen einen Notarzt!«, rief mein weiblicher Schutzengel der Einsatzleitung entgegen. KPD wurde von den beiden Astronauten auf eine Rettungsdecke gelegt. Das, was da lag, sah furchtbar aus. Die Uniform hatte an mehreren Stellen gebrannt, der Rest des Stoffes war ziemlich verkokelt. Weite Teile seines Kopfhaares fehlten, ebenso Augenbrauen und Wimpern. Hände, Gesicht, die freigelegte Kopfhaut und der Oberkörper waren blutig und verdreckt, zudem sorgten die Reste des Löschschaums für eine weitere optische Entstellung meines Chefs. Solch einen Tod hatte ich ihm nicht gewünscht. Genau genommen hatte ich ihm, außer im Spaß, noch nie den Tod gewünscht. Eine Versetzung an eine weit entfernte Dienststelle wäre völlig ausreichend gewesen.

»Gehen Sie da weg!«, herrschte mich einer der Astronauten an. Im Hintergrund begann KPDs Dienstwagen zu brennen. »Gehen Sie nach vorne ins Haus, dort wird die Einsatzzentrale installiert.« Mangels Alternativen tat ich wie geheißen. Wem nützte es, wenn ich weiterhin auf die Reste von KPD gaffte und dabei den Feuerwehrleuten im Weg stand?

Neben der Halle angekommen, drehte ich mich noch einmal um und schaute mir alles an. Zwei Feuerlöschzüge standen im geräumigen Hof und aus mehreren Rohren schoss inzwischen das Wasser auf die Scheune. Als Laie hatte ich den Eindruck, dass es dem schnellen Eintreffen der Wehr zu verdanken war, dass das Feuer nicht auf das Nebengebäude und die Halle übergreifen konnte. Die Löschaktion zeigte ihre ersten Erfolge. Klar, ich wusste nicht, wie es im Innern der Scheune aussah. Zumindest von meinem Standpunkt aus waren die Rauchentwicklung und der sichtbare Feuerschein innerhalb kürzester Zeit deutlich zurückgegangen.

»Wie siehst du denn aus?« Stefanie fixierte mich mit aufgerissenen Augen und Mund, als ich in das Wohnhaus eintrat. »Bist du schwer verletzt?«

»Ach was«, antwortete ich und versuchte, die schmerzenden Stellen zu ignorieren. Mein Anzug war durch die Hitze und nicht zuletzt durch den Sturz unbrauchbar geworden. Körperlich litt ich vor allem an zwei aufgeschlagenen Knien und einem ebenso lädierten Ellbogen. Was für eine Kleinigkeit im Vergleich zu dem Tod meines Vorgesetzten. »Mir geht es gut. Ich bin nur in den Dreck gefallen, als ich Diefenbach helfen wollte.« Ich versuchte mich mit einem Lächeln, das sehr gequält rüberkam.

»Was ist mit Herrn Diefenbach?«, hakte meine Frau nach. »Ich habe ihn noch nicht gesehen.«

Ich nahm Stefanie in den Arm. Trotz meiner äußerst verschmutzten Kleidung wehrte sie sich nicht. »Den solltest du auch nicht mehr ansehen. Tut mir leid, er ist tot.«

»To… tot?«, stotterte sie und wurde blass. Bevor sie kollabierte, führte ich sie zu einem Stuhl. Die meisten anderen Gäste der Weinprobe hielten sich im gleichen Raum wie wir auf. Es handelte sich um ein Wohnzimmer. Die eben noch angeregte Unterhaltung, wohl durch die Weinprobe ein wenig angeheizt, verebbte augenblicklich. Es hatte ein Todesopfer gegeben.

Herr Gansfuß kümmerte sich so gut es ging um alle Anwesenden, indem er nichtalkoholische Getränke austeilte. Seine Frau versuchte, uns mit aktuellen

Informationen zu versorgen. »Ich stehe in laufendem Kontakt zur Einsatzleitung«, sagte sie. »Leider darf aus Sicherheitsgründen niemand in den vorderen Hof, solange die Feuerwehr da ist.« Sie machte eine kurze Pause. »Außerdem dürfen Sie noch nicht nach Hause fahren. Einer der Feuerwehrleute hat Brandbeschleuniger gefunden. Die Kriminalpolizei ist unterwegs, da es einen Anfangsverdacht auf Brandstiftung gibt. Daher müssen leider Ihre Personalien aufgenommen werden. Falls jemand von Ihnen etwas Verdächtiges gesehen hat, soll er es bitte nachher der Polizei mitteilen.«

Wahnsinn, dachte ich. Eine Brandstiftung mit Todesfolge. Dass der Abend auf diese tragische Weise enden würde, hätte ich nie vermutet. Um nicht unnötig im Weg herumzustehen, gab ich mich der Einsatzleitung nicht als Kripobeamter zu erkennen. Die Landauer Kollegen würden sowieso in Kürze eintreffen und übernehmen. Da ich schon das eine oder andere Mal in KPDs Auftrag in der Landauer Region ermitteln musste, dürfte ich bei der hiesigen Kripo bekannt sein. Klar, wenn KPD noch am Leben wäre, hätte ich an diesem Abend meinen nächsten Auftrag. Auch wenn es in diesem Gedankenspiel kein Todesopfer gab, hätte mein Vorgesetzter das Attentat auf seinen Dienstwagen persönlich genommen und es von mir in gleicher Priorität wie ein Kapitalverbrechen bearbeiten lassen.

Stumm saßen wir die nächste halbe Stunde im Wohnzimmer. Die Familie Gansfuß hatte jede Menge Sitzgelegenheiten herbeigeschleppt, selbst umgedrehte Weinkisten wurden zweckentfremdet.

»Herr Palzki?« Ein Feuerwehrmann trat ein. »Ist

hier ein gewisser Palzki? Den Vornamen kenne ich leider nicht.«

Ich gab mich mit einem Handzeichen zu erkennen.

»Würden Sie bitte mitkommen?«

Während die anderen hinter meinem Rücken tuschelten und in mir den Brandstifter sahen, vermutete ich, dass die Landauer Kollegen von meiner Anwesenheit erfahren hatten. Doch weit gefehlt, im Flur kam mir eine Person entgegen, deren Anwesenheit zwar irgendwie logisch begründet war, mich aber trotzdem schockte.

»Palzki!«, grölte dieser Jemand und schüttelte seine fetttriefenden feuerroten Haare. »Das war mir und Günter sofort klar, dass nur Sie dahinterstecken können. Sagen Sie mal, so eine Scheune abfackeln, was haben Sie sich dabei gedacht?« Doktor Metzger, der gefürchtetste Not-Notarzt der Kurpfalz, stieß sein berühmtberüchtigtes Urlachen aus, mit dem er nach eigener Aussage vor ein paar Jahren bei einer Fährfahrt auf dem Bodensee einen Tsunami auslöste und damit Konstanz beinahe auslöschte.

Angewidert blieb ich stehen. Klar, als Mediziner hatte er vor dem Tod keinerlei Respekt. Ich wollte nicht wissen, wie viele seiner Kunden, wie er die Patienten nannte, über die Wupper gegangen waren, seit er seine Kassenzulassung zurückgegeben und sich als freier medizinischer Dienstleister niedergelassen hatte. Wobei »niedergelassen« der falsche Ausdruck war. Doktor Metzger lebte, wohnte und operierte in einem umgebauten Reisemobil. Damit fuhr er in der Kurpfalz herum, um Unfallopfer zu bergen sowie seine unsäglichen medizinischen Dienstleistungen an den Mann beziehungsweise an die Frau zu bringen. Seine Angebote wechselten ständig, waren aber immer von einer penetranten Abscheulichkeit. Dennoch schien ein nicht unbeträchtlicher Teil seiner Kunden den medizinischen Murks zu überleben, sonst wäre Metzger wirtschaftlich längst am Ende. Wie er beruflich seit Jahren abseits der Schulmedizin agieren konnte, verstand ich schon lange nicht mehr. In seinem Reisemobil operierte er auf Teufel komm raus und keine einzige Behörde schien sich daran zu stören. Ob er mit den Behörden irgendwelche Rahmenverträge abgeschlossen hatte? Vielleicht sogar mit der rheinland-pfälzischen Landesregierung, um den Pensionsfond, der Medienberichten zufolge nicht so ganz hasenrein gewesen sein soll, personen- beziehungsweise mengenmäßig mittels Soll-Letalitäten bei Pensionären zu entlasten?

Doktor Matthias Metzger riss mich aus meinen Gedankengängen. »Ihr Chef hatte schon immer recht: Wenn er in einer misslichen Lage ist, sind immer Sie schuld, Palzki. Aber heute haben Sie es übertrieben!« Der Notarzt schnappte sich einen Prospekt des Weinguts, der auf einem Sideboard lag, und wischte sich damit den Schweiß von der Stirn. »Ich habe erst vor vier Wochen mein OP-Bett im Reisemobil frisch bezogen, Palzki. Können Sie sich vorstellen, wie verdreckt das jetzt aussieht, nachdem wir Ihren Chef da draufgelegt haben? Der ganze Ruß und alles.« Er schüttelte sich.

»Sie haben KP... äh, Diefenbach bei sich im Wagen?« Davon abgesehen, herrschten in Metzgers Mobilklinik vergleichbare Hygienebedingungen wie im Sammelbunker eines Müllheizkraftwerks.

»Wir waren die Ersten, Palzki. Wie immer.« Erneut führte Metzger seine absonderliche Lache vor.

»Ich dachte, Totenscheine ausstellen lohnt sich nicht?«
Metzger schien verwirrt. »Wer spricht denn von einem Totenschein? Günter kann sich zurzeit vor Arbeit nicht beklagen. Muss noch viel lernen, der Junge«, ergänzte er.

Günter Wallmen kannte ich seit meinen letzten Ermittlungen auf dem Hambacher Schloss. Er arbeitete als Oberarzt und Unfallchirurg im Sankt-Vincentius-Krankenhaus in Speyer, hatte aber bisher keine Promotion, was für einen Arzt zwar ungewöhnlich, aber keine Bedingung war. Zurzeit hatte er sich bei seinem Arbeitgeber ein Sabbatjahr genommen, um mit seinem neuen Lehrmeister Doktor Metzger durch die Lande zu ziehen. Die Sache hatte allerdings einen anderen Hintergrund: Der Not-Notarzt hatte sich im letzten Jahr einen Professorentitel erschlichen und ließ nun Wallmen bei sich promovieren. Im Gegenzug diente er sich Metzger als Hilfsarzt an.

»Was haben Sie mit Diefenbach vor?«, fragte ich bestürzt. »Sie werden ihn doch hoffentlich nicht obduzieren oder plastinieren?« Allein schon der Gedanke daran, KPD demnächst in einer Körperweltenausstellung bewundern zu müssen, trieb mir den Schweiß aus sämtlichen verfügbaren Drüsen.

»Plastinieren?«, fragte Metzger zurück. »Das habe ich mal vor Jahren nach einer misslungenen Meniskus-OP versucht, ist aber eine ziemliche Sauerei. Da müssen zuerst die ganzen Körperflüssigkeiten raus. Nachdem der Mensch fast nur aus Wasser besteht, bleibt nur sehr wenig übrig. Und dann muss man irgendwelches Zeug in die Adern und andere Körperöffnungen spritzen. Nein, das war mir zu umständlich und aufwendig. In der Zeit, in der ich die Leiche plastinierte, hätte ich zwei Dutzend

Kunden operieren können. Und die meisten leben nach der OP noch, können mich also bezahlen. Ich versuche zwar, möglichst immer Vorkasse zu verlangen, aber manche Kunden sind da so was von empfindlich, Palzki.«

Mich interessierte seine Vergangenheit in Sachen Plastination nicht die Bohne. »Was haben Sie sonst mit Diefenbach vor?«

»Warum interessiert Sie das, Palzki? Wir machen das in solchen Fällen Übliche. Haben Sie Vertrauen in Günter und mich. Wir sind Ärzte, wir kennen uns aus. Wollen Sie ihn sehen?«

»Besser nicht«, sagte ich und schluckte hart.

»Aber er Sie.«

Ich benötigte einen Moment, um die Tragweite seines letzten Satzes geistig zu verarbeiten. »Er will mich sehen? Ist er nicht tot?«

Metzger grölte, sodass zwei Feuerwehrmänner, die an uns vorbeiliefen, heftig erschraken und mit ihren Köpfen zusammenstießen.

»Wunschdenken, Palzki?« Metzger schüttelte sich vor Lachen. »Ohne Ihren Chef wären Sie aufgeschmissen.«

»Er ist nicht to… tot?«, stammelte ich. »Er hat doch so tot ausgesehen.«

»Vorhin hat er noch gezappelt«, antwortete Metzger. »Wenn Günter keinen Fehler gemacht hat, sollte er immer noch unter uns weilen.« Er machte eine kurze, nachdenkliche Pause. »Er ist dem Tod allerdings äußerst knapp von der Schippe gesprungen. Ihn hat's schon ziemlich blöd erwischt, er wird ein paar Wochen brauchen, bis er wieder dienstfähig ist.« Metzger trat näher an mich heran und flüsterte. »Das Metall hat ihn geschützt.«

»Welches Metall?« Ich hatte keine Ahnung, was er meinte.

»Na, die ganzen Orden, die an seiner Uniform hingen. Das hat wie ein Schutzschild sein Herz geschützt. Und weiter unten war es das Korsett, das ihn vor Schlimmerem bewahrt hat.«

»Korsett?«

»Mensch, Palzki«, sagte Metzger unwirsch. »Können Sie noch was anderes als Fragen stellen? Diefenbach trug ein Korsett, fertig. Das tragen mehr Männer, als Sie denken. Ihr Chef legt halt viel Wert auf sein Aussehen. Sollten Sie auch mal probieren, Palzki.« Metzger stierte mir auf die Taille und lachte. »Fettabsaugen mit einer Zwei-Zoll-Kanüle wäre allerdings effektiver. Wenn Sie wollen, kann ich das, wenn das Bett wieder frei ist, gerne machen. Ich habe mir da was aus einem alten Staubsauger zusammengebastelt. Geht ratzfatz und die Letalitätsquote geht höchstens gegen 20 Prozent, kaum der Rede wert. Zahlen Sie vorab?«

»Gehen wir zu Diefenbach.« Ich ging auf sein lächerliches Angebot nicht ein. Ich war froh, dass KPD lebte. Ich gönnte ihm den Unfall selbstredend nicht, dessen ungeachtet würden die nächsten Wochen schöne Wochen werden, solange KPD dienstunfähig war. Vielleicht kämen eine Reha und eine Kur hinzu. Über eine dauerhafte Dienstunfähigkeit wagte ich noch gar nicht zu spekulieren. Über die Sache mit dem Korsett musste ich schmunzeln. Vielleicht konnte ich diesen Hinweis irgendwann für mich und gegen KPD verwerten.

»Hallo, Herr Palzki«, begrüßte mich Günter Wallmen, der sich gerade über KPDs Körper beugte, als ich das extrem muffelnde Reisemobil betrat. »Ich habe Ihren Chef für ein paar Minuten weggebeamt, um das Sternum einigermaßen richten zu können.«

»Sternum?« Ich verstand nicht.

»Mensch, Palzki«, mischte sich Metzger ein. »Sie haben doch Asterix gelesen. Günter meint das Brustbein.«

Sein Azubi nickte. »An der Scheune hing direkt unter dem Dach als Dekoration ein alter und sauschwerer Rechen. Zwei der Zinken haben sein Sternum aufgebrochen, der dritte wurde von einer Medaille abgefedert. Das wäre sonst volle Pulle ins Herz gegangen. Die anderen Zinken bohrten sich in das Korsett. Ein paar Darmquetschungen, nichts weiter Tragisches.«

Ich blickte kurz auf den freigelegten Oberkörper KPDs. Der Bereich um das Brustbein sah für mich als Laie wie blutiger Matsch aus.

Wallmen grinste. »Das sieht schlimmer aus, als es ist. Krieg ich schon wieder hin. Nur anfangs ist das sehr schmerzhaft. Ich kenne das übrigens aus eigener Erfahrung. Man ist ja Arzt und Mensch. Auch ich stehe lieber an der Kolbenseite der Spritze, aber im richtigen Leben ist es halt gelegentlich umgekehrt. Und dann ist auch ein Arzt froh, wenn er kompetente Kollegen hat, die ihn behandeln, gell, Matthias.«

Der kurze, etwas linkische Blick von Wallmen zu seinem Not-Notarzt-Kollegen entging mir nicht.

»Das Brustbein ist ein Os planum, gehört also zu den platten Knochen und heilt nicht ganz so schnell wie zum Beispiel ein Außenknöchel. Das wird schon acht bis zwölf Wochen dauern, bis das fest verheilt und wieder im harten Beruf des Polizisten belastbar ist. Ich werde die frakturierten Teile mit Cerclagen, also Drähten aus sterilisiertem Chirurgenstahl, zusammenzwirbeln. Früher gab es bei Matthias für diese Zwecke nur den grünen Blumenbindedraht aus dem Baumarkt. Als Chirurg brauche ich natürlich professionelles Equipment. Seit wir uns ehrenamtlich am Transport für medizinische Hilfslieferungen diverser Nicht-Regierungs-Organisationen nach Westafrika beteiligen, ist unsere Ausstattung wesentlich besser geworden. Bei Operationen am offenen Herzen wird das Sternum mit einer Säge aufgetrennt, damit man die Rippenbogen wie bei einem Truthahn hochklappen kann. Keine große Sache, wenn man das anschließend anständig richtet und vor allem alle Rippen an die richtige Stelle andockt. Eine hässliche Narbe, mehr wird bei Ihrem Vorgesetzten nicht zu sehen sein.«

Er tupfte die Wunde mit einem einigermaßen sauberen Tuch ab und zwickte die überstehenden Drahtstücke mit einem Seitenschneider ab.

»Sie müssten mal das Werkzeug sehen, mit dem bei geplanten OPs das Brustbein aufgesägt wird. Solche Maschinen finden Sie im Baumarkt nicht. Die Dinger sind rattenscharf. So eine Säge habe ich mir seit dem letzten Jahr bei meinem Arbeitgeber quasi ausgeliehen, um zu Hause Granitplatten zu schneiden. Meiner Frau hatte die weiße Küche nicht mehr gefallen.«

Gleichzeitig hatte er die Wunden meines Chefs mit einem Elektroakkutacker Marke Billigdiscounter verschlossen, aber einen sauberen Pflasterverband mit der Aufschrift »Ärzte für Afrika« aufgelegt. Metzger hatte in der Zwischenzeit aus einem Röhrchen einige grüne Tabletten entnommen und hinuntergeschluckt. »Nur Vitamine«, sagte er und grinste. Dann wandte er sich an

Wallmen. »Fein gemacht, ich sehe, du hast auch schon das Korsett entfernt.«

»Der Rechen ist das eine. Der schwere Balken, der zusätzlich auf ihn und den Rechen gefallen ist, hätte ihm den Rest gegeben«, antwortete Wallmen. »Wenn das Korsett nicht so gut gedämpft hätte. Aber da gibt es ein Problem, Matthias.«

Doktor Metzger horchte auf. »Etwas, was Geld in die Kasse bringt?«

Sein Lehrling schüttelte den Kopf. »Wir als korrekte Mediziner müssen Herrn Diefenbach anzeigen.«

»Wegen des Korsetts?«

»Ja. Es handelt sich um ein exklusives und schweineteures Modell. Leider verboten.«

»Ein illegales Korsett?« Ich unterbrach ihn. »Wie soll ich das verstehen?«

»Es ist aus Fischbein eines Blauwals und stammt aus illegalem Walfang. Das ist nach dem Washingtoner Artenschutzabkommen absolut verboten und strafbar.«

Ich schüttelte angewidert den Kopf. »Sonst haben Sie keine Sorgen?«

»Die Gesetze gelten für alle«, antwortete Wallmen. »Denken Sie nur an den armen Blauwal.«

Doktor Metzger mischte sich ein. »Lass mal gut sein, Günter. Das kläre ich mit dem Chef, sobald er wieder fit ist. Dieses Insiderwissen kann meinen Beziehungen zu Diefenbach nur förderlich sein. Vielleicht setzen wir mal ein paar gemeinsame Projekte auf. Mir schweben da schon länger ein paar Dinge im Kopf herum. Zum Beispiel müssten meiner Meinung nach die Kreisverkehre abgeschafft werden. Viel zu viele Leichtverletzte und nur selten mal ein richtig lohnender Kunde.«

So langsam hatte ich genug von den beiden. »Wie sieht es insgesamt um meinen Chef aus? Wann kann ich mit ihm sprechen?«

»Gleich, wenn Sie wollen«, sagte der Notarzt-Azubi. »Ihr Chef hatte Glück im Unglück. Die Brandverletzungen sind kaum der Rede wert, die Haut und die Haare wachsen irgendwann nach. Ein paar Quetschungen, und klar, das Sternum, das wird ein paar Wochen dauern, bis das wieder fest verwachsen ist.«

»Er wird also wieder dienstfähig?«

Wallmen nickte. »Wenn neurologisch alles paletti ist, sehe ich da keinen Hinderungsgrund. Ich hole Diefenbach mal kurz zurück, vorhin hat er nach Ihnen gerufen.« Er drehte den Schieber an einem Schlauch, der in KPDs Unterarm mündete. Kurz darauf schlug mein Chef die Augen auf. Er benötigte ein bisschen, um scharf sehen zu können.

»Palzki«, stöhnte er. »Wo waren Sie denn so lange? Haben Sie den Mörder wenigstens schon gefangen?«

Ich sah zu Metzger, der winkte ab. »Das ist normal, wenn man aus der Narkose kommt. Nehmen Sie nicht alles zu wörtlich. Außerdem hat er einen beachtlich hohen Alkoholspiegel.«

»Die Lage ist unter Kontrolle«, antwortete ich. »Festnahmen gab es bisher nicht.«

Der letzte Satz war für KPD Dynamit. »Palzki, Sie müssen den Attentäter fassen! Ich weiß, ich habe viele Feinde in der Ganovenwelt. Dass mir ausgerechnet heute jemand nach dem Leben trachtet, ist ungeheuerlich. Und dann mein neuer Dienstwagen.« KPD seufzte vor Schmerzen auf. Wallmen dosierte an einem anderen Rädchen nach.

Für mich war längst klar: Paranoia bekam man immer dann, wenn man sich für wichtiger hielt, als man tatsächlich war. Paranoia war bei KPD ein Dauerzustand.

KPD fixierte mich mit glasigen Augen. »Sie müssen das schaffen, Palzki. Ich bitte Sie: Einmal im Leben müssen Sie jetzt selbstständig und ohne meine ständige Begleitung ermitteln. Trauen Sie sich das zu? Finden Sie den Schurken! In zwei oder drei Tagen werde ich wieder fit sein und Ihnen helfen.« Im Hintergrund verdrehte Metzger die Augen.

»Das wird mich viel Zeit kosten«, antwortete ich nicht ohne Hintergedanken. In Wirklichkeit ging es höchstens um einen Brandstifter, um den sich die Landauer kümmern würden. Für mich bedeutete das in den nächsten Wochen viel Zeit für private Projekte und wenig Stress in der Dienstzeit. Vielleicht würde ich mich in Landau auf Staatskosten in einem Wellnesshotel einmieten, um im Auftrag KPDs den Attentäter zu ermitteln.

»Das ist völlig egal, Palzki«, sagte KPD verbissen. »Diese Ermittlungen haben absoluten Vorrang, egal was da kommen mag. Ich beurlaube Sie bis auf Weiteres von allen anderen Dienstaufgaben. Konzentrieren Sie sich ausschließlich auf diesen feigen Anschlag auf mein Leben.«

Ein anderes Problem wurde mir schlagartig bewusst. »Als stellvertretender Dienststellenleiter der Kriminalinspektion Schifferstadt muss ich den Laden am Laufen halten. Kann ich dazu Ihr Büro benutzen?« Die Antwort war mir sowieso klar. KPD würde mich niemals alleine in sein Heiligtum lassen. Sein Büro einfach Büro zu nennen, traf die Wahrheit sowieso nicht im Geringsten. Durch

Zusammenlegung mehrerer Räume nahm KPDs Machtzentrale zwei Drittel des ersten Obergeschosses unserer Dienststelle ein. Unter anderem gab es in seinem Bereich einen Weinkeller, eine Bibliothek mit klassischen Werken sowie eine umfangreiche Urkundensammlung. Selbstredend alle auf seinen Namen lautend.

»Nein!«, schrie KPD, allerdings war der Schrei den Umständen entsprechend nicht sehr laut und von einem quälenden Gurgeln begleitet. »Mein Büro benötigen Sie nicht.« Er überlegte kurz. »Ihre Kollegen Gerhard Steinbeißer und Jutta Wagner sollen das Tagesgeschäft notdürftig aufrechterhalten, bis ich wieder im Dienst bin.«

»Ich soll mich wirklich ausschließlich um diesen Vorfall von heute Abend kümmern?«, fragte ich nach.

Mein Chef nickte. »Ausschließlich, Palzki. Hiermit gebe ich Ihnen eine mündliche uneingeschränkte Handlungsvollmacht in meinem Namen. Herr Metzger ist mein Zeuge.«

Sehr gut, dachte ich. Besser konnte es für mich gar nicht laufen. Die nächsten Wochen würden für mich angenehmer sein als Urlaub. Ich sprach Wallmen an. »Mein Vorgesetzter scheint Schmerzen zu haben, vielleicht sollten Sie ihn in das Reich der Träume schicken.« Kurze Zeit später war es so weit.

»Wir müssen Herrn Diefenbach nach der Erstversorgung in die Klinik bringen«, sagte Wallmen.

Ich horchte auf. »Wieso das denn? Ich dachte, dass sämtliche Krankenhäuser in der Kurpfalz keine Patienten von Herrn Metzger aufnehmen.«

Der Not-Notarzt grölte. »Deshalb sind das für mich auch keine Patienten, sondern Kunden. Aber darum geht es nicht. Ich bin hin- und hergerissen. Ich kann Ihren Chef nicht vier bis sechs Wochen in meiner Mobilklinik liegen und seine Wehwehchen auskurieren lassen, dafür bin ich überhaupt nicht eingerichtet. Wo soll ich in der Zwischenzeit meine Kunden operieren? Auf der anderen Seite hat Diefenbach jede Menge private Zusatzversicherungen. Monetär wäre das eine lohnende Sache.«

»Und wenn wir für unseren Dauerpatienten ein Notbett installieren?«, fragte Günter Wallmen. »Oder noch besser: Wir narkotisieren ihn kurz, wenn wir andere Kunden operieren. Da können wir Herrn Diefenbach einfach zur Seite rollen. Das Bett ist breit genug.«

Doktor Metzger schlug seinem Lehrling auf den Rücken, sodass es nur so klatschte. »Das ist mal eine gute Idee, Günter. Genauso machen wir es. Damit verdoppeln wir unsere Belegkapazität auf einen Schlag. Deine Promotion ist schon so gut wie in trockenen Tüchern.«

»Ich gehe dann mal wieder«, sagte ich zu den beiden. »Sie haben gehört, was mein Vorgesetzter mir befohlen hat. Ich muss mich um das Verbrechen kümmern, das heute Abend verübt wurde. Und das kann dauern.«

»Soll ich Sie schnell verarzten?«, fragte Wallmen. »Sie sehen etwas derangiert aus.«

»Ich bin hart im Nehmen«, antwortete ich. »Nur ein paar Kratzer, nicht der Rede wert.« Bevor die beiden auf dumme Gedanken kamen, stieg ich aus dem fahrenden Kabinett des Grauens aus. Nebenbei bemerkte ich, dass das Reisemobil eine neue Werbebotschaft trug. Doch damit wollte ich mich jetzt nicht auch noch befassen.

Ich ging zurück zu Stefanie.

»Alles in Ordnung, Reiner? Wie geht es Herrn Diefenbach? Ich habe gehört, dass er lebt.«

»Bestens, Stefanie. Tut mir leid, dass ich dir etwas Falsches gesagt habe, aber er sah so tot aus. Er wird es auf jeden Fall überleben und in ein paar Wochen wieder auf dem Damm sein. Jedenfalls dann, wenn ihn Doktor Metzger zügig ins Krankenhaus bringt, was noch nicht so klar ist.«

»Vor ein paar Minuten war eine Frau Segemeier bei mir und wollte dich sprechen. Sie ist von der Polizei. Hat sie dich gefunden?«

»Nein, ich war die ganze Zeit bei Metzger. Ich werde sie mal suchen gehen. Ist bei euch alles in Ordnung?«

»Herr und Frau Gansfuß kümmern sich rührend um uns. Die ersten Besucher der Weinprobe durften inzwischen heimfahren, nachdem ihre Personalien aufgenommen wurden. Inzwischen stockt es ein bisschen. Ich kenne aber nicht den Grund.«

Im Hof hinter der Halle war die Schlacht geschlagen. Schläuche wurden zusammengerollt und andere Geräte weggeschafft. Die Grundmauern der Scheune waren intakt geblieben. Lediglich über den Fensteröffnungen war die Fassade stark verrußt. Teile des Dachüberstandes hatten Feuer gefangen und waren in den Hof gestürzt, was unangenehme Folgen für KPD gehabt hatte. Wie es im Innern des Gebäudes aussah, konnte ich nicht erkennen. Durch die leeren Fensteröffnungen sah man nur schwarz.

KAPITEL 4
ALLES KOMMT ANDERS ALS GEDACHT

Zwei Männer traten aus der Scheune. Da sie keinen Atemschutz trugen, ging ich davon aus, dass der Brand nicht allzu schlimm gewütet hatte. Ich lief auf die beiden zu, da ich sie für Kollegen hielt.

»Was wollen Sie?«, schnauzte mich einer der beiden, ein Bodybuilder mit provozierender Bräune, an. Dazu musste er seinen Kopf in den Nacken legen, da ich, zumindest gefühlt, doppelt so groß war wie er.

»Ich suche Frau Segemeier«, antwortete ich und verzichtete aus Gesundheitsgründen darauf, ihn mit »Mini-King-Kong« anzusprechen.

»Sie meinen wahrscheinlich die Erste Kriminalhauptkommissarin Martina Segemeier«, meinte sein Kumpel, der größer war, dafür aber einen antiintellektuellen Gesichtsausdruck, ähnlich wie George W. Bush, zur Schau trug.

»Kann sein.« Ich blieb betont lässig. Mit meiner Vollmacht konnte ich mir das locker erlauben. »Also, wo ist sie?«, herrschte ich sie an.

»Wer will das wissen?«, meinte der Miniaturbeamte und baute sich vor mir auf, was einem zufällig anwesenden Zeichner sofort als Vorlage für ein paar lustige Cartoons dienen würde.

»Ich«, antwortete ich. »Falls Sie keine Strafversetzung nach Schifferstadt riskieren wollen, schlage ich Ihnen vor, mit mir zu kooperieren. Also, wo ist Ihre Herrin?«

Die beiden Schwachköpfe traten eingeschüchtert einen Schritt zurück. Ich hatte den richtigen Ton getroffen.

»Wo finde ich sie?«

»Drinnen«, sagte der Bush-Verwandte und zeigte in Richtung Scheune. »Sie wird gleich rauskommen.«

Dieser Nachsatz ersparte mir den Gang in das verräucherte Gebäude. Ich nutzte die Gelegenheit, weitere Informationen aus den beiden eingeschüchterten Beamten herauszulocken.

»Seid ihr von Landau? Ich habe euch noch nie gesehen!«

Klein King-Kong wurde nun kommunikationsfreudiger. »Die Erste Kriminalhauptkommissarin Martina Segemeier ist erst seit ein paar Wochen in Landau. Die Hälfte der Belegschaft wurde ausgetauscht. Was da in der Vergangenheit vorgefallen ist, wissen wir nicht. Uns Neuen wird nicht viel gesagt. Irgendwelche krummen Dinger soll es gegeben haben. Die von Ihnen erwähnte Dienststelle in Schifferstadt wird in diesem Zusammenhang häufig genannt. Deren Chef soll ein großes Ding mit der Vorgängerin von unserer Ersten Kriminalhauptkommissarin Martina Segemeier am Laufen gehabt haben.«

KPD, immer wieder KPD, dachte ich. Warum wurde in Landau die Leitung ausgetauscht und nicht bei uns? Die beiden waren durch mein autoritäres Auftreten dermaßen eingeschüchtert, dass sie mir diese Interna einfach so verrieten. Sie konnten nicht einmal wissen, ob ich tatsächlich ein Kollege war. Ich war äußerst gespannt auf ihre Vorgesetzte.

Doch zuerst passierte etwas anderes: Zwei Personen trugen eine Zinkwanne in die Scheune.

»Was hat das zu bedeuten?«, fragte ich die beiden.

»Sollen wir die Leiche auf den Händen raustragen?«, fragte King-Kong zurück und beide begannen zu lachen.

Inzwischen hatte auch ich kapiert, dass es wohl tatsächlich ein Todesopfer gegeben hatte.

»Wen hat es erwischt?« Von der Weinprobengesellschaft wohl keinen, das hätte ich längst erfahren.

Der Zwerg zuckte mit den Achseln. »Unbekannte männliche Leiche. Ist an den Rauchgasen erstickt. Die Feuerwehr hat ihn erst vor ein paar Minuten in einem kleinen abgeschlossenen Kabuff entdeckt.«

»Erstickt, in einem verschlossenen Raum? Ach so«, ergänzte ich. »Das Opfer saß bestimmt im Nebengebäude auf der Toilette, als es von dem Feuer überrascht wurde.«

Das George W. Bush-Double schaute debiler als das Original, was nur schlecht vorstellbar war, aber den Tatsachen entsprach. »Was reimen Sie sich da zusammen? Bringen Sie nicht noch mehr Chaos in die Ermittlung, als wir sowieso schon haben. Ah, da kommt die Erste Kriminalhauptkommissarin Martina Segemeier.« Seine nächsten Worte, die er leise an seinen Kumpel richtete, verstand ich dennoch. »Schnell weg, sonst haben wir noch mehr Arbeit an der Backe.«

Eine Frau Anfang 40 mit extravaganter Duttfrisur kam aus der Scheune heraus. Aus welchem Horrorfilm war die denn entsprungen, dachte ich ungläubig. In ihrem hochgebundenen Dutt könnte man einen Handball verstecken. In der Dämmerung würde sie wie ein Mensch mit zwei übereinanderstehenden Köpfen wirken.

»Aus dem Weg!«, rief sie mir mit einer mäuschenhaften Piepsstimme entgegen. »Ich habe zu tun.«

»Hallo«, piepste ich im Reflex zurück. »Sind Sie Frau Segemeier?«

»Ich bin die Erste Kriminalhauptkommissarin Martina Segemeier, das stimmt. Und was wollen Sie von mir?«

Längst hatte ich kapiert, dass mal wieder ein titelgeiler Vorgesetzter vor mir stand. In dieser Beziehung war KPD kein Einzelfall. Wahrscheinlich weil ich in dieser Branche arbeitete, war mir schon öfter aufgefallen, dass hochrangige oder vermeintlich hochrangige Polizeibeamte Wert auf ihren Dienstgrad legten. Bei Lehrern, auch wenn diese durch die Bank ebenfalls ihre Allüren oder Schlimmeres pflegten, war mir dieses Gehabe nicht aufgefallen. Ein Lehrer, der von seiner Klasse verlangen würde, mit Oberstudiendirektor angesprochen zu werden, hätte heutzutage auch keine allzu große Lebenserwartung.

»Sie haben mich gesucht, Frau Segemeier.« Ich blieb hartnäckig beim Nachnamen.

»Wer sind Sie denn?«, fragte sie verärgert zurück.

»Palzki«, antwortete ich, nun wieder in normaler Stimmlage. »Kriminalhauptkommissar Reiner Palzki. Von der weltberühmten Kriminalinspektion in Schifferstadt. Ausgestattet mit allen erdenklichen Vollmachten.«

Dass sie auf das Thema Vollmacht nicht einging, war klar. Woher sollte sie wissen, dass ich mit KPD gesprochen hatte.

»Da sind Sie ja endlich. Wo haben Sie gesteckt?«

»Ich hatte eine Besprechung mit meinem Chef Klaus P. Diefenbach, dem Dienststellenleiter der Schifferstadter Kriminalinspektion.«

»Diefenbach?«, rief sie überrascht. Zusammen mit ihrer hohen Stimme klang ihr Schrei wie der Zahnsteinentferner beim Zahnarzt. »Ich denke, der ist tot?«

»Ich sehe schon«, sagte ich provozierend, »die Ermittlungsschwächen sind bei den Kollegen in Landau die gleichen geblieben wie früher, trotz ausgetauschtem Personal.« Bevor sie in die Luft ging und in der Umgebung jeder meinte, hier gäbe es einen eingeschalteten Marderschreck, ergänzte ich: »Selbstverständlich lebt mein Vorgesetzter. Er ist nur leicht verletzt. Sie wurden falsch unterrichtet.«

Sie lief rot an. »Die Burschen werde ich mir schnappen. Das gibt mindestens ein Disziplinarverfahren. Wie soll ich die Ermittlungen führen, wenn mir laufend alternative Fakten genannt werden?«

»Sie wurden bereits mehrfach angelogen?« Ein bisschen Öl ins Feuer zu schütten, konnte in dieser Situation nicht verkehrt sein. »Das tut mir leid.«

»Was heißt ›angelogen‹«, verbesserte sie sich. »Keine Menschenseele vermisst den Toten. Dabei liegt es für mich auf der Hand, dass er zu dieser Gruppe gehört, die an der Weinprobe teilgenommen hat. Irgendjemand verheimlicht etwas.«

»Vielleicht der Täter?« Mit dieser Binsenweisheit verwirrte ich sie für einen kurzen Moment. »Da ich selbst bei der Weinprobe anwesend war, gehe ich mit Ihnen zur Toilette.«

»Sie wollen was?« Ihre Stimme schnappte über, was für meine Ohren sehr schmerzhaft war.

»Den Toten identifizieren. Er liegt doch auf der Toilette, oder habe ich etwas falsch verstanden?«

»Wer hat Ihnen den Mist erzählt?«

»Ihre Untergebenen, wer sonst?« Auch wenn diese falsche Anschuldigung gemein war, ging sie in die richtige Richtung.

»So ein Quatsch«, antwortete sie kopfschüttelnd. »Die Leiche haben wir in dem kleinen Notbüro gefunden.«

»Notbüro?«

»So habe ich es benannt. Es ist ein kleiner, nachträglich abgetrennter Raum in der Scheune. Ich konnte bisher nicht herausfinden, welchen Zweck das Büro hat.«

Gemeinsam betraten wir die Scheune. Der vordere, große Teil war mir bisher unbekannt. Das Feuer hatte weite Teile des Innenraums zerstört, den Rest hatten die Hitze und der Qualm erledigt. Hinzu kam ein beträchtlicher Wasserschaden durch das Löschwasser. Auf fast endlosen mehrstöckigen Regalen standen Hunderte oder gar Tausende kleiner geschmolzener Pflanzbecher aus Plastik, in denen sich die verkohlten Reste von irgendwelchen Pflanzen befanden. Auf der gegenüberliegenden Seite waren kleine, völlig verrußte Maschinen aufgebaut, deren Zweck ich nicht kannte. Daneben lagen weitere verkohlte Pflanzenteile herum.

»Was ist das?«, fragte ich die Landauer Kripochefin.

»Irgendeine Pflanzenzucht«, antwortete sie. »Da drüben, das waren Sämlinge, hat man mir gesagt. Ich kenne mich mit dem Zeug nicht aus. Meine Vorgängerin Doktor Dammheim, die kennen Sie ja, Herr Palzki, die kannte sich da besser aus. Als ich das erste Mal die Dienststelle in Landau betrat, bekam ich einen Schock. Dammheims Büro glich einem Urwald und auch der Rest des Gebäudes war eher ein Pflanzenschauhaus als eine Polizeidienststelle.«

Ich konnte mich nur zu gut erinnern und ihr nachfühlen. Als ich bei meinen Ermittlungen auf der Landesgartenschau Landau das erste Mal zu Dammheim musste, hätte ich eine Machete gut gebrauchen können, um zur Dienststellenleiterin vorzudringen.

Segemeier piepste weiter. »Fast 40 Muldenkipper waren nötig, um dieses organische Grünzeug zu entsorgen. Ein Wunder, dass die Statik der Dienststelle nicht gelitten hat. Nach der Entrümpelungsaktion habe ich erst mal alle Räume in einem einheitlichen Arktisweiß streichen lassen. Bilder und anderen Wandschmuck gibt es bei mir auch nicht mehr. Ich mag es minimalistisch, ohne Ablenkung durch überflüssigen Tand.«

»Dann können Sie gleich Ihre Erfahrung einbringen.« Sie schaute mich fragend an. »Verbranntes Saatgut entsorgen und die Wände streichen.«

Sie atmete zwei- oder dreimal durch und sagte kurz angebunden: »Kommen Sie mit, da vorne ist es.«

Der hintere Teil der Scheune war abgetrennt. Eine offen stehende schwere Metalltür erkannte ich wieder. Auf der anderen Seite befand sich das Nebengebäude mit den Toiletten. Links von der Metalltür war raumhoch ein Rechteck von kaum vier Quadratmetern abgetrennt. Eine weitere Metalltür diente als Zugang. Bis hierhin waren die Flammen nicht vorgedrungen, allerdings hatte sich wie im Rest der Scheune ein fetter Rußfilm auf die Wände und die Einrichtung gelegt. Die Spurensicherer, die zugange waren, waren um ihren Job nicht zu beneiden. Ihre ehemals weißen Schutzanzüge sahen aus wie Doktor Metzgers Arztkittel. Insgesamt herrschten sehr beengte Verhältnisse, beinahe wäre ich über die Zinkwanne gestolpert, die halb in der Tür zu dem Toilettenbereich stand. Da meine Kleidung nicht mehr die frischeste war, konnte ich mich relativ frei bewegen, ohne später von Stefanie einen Rüffel zu kassieren. Am meisten machte mir der Gestank zu schaffen. So schnell wie möglich wollte ich diesen Ort verlassen. Ich war sowieso hin- und hergerissen. Bis vor wenigen Minuten war ich davon ausgegangen, dass es sich im höchsten Fall um eine Brandstiftung handelte, vielleicht sogar nur um ein technisches Versagen. Nun war ich erneut mit einem Todesfall konfrontiert und mein Bauchgefühl sagte mir, dass es um Fremdverschulden ging. An einen Unfall glaubte ich längst nicht mehr, auch ein Suizid machte in meinen Augen keinen Sinn. Ich nahm mir vor, mich nach der Identifizierung des Toten auf eine Beobachterrolle zurückzuziehen. Solange die Landauer Kripochefin motiviert genug war, reichte es vollkommen aus, ab und zu den Stand der Ermittlungen zu erfragen.

»Lassen Sie mal Herrn Palzki durch«, scheuchte Segemeier einen Spurensicherer zur Seite. Dieser richtete sich auf. »Der Notarzt hat die erste Leichenschau beendet. Wegen den örtlichen Verhältnissen konnte er die Leiche nicht komplett entkleiden, ohne die Spurenlage zu zerstören. Er meinte, eine Rauchgasvergiftung wäre die wahrscheinlichste Todesursache. Ob weitere Faktoren hinzukommen, konnte er ad hoc nicht beantworten. Jetzt ist er weg, draußen auf der Straße würde ein alter Medizinerkollege von ihm warten.«

»Ja, ja, ist ja schon gut.« Segemeier schien wenig daran interessiert, ob die vorgeschriebenen Anweisungen durchgeführt wurden. »Da liegt er«, sagte sie zu mir und trat zur Seite.

Das winzige fensterlose Büro musste früher eine Abstellkammer für Putzmittel gewesen sein. Ein klappbarer Campingtisch diente als Schreibtisch, ein unbequemer Gartenstuhl aus Stahlblech als Sitzgelegenheit. Auf einem lieblos an die Wand geschraubten Miniregal standen ein paar Ordner mit handschriftlichen Rückenetiketten. Auf dem Tisch lagen zwei weitere Ordner und ein Stapel Papiere. Der Platz auf dem Boden reichte gerade so für die Leiche. Segemeier stand im Türrahmen, während ich mit einem Fuß links neben dem Brustkorb des Toten und mit dem anderen zwischen seinen leicht gespreizten Beinen stand.

»Erkennen Sie ihn wieder?«

»Von unserer Gesellschaft ist er nicht«, sagte ich. »Den Mann habe ich nie vorher gesehen. War er wirklich in diesem Kabuff eingesperrt?«

Segemeier nickte. »Die Feuerwehr hat standardmäßig nach dem Löschen des Brandes die Tür geöffnet, um potenzielle Glutnester zu entdecken. Dabei sind sie auf die Leiche gestoßen.«

Zuerst hatte ich mich gewundert, wie ein verschlossener Raum dermaßen verrußt sein konnte. Doch schnell hatte ich erkannt, dass im unteren Bereich die Tür mehrere Zentimeter Luft zum Boden hatte. Durch diese Öffnung zogen auch die tödlichen Rauchgase in das Büro. Selbst wenn der Mann schon vor dem Brand eingeschlossen war und um sein Leben geschrien hätte, hätte man ihn durch die beiden Metalltüren im Toilettenbereich nicht hören können. Nur wenn sich zufällig jemand in der Scheune aufgehalten hätte, wäre er entdeckt worden.

»Reden Sie mit der Familie Gansfuß«, sagte ich. »Vielleicht handelt es sich um einen Angestellten oder Freund der Familie.«

Segemeier verneinte. »Ohne die beiden über den Leichenfund zu informieren, habe ich sie beiläufig gefragt, ob irgendwer vermisst wird. Es wären alle da, wurde mir geantwortet. In dem Zusammenhang erfuhr ich, dass Sie hier sind, Herr Palzki. Die Sache mit dem Tod, äh, Verzeihung, mit dem vermeintlichen Tod Ihres Chefs wusste ich bereits vorher. Da habe ich mir gedacht, dass ich Sie bitten könnte, den Toten zu identifizieren.«

»Tut mir leid«, sagte ich enttäuscht, denn das war ich wirklich. Zu gerne hätte ich den Toten identifiziert. Damit hätte ich einen eindeutigen Bezug zu den Ermittlungen gehabt und könnte regelmäßig, ohne Verdacht zu erregen, den aktuellen Stand abfragen. »Sie werden wohl Herrn und Frau Gansfuß die Wahrheit sagen müssen.«

»Das hätte sich sowieso nicht verheimlichen lassen. Ich wollte den beiden nur die Ansicht der Leiche ersparen.«

Als wir das Büro verließen, befahl Segemeier einer Beamtin, das Ehepaar Gansfuß zu holen. »Eigentlich müsste ich Sie jetzt wegschicken, Herr Palzki. Für diesen Fall ist eindeutig Landau zuständig.«

Ich nutzte die vielleicht letzte Chance. »Da wird mein Vorgesetzter, Herr Diefenbach, aber nicht sehr begeistert sein. Sie haben bestimmt davon gehört, wie viele Beziehungen er hat bis hinauf in die allerhöchsten Kreise.«

»Papperlapapp«, unterbrach sie mich. »Dieses gesetzwidrige Verhalten hat meiner Vorgängerin den Kopf und die Pension gekostet. Und glauben Sie mir: Der Name Ihres Chefs spielte dabei eine große Rolle. Ich verrate

Ihnen kein Dienstgeheimnis, wenn ich Ihnen sage, dass da richtig große Schweinereien gelaufen sind.«

Ich nahm den Kampf auf. »Und ich verrate Ihnen kein Geheimnis, wenn ich Ihnen sage, dass wir in Schifferstadt unseren Dienststellenleiter nur zu gut kennen. Aber schauen Sie mal: Ihre Vorgängerin Frau Doktor Dammheim wurde abgesetzt, mein Chef Klaus Diefenbach ist immer noch in Amt und Würden. Nein, gegen ihn kommen Sie nicht an. Aber es kommt noch dicker: Vorhin hat er mich höchstpersönlich beauftragt, das Attentat auf ihn lückenlos aufzuklären. Er gab mir eine uneingeschränkte Vollmacht.« Ich machte eine kleine, vielsagende Pause. »Wenn ich ihm erzähle, dass Sie mir die Mithilfe bei den Ermittlungen verweigern, kann ich nur fantasieren, was passieren wird. Sie wollen doch noch länger Dienststellenleiterin in Landau bleiben? Vielleicht sogar zur Kriminaldirektorin aufsteigen?«

Sie überlegte und bevor sie antwortete, fuhr ich fort. »Aber ich kann Ihnen einen Lösungsansatz bieten, der Sie begeistern wird.«

Nach einem Seufzer, der sich wegen ihrer Piepsstimme wie ein Luftballon anhörte, aus dem plötzlich die Luft entwich, gab sie sich geschlagen. »Und der wäre?«

»Sie behalten die Ermittlungshoheit und halten mich auf dem Laufenden. Ein oder zwei Berichte in der Woche reichen völlig aus. Falls die Ermittlungen komplexer werden, aber davon gehen wir mal nicht aus, können wir uns noch mal kurzschließen. In den nächsten Wochen ist mein Chef dienstunfähig, bis dahin werden Sie diesen kleinen Fall längst gelöst haben. Im Endeffekt sind wir damit alle zufrieden.« Ich lächelte dreist. Das war das erste Mal, dass nicht KPD von mir Berichte anforderte, sondern ich von anderen.

»Herr Palzki?«

Ich drehte mich um und sah das Ehepaar Gansfuß kommen. »Leider müssen wir Ihnen eine traurige Nachricht überbringen«, begann ich, während Segemeier schwieg. »Es gibt ein Todesopfer.«

Frau Gansfuß schlug sich die Hand vor den Mund, ihr Mann dagegen wunderte sich. »Ich dachte, Herr Diefenbach ist nur verletzt?«

»Das stimmt schon«, bestätigte ich. »Leider haben wir eine Leiche gefunden, die uns unbekannt ist. Sie hat nicht an der Weinprobe teilgenommen, das ist geklärt. Herr Gansfuß, würden Sie bitte einen Blick in den kleinen Raum werfen?«

Ich versuchte, den neugierigen Blick seiner Frau so gut es ging abzuschirmen, damit sie die Leiche nicht sah.

»Das ist ja Monetero!«, schrie der Weingutbesitzer. »Wieso ist der hier?« Mit fahlem Gesicht kam er zurück in den Vorraum.

»Wer ist Monetero?«, fragte Segemeier.

»Na, das ist doch der Außenprüfer vom Finanzamt. Wir haben eine Steuerprüfung im Haus.«

»Monetero?«, fragte seine Frau unsicher. »Was macht der um diese Uhrzeit hier? Der ist doch nie länger als bis 16.00 Uhr bei uns.«

Ein Steuerprüfer, damit hatten weder Segemeier noch ich gerechnet. Dass Außenprüfer des Finanzamtes, des Zolls oder der Sozialversicherungsträger keinen leichten und ungefährlichen Job hatten, war mir bekannt. Doch wer brachte so jemanden um? Wenn es nur um Steuerschulden oder steuerliche Ungereimtheiten der Familie Gansfuß ging, war die Tat umsonst. Andere Prüfer würden kommen und noch genauer in die Bücher und Bilanzen schauen. Nein, es musste mehr dahinterstecken. Ich war froh, dass Segemeier für den Fall zuständig war. Im Prinzip könnte ich mich jetzt verabschieden und sie an die Zusendung der Berichte erinnern. Einzig meine Neugier machte den Plan zunichte.

»War er auch heute bei Ihnen?«, fragte die Landauer Kripochefin.

Frau Gansfuß nickte. »Ich habe ihn allerdings kaum gesehen. Wir haben ihm den kleinen Raum zur Verfügung gestellt, damit er sich die steuerlichen Unterlagen des Weinguts anschauen kann.«

»Du hattest doch heute Mittag ein Gespräch mit Klaus Monetero«, fiel ihrem Mann ein.

»Ach ja, das stimmt. Das dauerte aber keine fünf Minuten. Er wollte Informationen zu ein paar Lieferscheinen haben. Das war schnell geklärt. Anschließend habe ich ihn nicht mehr gesehen. Er kann sein Büro durch die Scheune frei verlassen und betreten, wir haben nie abgeschlossen.«

»Er war in dem Büro eingeschlossen«, unterbrach ich.

Das Ehepaar wirkte verstört. »Das kann doch nicht sein«, sagte Winfried Gansfuß. »Das müsste dann heute Mittag passiert sein, bevor die Weinprobe begann. Ich habe nie erlebt, dass der Prüfer länger als bis 16.00 Uhr blieb, meist ging er kurz nach 15.00 Uhr.«

Seine Frau bestätigte ihn mit einem mehrfachen Nicken. »Ich war um 14.00 Uhr bei ihm. Wie gesagt, danach habe ich ihn nicht mehr gesehen. Ich habe auch nichts gehört, als ich vor der Weinprobe die Toiletten kontrolliert habe. In die Scheune bin ich allerdings nicht gegangen.«

Auf der einen Seite war ich froh, dass dieses Kapitalverbrechen erkennbar nichts mit der Weinprobe zu tun hatte, auf der anderen Seite verkomplizierte es die Ermittlungen. Oder lag vielleicht gar kein absichtliches Tötungsdelikt vor? Aber warum war der Finanzbeamte eingeschlossen? Ich hatte gleichzeitig mit Segemeier die Idee, einen der Feuerwehrleute zu befragen, ob sie Brandbeschleuniger gefunden hatten. Sie sprach es als Erstes aus, daher gönnte ich ihr die Idee. Hauptsache, es brachte uns weiter.

»Herr Mann, ich brauche dringend jemand Kompetentes von der Feuerwehr«, quiekte sie einen Mitarbeiter an.

»Herrmann?«, wiederholte ich. »Sie duzen Ihre Mitarbeiter?«

Segemeier sah mich fragend an, dann lachte sie schallend, was sich mit ihrer Piepsstimme äußerst gewöhnungsbedürftig anhörte.

»Ich bitte Sie, Herr Palzki. Man kann doch seine Mitarbeiter nicht duzen. Das würde die Autorität untergraben. Ich meinte Herrn Kriminalkommissar Joachim Mann. Nicht Herrmann.«

Während wir warteten, schickte Segemeier das Ehepaar Gansfuß zurück zu den Gästen. Wegen des Leichenfundes musste der noch anwesende Teil der Gesellschaft warten. Kurz darauf trat ein Feuerwehrmann zu uns.

»Oberbrandmeister Uwe Senkel«, sagte er zu mir und deutete ein Nicken an. »Frau Kriminalhauptkommissarin Segemeier, Sie haben mich rufen lassen?«

Ich sah ihr an, wie ihr das Wörtchen »Erste« verbessernd auf den Lippen lag, doch sie besann sich. »Konnten Sie den Tatort inzwischen untersuchen?«

»Soweit dies mit unseren Mitteln möglich ist«, antwortete er. »Für morgen wird ein Sachverständiger angefordert, der mit Ihren Mitarbeitern die Scheune untersuchen wird. Ich gehe nach der aktuellen Situation davon aus, dass Sie Ermittlungen zu einem Tötungsdelikt führen müssen.«

»Eine technische Ursache ist Ihrer Meinung nach auszuschließen?«

»Schauen Sie, hier.« Senkel drehte sich um. Wir standen genau zwischen den beiden Metalltüren, die zu dem kleinen Büro und der Toilettenanlage führten. »Sehen Sie unter dem Regal die Reste des Metallkanisters? Das war ein Benzinkanister. Irgendeiner hat, beginnend neben der Wand, hinter der wir die Leiche gefunden haben, das Saatgut-Regal der Länge nach mit Benzin überschüttet und angezündet. Das war lebensgefährlich, da es sehr leicht zu einer Verpuffung hätte kommen können. Speziell an diesem Regal und den zur Unkenntlichkeit verschmolzenen Plastiktöpfen können Sie sehen, dass dort der Brandherd entstanden sein muss. Da die Metalltür zur Toilette nahezu luftdicht ist, aber auf der vorderen Seite der Scheune neben dem Eingang ein Fenster schräg geöffnet war, hat sich ein waagerechter Sog in Richtung Eingang gezogen. Dadurch sind im vorderen Scheunenteil zum Hof hin die Fenster geplatzt und das Feuer konnte sich außen bis zum Dachunterstand vorarbeiten. Nur durch diesen Umstand blieb der hintere Teil der Scheune mit dem Büro brandmäßig relativ unversehrt. Die Rauchgase waren innerhalb von kürzester Zeit tödlich. Drei-, viermal atmen, dann ist es vorbei.«

»Gibt es weitere Spuren, die auf den Brandstifter schließen lassen?«

»Dazu ist es zu verrußt«, sagte der Oberbrandmeister. »Und aufgrund des Löschwassers können wir auf dem Boden keine Schuhspuren zuordnen. Der Täter kann sowohl durch den Scheuneneingang gekommen sein als auch durch die Toiletten.«

»Oder die Täterin«, verbesserte ich.

»Na klar«, bestätigte Uwe Senkel. »Egal wer es war, er hat sich selbst in große Gefahr gebracht. Vielleicht war dem Täter dies gar nicht bewusst? Die Indizien sprechen auf jeden Fall dafür, dass sich jemand des Mannes im Büro entledigen wollte. Was ja auch geklappt hat. Zwar nicht durch Feuer, aber dafür durch den Rauch. Das Ergebnis bleibt das gleiche.«

»Vielleicht auch nicht«, verbesserte ich.

Segemeier und Senkel schauten mich überrascht an.

»Jetzt enttäuschen Sie mich aber.« Ich grinste. »Wenn Klaus Monetero eines Feuertodes gestorben wäre, wäre auch die Einrichtung des Kabuffs verbrannt. So ist die Einrichtung zwar verrußt, aber immerhin noch vollständig. Was wäre, wenn Monetero wusste, wer ihn eingeschlossen hatte? Spätestens als er den Brand bemerkte, würde er doch eine Nachricht hinterlassen. Das heißt, wir sollten dieses Büro umgehend versiegeln. Am besten wäre es, wenn noch heute Abend sämtliches Inventar extern sichergestellt wird.«

»Und wo soll ich das Personal hernehmen? Außerdem haben wir gar keinen Platz für das Zeug. Nein, versiegeln reicht fürs Erste.« Segemeier schien nicht viel von Überstunden zu halten.

»Wie Sie meinen«, antwortete ich mit einem sarkastischen Unterton. »Wir in Schifferstadt sind da immer viel gründlicher. Selbst wenn Monetero keinen Hinweis auf den Täter oder die Täterin hinterlassen hat, dürfte es sehr wahrscheinlich sein, dass die Tat etwas mit seinem Job und den Unterlagen in diesem Büro zu tun hat.«

»Sie sehen die Eheleute Gansfuß als Täter?« Segemeier wiegte ihren Kopf.

»Nicht mehr oder weniger als alle anderen Anwesenden auch. Klar, wenn es um die Außenprüfung geht, sieht es schlecht aus für Herrn und Frau Gansfuß. Das sind bisher aber nur reine Vermutungen. Durch die Sicherstellung der Unterlagen und des Inventars können Sie den Verdacht erhärten oder das Ehepaar entlasten. Das sollten Sie sich nicht entgehen lassen.«

»Gleichwohl, wo soll ich das stinkende Zeug hinbringen lassen? Unsere Dienststelle ist frisch gestrichen und in mein Büro kommt das nicht.«

Ich hatte einen Geistesblitz. »Wie wäre es mit Amtshilfe? Wir haben in Schifferstadt zurzeit zufällig einen großen Raum, der nicht genutzt wird. Sorgen Sie für einen Transport nach Schifferstadt, den Rest organisiere ich, nebst der Untersuchung der Sachen. Bericht natürlich inklusive.«

Dies war ein Angebot, das sich die Landauer Kripochefin nicht entgehen lassen konnte. Die Verantwortung hatte sie los, unabhängig davon waren die potenziellen Beweise gesichert. Ich war zufrieden. Mit diesem

Husarenstück konnte ich KPD überzeugen, dass unsere Dienststelle aktiv bis zum Hals in den Ermittlungen steckte, um das ungeheure Attentat an diesem Abend aufzuklären. Dass wir damit den Tod des Außenprüfers meinten und nicht KPDs Unfall, brauchte er nicht zu wissen. Genauso wenig wie den Raum, den ich den Landauern als Lagerraum zur Verfügung stellen wollte: Diefenbachs Büro. Riesengroß und zurzeit nicht genutzt. Der Gestank würde abgezogen sein, bis mein Chef wieder dienstfähig war. Außerdem konnte ich mich damit an ein paar Kollegen der im gleichen Gebäude ansässigen Polizeiinspektion rächen, die in der Vergangenheit schon öfters versucht hatten, mich lächerlich oder Witze auf meine Kosten zu machen. Genau diese Beamten würde ich Kraft meiner Vollmacht dazu verdonnern, die Unterlagen und das Inventar peinlichst genau zu untersuchen.

»Einverstanden«, meinte Segemeier schließlich. »Herr Mann, haben Sie verstanden? Bringen Sie das Zeug nach Schifferstadt.«

Ihr Mitarbeiter, der sich im Hintergrund gehalten hatte, nickte zerknirscht. »Ich fordere ein paar Transporter und Schutzpolizisten an.«

»Tun Sie das«, sagte seine Chefin. »Ich verlasse mich auf Sie.«

Mit einem Blick auf die Uhr stellte ich fest, dass es inzwischen kurz vor Mitternacht war. Wie schnell doch die Zeit verging, wenn etwas los war. Stefanie würde bestimmt schon unruhig auf mich warten. Meine Schwiegermutter auch, aber das war mir egal.

»Ich mach mich jetzt vom Acker«, sagte ich salopp zu Segemeier. »Vergessen Sie bitte nicht, die Personalien der noch anwesenden Weinprobenbesucher aufzunehmen. Die wollen heim.«

»Für wen halten Sie mich?«, fuhr die Landauer Kripochefin hoch, was meine Trommelfelle an ihre Belastungsgrenzen brachte. »Meine Mitarbeiter werden in Kürze damit beginnen. Die Tatortaufnahme hat Vorrang.«

»Dann ist ja alles bestens und ich brauche Sie auch nicht an die Berichte zu erinnern, die Sie mir alle zwei bis drei Tage zuschicken.«

Ihre säuerliche Antwort verstand ich nicht, da sich ihre Stimme überschlug. Mit dieser Verabschiedung hatte ich bewusst eine gewisse emotionale Barriere geschaffen. Aus diesen Ermittlungen wollte ich mich so gut es ging heraushalten und ausschließlich von ihren Reports und dem Ergebnis der sichergestellten Unterlagen zehren. Die Hauptarbeit sollte bei den Landauern verbleiben.

Ich murmelte etwas ebenso Unverständliches und verließ den Tatort durch die Tür zu dem Toilettenbereich. Da in dem Moment Winfried Gansfuß aus der Toilette kam, nutzte ich die Gelegenheit für einen spontanen Bluff.

»Blöd gelaufen, Herr Gansfuß«, begann ich mit der Konversation. »Ihr Branchenkollege hat wohl aus Rache die Scheune angezündet und mit dem Tod des Außenprüfers gleichzeitig den Verdacht auf Sie gelenkt. Sie können froh sein, dass Sie mich als Zeugen haben.«

»Wie, äh, was meinen Sie?«, stotterte der Weingutbesitzer. »Was soll Stefan damit zu tun haben? Was meinen Sie überhaupt mit Rache?«

In der Vermutung, dass der genannte Stefan derjenige war, mit dem er sich heute Abend gestritten hatte, ging ich weiter auf Konfrontationskurs. »Ich habe Ihr Gespräch, oder soll ich lieber Streit sagen, mit diesem Stefan unfreiwillig belauscht. Hat der Außenprüfer Ihre Mauscheleien aufgedeckt? Oder was ist sonst los?«

»Nichts ist los«, wehrte er sich. »Der Stefan hat nur überreagiert. Bei uns geht alles mit rechten Dingen zu. Der ist nur neidisch, weil unsere Lagen besser liegen als seine.«

»Und deswegen zündet er die Scheune an? Die Vorwürfe hat er doch konkret genannt.« Ob dies stimmte, wusste ich natürlich nicht, da ich nur Teile der Unterhaltung gehört hatte. Ins Blaue raten hatte noch nie geschadet.

»Die sind aber haltlos, diese Vorwürfe«, wehrte er sich noch immer. »Fragen Sie ihn doch.«

»Darum werden sich die Landauer Kollegen zeitnah kümmern. Hat dieser Stefan auch einen Nachnamen?«

»Stefan Lochbaum. Er wohnt ganz in der Nähe, die Zentrale befindet sich allerdings im Nachbarort Göcklingen. Weingut Büchler-Lochbaum, nicht zu verfehlen.«

»Geben Sie diese Info bitte an Frau Segemeier weiter.« Ich ließ ihn stehen und ging durch die inzwischen rauchfreie Mehrzweckhalle nach vorne zu Stefanie und den anderen.

»Sie sind Polizeibeamter?«, fragte mich Brigitte Mai, die Geschäftsführerin des Landfrauenverbandes, die neben der Präsidentin Ilse Gansfuß stand. »So hat man uns jedenfalls gesagt.«

»Das stimmt schon«, antwortete ich. »Ich bin aber privat hier. Genau wie mein Chef, Herr Diefenbach, der leider verletzt wurde.« Ich richtete meinen Blick zu den anderen im Raum. »In wenigen Minuten werden von der

Landauer Kriminalpolizei Ihre Personalien aufgenommen. Anschließend dürfen Sie heimgehen. Entschuldigen Sie bitte die Umstände, aber es hat bedauerlicherweise einen Todesfall gegeben.«

Während sich der Geräuschpegel hob und alle mit ihren Nachbarn tuschelten, kam Stefanie zu mir. »Alles so weit in Ordnung?«

»Die Kollegen sind an der Sache dran. Ich habe versucht, mich rauszuhalten. Allerdings erwartet KPD von mir, dass ich mitmische. Er ist der irrigen Meinung, dass die Scheune nur angesteckt wurde, um ihn umzubringen.« Da meine Frau von der Egozentrik meines Vorgesetzten wusste, brauchte ich dies nicht näher zu erörtern.

»Dann sitzt du mal wieder zwischen den Stühlen. Sozusagen«, ergänzte Stefanie. »Auf der einen Seite Diefenbachs Auftrag, auf der anderen die Zuständigkeit deiner Kollegen aus Landau.«

»So sieht es aus, meine Liebe. Ich habe das aber so arrangiert, dass alle Beteiligten zufrieden sein können. Aufgrund der Situation gehe ich sowieso davon aus, dass dieser Fall schnell gelöst sein wird.«

»Das sind gute Nachrichten, wann können wir fahren? Meine Mutter hat schon zweimal auf dem Handy angerufen.«

»Jetzt«, antwortete ich. »Meine Personalien sind schließlich bekannt. Gibst du mir bitte kurz dein Handy? Mein Akku ist leider leer.«

Der Anruf auf der Dienststelle war knapp. Ich teilte dem diensthabenden Beamten mit, dass in der Nacht wichtige beschlagnahmte Unterlagen aus Landau angeliefert würden und dass diese sofort in KPDs Büro gebracht werden müssten. Damit stellte ich sicher, dass die Unterlagen und Möbel nicht einfach im Hof unter der Überdachung abgestellt wurden.

»Was ist das für Zeug?«, fragte mich Stefanie, nachdem ich ihr das Handy zurückgegeben hatte.

»Es handelt sich um das Inventar eines kleinen Büros, in dem man den Toten gefunden hat. Ich habe meiner Kollegin angeboten, es bei uns zu deponieren, weil sie wegen einer Renovierungsmaßnahme in Landau aktuell keinen geeigneten Platz haben. Komm, jetzt lass uns aber gehen.«

Wir verabschiedeten uns zunächst von Frau Mai, danach von Frau Gansfuß. Schade, ich hätte die beiden gerne noch befragt. Irgendwie hatte ich es im Gefühl, dass diese beiden Landfrauen, unter Umständen auch weitere Damen des Vereins, tief in diesem Fall drinsteckten. Da ich an diesem Abend Zeuge von mehreren Konflikten war, vermutete ich, dass man bei den Ermittlungen in der allernächsten Zeit noch das eine oder andere dunkle Geheimnis der Landfrauen lüften würde. Ich freute mich, dass dies die Arbeit von Segemeier und ihrer Mitarbeiter war. Ich würde die beiden Landfrauen und Herrn Gansfuß höchstwahrscheinlich niemals wiedersehen.

Die kühle Luft im Hof tat gut. Es roch kaum mehr nach Rauch, die großen Feuerlöschzüge waren verschwunden. Nur ein kleiner Einsatzwagen der Feuerwehr sowie mehrere Dienstfahrzeuge der Polizei standen im Hof. Als wir in Richtung Tor gingen, fuhr ein Polizeitransporter auf den Hof. Der Abtransport des Inventars schien zu funktionieren.

»Herr Palzki?«

Meine Frau und ich drehten uns um.

Eine der Landfrauen kam angelaufen. »Sie wissen doch noch: Mein Name ist Gerda Opnitz. Ich habe vor der Pause den Ernährungsführerschein vorgestellt.«

»Ich kann mich erinnern. Wie kann ich Ihnen helfen?«

»Haben Sie sich die Scheune genau angeschaut?«, fragte sie voller Eifer.

»Die Feuerwehr und die Kripo aus Landau ebenso. Wieso fragen Sie?«

»Ist Ihnen dabei nichts aufgefallen?«

»Was meinen Sie? Ich weiß nicht, worauf Sie hinauswollen.«

»Eiskraut«, hauchte sie.

Ich blickte zu Stefanie, doch die hob kaum merklich die Schultern.

»Eiskraut hat viele Vitamine«, riet ich aufs Geratewohl.

»Sicher doch«, antwortete Opnitz. »Und vieles andere mehr. Das ist die Gesundheitspflanze schlechthin.«

»Danke für die Information. Ich werde meine Frau bitten, das Kraut bei unserem Speiseplan gelegentlich zu berücksichtigen.«

»Sie verstehen nicht, Herr Palzki.«

So langsam hatte ich von dieser halbhysterischen Dame genug. »Sagen Sie doch endlich, was los ist. Oder handelt es sich gar nicht um ein Kraut, sondern um eine Eissorte?«

Auf meinen Witz ging sie nicht ein. Sie kam näher und flüsterte geheimnisvoll: »Das Eiskraut ist eine Neuzüchtung einer alten Sorte, die so gut wie ausgestorben ist. Sehr wohlschmeckend und, wie gesagt, ernährungsphysiologisch der helle Wahnsinn.«

Weiter, dachte ich, sonst stehen wir bei der Morgendämmerung noch an dieser Stelle.

»Meines Wissens ist Frau Gansfuß die Einzige, die Pflanzgut dieser Neuzüchtung besitzt. Das Saatgut vermehrte sie in der Scheune. Das dürfte wohl verbrannt sein.«

»Liebe Frau Opitz.«

»Opnitz«, verbesserte sie. »Gerda Opnitz.«

»Liebe Frau Opnitz«, sagte ich fast schon resigniert. »Wir haben eine männliche Leiche in einem kleinen Nebenraum gefunden, die als Finanzbeamter identifiziert wurde. Auch wenn das Pflanzzeug verbrannt ist, kann ich Ihnen mit Sicherheit sagen, dass der Täter nicht das Eiskraut von Frau Gansfuß beseitigen wollte, sondern den Beamten.«

»Oh«, sagte sie kleinlaut. »Das wusste ich nicht. Das mit dem Toten hatten Ihre Kollegen vorhin gesagt, aber den Rest nicht.«

»Den Sie bitte für sich behalten«, sagte ich streng.

»Natürlich, selbstredend, Herr Palzki. Ich dachte nur, dass es meine Pflicht ist, Sie über das Eiskraut zu informieren. Frau Gansfuß macht da ein ziemliches Geheimnis draus.«

»Das haben wir natürlich längst berücksichtigt«, log ich. »So doof, wie die Polizei im Fernsehen im ›Tatort‹ und anderen Krimis beschrieben wird, ist sie nicht. Das Saatgut und die Züchtung werden von den Kollegen in den nächsten Tagen sehr genau hinterfragt. Darauf können Sie sich verlassen.«

Sie schien etwas beruhigt. »Fernsehen schaue ich nur selten. Viel lieber lese ich Kriminalromane. Vor allem die, die in der Region spielen. Die Krimis von Dietmar Becker mag ich am liebsten, weil sie so realistisch sind und die Polizeiarbeit so glaubwürdig beschreiben.«

Diese Aussage hatte mir zum Abschluss des Tages gerade noch gefehlt. Es war sowieso äußerst verwunderlich, dass dieser Archäologiestudent noch nicht am Tatort aufgetaucht war. Mehr als einmal war er in der Vergangenheit bei Kapitalverbrechen vor der Polizei am Tatort und stand uns im Weg herum. Das wäre noch nicht ganz so schlimm, zu allem Überdruss schrieb er erbärmlich schlechte Regionalkrimis, die in der Kurpfalz spielten. Ich hatte zwar bisher keine einzige Seite seiner Pseudokrimis gelesen, doch einige Opfer, ich meine Leser, hatten mir berichtet, dass er neben Polizeibeamten auch andere Berufsgruppen wie Lehrer, Ärzte und Politiker absolut unrealistisch beschrieb. Irgendwann war Becker auf die Idee gekommen, die Hauptermittler in seinen Fällen nach KPD und mir zu benennen. Seitdem meint jeder, dass ich mit dieser Witzfigur in den Romanen identisch sei, was mir schon mehr als einmal Spießrutenlaufen beschert hatte. Nun, dieses Mal würde es anders laufen: KPD, von dem er regelmäßig mit Insiderwissen gefüttert wurde, fiel als Informant aus. Und von mir würde er nichts zu den laufenden Ermittlungen erfahren.

Wir verabschiedeten uns von Frau Opnitz und verließen endgültig den Hof.

»Wo willst du hin, Reiner?«, fragte mich Stefanie.

In diesem Moment kam mir die Erleuchtung. Vollkommen automatisch und ohne nachzudenken, bin ich zur Straße gelaufen, um mit dem Auto heimzufahren. Es waren ja auch ein paar chaotische Stunden auf dem Weingut, da konnte es passieren, dass einem das Gehirn einen Streich spielte. Der Wagen, mit dem wir hergekommen waren, stand ausgebrannt im hinteren Hof. Für eine Sekunde dachte ich als Alternative über das Horrormobil von Doktor Metzger nach, doch der Not-Notarzt war nicht mehr da.

»Gibst du mir bitte noch mal dein Handy?«

Ein kurzer Anruf und eine knappe halbe Stunde Wartezeit später fuhren wir im Taxi nach Schifferstadt. Der Taxifahrer wollte mich in meinem derangierten Outfit zuerst nicht mitnehmen, doch der Dienstausweis überzeugte ihn. Die Kosten würde ich mir am Montag auf der Dienststelle auszahlen lassen. Immerhin war ich, zumindest zeitweise, im Dienst. Im Auftrag von KPD höchstpersönlich. Da müsste sogar ein 100-Prozent-Zuschuss für den Kleiderersatz drin sein.

KAPITEL 5
NOCH EIN BRAND

Die Gefahr, um diese Uhrzeit von unserer Nachbarin Frau Ackermann überrascht zu werden, ging gegen null. Unbehelligt konnten wir unser Haus betreten. Auf den ersten Blick konnte ich keine Veränderungen feststellen, die nach einem Schadensfall aussahen. Meine Schwiegermutter war noch wach und berichtete Stefanie und mir von den absolut braven Kindern meiner Frau. »Lisa und Lars sind früh eingeschlafen, ich hatte keinerlei Mühe mit ihnen.«

»Und was war mit Melanie und Paul?« Jetzt würde das große »Aber« kommen.

»Paul kam eine Stunde, nachdem ihr gegangen seid, heim. Dann hat er fast den ganzen Abend im Wohnzimmer mit Melanie ›Mensch ärgere dich nicht‹ und Halma gespielt.«

Sofort klingelten in meinem Kopf sämtliche Alarmglocken. Paul soll »Mensch ärgere dich nicht« gespielt haben, dazu noch mit seiner Schwester? Das war schwer vorstellbar bis unmöglich. Entweder brauchte meine Schwiegermutter dringend eine Brille oder sie litt unter Wahrnehmungsstörungen. Das letzte Mal, dass Paul ein Brettspiel spielte, da war er noch nicht eingeschult. Diese angeblich gute Nachricht war für mich eine schlechte Nachricht. Was zum Teufel hatte unser Sohn angestellt? Nur ein außergewöhnlich schlechtes Gewissen würde ihn dazu verleiten, mit seiner Schwester »Mensch ärgere dich nicht« zu spielen. Fast erlag ich der Versuchung, ihn zu wecken, um die Hintergründe seiner Tat zu erfahren.

Nach einer Dusche und einem kleinen Imbiss sah die Welt freundlicher aus. Da sich Stefanie und ihre Mutter unterhielten und irgendwelche Tipps austauschten, ging ich zu Bett und schlief sofort ein.

Beim sonntäglichen Frühstück klärte sich die Situation. Melanie, gefolgt von ihrem Bruder, trat in die Küche.

»Mama, Papa, ich hatte gestern einen wunderschönen Abend«, berichtete sie. »Ursprünglich wollte ich meine CD-Sammlung sortieren, doch Paul überredete mich zu einer Partie ›Mensch ärgere dich nicht‹. Das hat echt Spaß gemacht, so wie früher mit euch. Paul hat fast nicht geschummelt.«

»Nur, wenn du es nicht gesehen hast«, fiel ihr Paul ins Wort und grinste.

»Und dann haben wir immer weiter gespielt. Immer wenn ich aufhören wollte, überredete mich Paul zu einem weiteren Spiel. Danach haben wir Halma gespielt und am Schluss wollte er mir Schach beibringen, aber das war mir zu kompliziert. Meine CDs tu ich heute Mittag sortieren.«

Im Hintergrund sah ich, wie Paul erblasste. Das Geheimnis war somit gelöst, ein friedlicher Sonntagmittag lag in weiter Ferne. Gott sei Dank zeigte sich, dass Melanies Musik-CDs nicht zerstört waren. Paul hatte mit viel Draht, Schnur und Paketklebeband ein Mobile für Lars und Lisa gebaut.

*

Erholt und relativ gut gelaunt betrat ich am Montagfrüh nicht allzu zeitig meine Dienststelle im Schifferstadter Waldspitzweg.

»Herr Palzki«, rief mir eine Beamtin der Schutzpolizei zu, als ich die Eingangsschleuse durchschritt, »Herr Diefenbach ist nicht zum Dienst erschienen. Er hat sich auch nicht abgemeldet.«

Ich nickte ihr freundlich zu. »Herr Diefenbach ist leider erkrankt. Ich werde gleich eine Lagebesprechung in kleiner Runde einberufen, danach werden wir weitersehen. Machen Sie solange mit dem üblichen Dienst weiter. Ich melde mich so bald als möglich.«

Mein Kabuff-Büro im Untergeschoss, das so groß wie das Prüferzimmer in Landau war, suchte ich erst gar nicht auf. Seit ein paar Wochen hatte sich auf Drängen meines Kollegen und Marathonläufers Gerhard Steinbeißer unser Chef entschlossen, einen Fitnessraum für seine Untergebenen einzurichten. Mit der Einrichtung beauftragte er Gerhard. Das Raumproblem löste KPD kurzentschlossen, indem er mein Büro für den Fitnessraum freigab und mich in den Keller versetzte. »Sie sind sowieso so gut wie nie in Ihrem Büro«, meinte er lapidar.

Auch wenn ich es ungern zugab, diese Feststellung traf zu. Längst hatte es sich eingebürgert, dass unser Team das Büro von Jutta Wagner als Anlaufstelle nutzte. Nur wenn ich, aus welchem Grund auch immer, mal alleine sein wollte, suchte ich mein Büro auf. Seit ich auf Diät war, musste ich nicht einmal mehr alle paar Wochen kubikmeterweise leere Pizzakartons in meinem Büro entsorgen.

Heute war ein besonderer Tag. Ich ging nicht in Juttas Büro, sondern in das von KPD. Er hatte es mir zwar verboten, doch der Stand der Ermittlungen hatten seine Weisungen längst überholt. Schließlich musste das Inventar des sichergestellten Büros aus dem Weingut begutachtet werden. Zufrieden mit dieser Rechtfertigung, nahm ich hinter KPDs gigantischem Schreibtisch Platz, der es mit einer Tischtennisplatte größenmäßig durchaus aufnehmen konnte. Der Chefsessel war meiner Meinung nach etwas zu weich gepolstert, ich sank bis Oberkante Oberschenkel in das Polster. Ich zog das Telefon beziehungsweise die Telefonanlage zu mir und staunte. Es gab mehr Schalter und Knöpfe als in einem Flugzeugcockpit eines Jumbojets. Ich versuchte es ganz pragmatisch mit dem Hörer und dem Eingeben der Nummer auf den normalen Zifferntasten. Siehe da, es funktionierte auch ohne Ingenieursstudium.

»Sie sind angekommen, Herr Diefenbach?«, schallte es mir entgegen.

Ich hielt mir die Hand vor den Mund, um meine Stimme zu verfälschen. »Frau Wagner, würden Sie bitte mit Herrn Steinbeißer in mein Büro kommen und eine Dose Kekse mitbringen? Aber bitte nicht die billigen für die Gästebewirtung.«

Nach zwei, drei Sekunden kam eine zögerliche Rückfrage. »Reiner, bist du das?«

»Wer denn sonst«, klärte ich Jutta auf. »Kommst du bitte mit Gerhard rüber, wir haben was Dringendes zu besprechen.«

Meine beiden Kollegen waren sehr neugierig, es dauerte nur wenige Augenblicke bis zu ihrem Eintreffen.

»Was ist das?«, staunten die beiden im Chor. Jutta verzog die Nase. »Das stinkt ja zum Himmel.«

Das stimmte. Die Klima- und die Luftumwälzanlage waren zwar auf höchste Leistungsstufe gestellt, der Brandgeruch lag dennoch streng im Raum.

»Und was machst du hinter KPDs Schreibtisch? Wo ist er überhaupt?«

»KPD ist erkrankt.«

»Krank? Was hat er denn?«

»Er hatte einen kleinen Unfall. In ein paar Wochen wird er wieder dienstfähig sein. Wenn nichts dazwischenkommt.«

»Jetzt erzähl endlich!« Jutta beharrte auf Fakten.

Ich stand auf und ging mit meinen beiden Lieblingskollegen zu der bequemeren Besprechungsecke, die größer war als ein Standardbüro dieser Dienststelle. Im Schnelldurchlauf erzählte ich ihnen zunächst alles, was KPD betraf.

»Und dann hat er mich unter Zeugen damit beauftragt, den Attentäter zu suchen, und mir für die nächsten Wochen alle erdenklichen Vollmachten erteilt«, schloss ich.

»Aber es geht doch nur um eine Brandstiftung«, argumentierte Jutta.

»KPD in Doktor Metzgers Mobilklinik?«, fragte Gerhard zeitgleich.

»Eins nach dem anderen«, antwortete ich. »KPD befindet sich in den Fängen dieses Notarztes und seines Lehrlings. Metzger hatte sogar davon gesprochen, ihn nicht in eine Klinik einzuliefern, sondern bis zu seiner Genesung zu betreuen. Weil er so viele private Zusatzversicherungen hätte.«

»Brutal«, meinte Jutta.

»Das ist jetzt erst mal sekundär«, antwortete ich, um von dieser Sache abzulenken. Wo KPD seine Wehwehchen auskurierte, war mir egal. »Es geht nämlich noch weiter. Nachdem der Brand gelöscht war, fand man einen Toten. Er wurde als Außendienstprüfer des Finanzamtes identifiziert, der zurzeit das Weingut prüft.«

»Unfall?«, fragte Gerhard.

Ich schüttelte den Kopf. »Irgendwer hat ihn in der Scheune eingeschlossen und Feuer gelegt.«

»Hätte mich auch gewundert«, ergänzte Gerhard. »So spät arbeitet kein Finanzbeamter mehr. Nicht einmal ein Außenprüfer.«

»Jedenfalls habe ich nun diesen Fall an der Backe«, erzählte ich weiter. »Eigentlich hat die Landauer Kripo die Ermittlungen übernommen, die haben übrigens eine neue Chefin, faktisch hat mich KPD aber sozusagen gezwungen, mitzumischen und den Fall aufzuklären.«

»Moment mal, Reiner«, unterbrach Jutta. »Wenn ich es zeitlich richtig verstanden habe, hat KPD dir die Vollmacht erteilt, bevor der Tote gefunden wurde. Ist das so richtig?«

»Korrekt. Aber die Brandstiftung hängt schließlich mit dem Kapitalverbrechen zusammen. Außerdem hat KPD von einem Tötungsdelikt, ja sogar einem Mord, gesprochen. Metzger meinte zwar, er würde fantasieren, was aber, wenn er zufällig etwas mitgekriegt hat und nun auf meine Fähigkeiten als Ermittler hofft.«

Gerhard und Jutta grinsten, sagten aber nichts.

»Daher hast du der neuen Landauer Kripochefin sofort angeboten, das Zeug nach Schifferstadt zu bringen. Was versprichst du dir davon? Wenn das KPD mitkriegt, ist die Hölle los. Der Geruch wird sich in diesem Raum manifestieren. KPD wird renovieren müssen.«

»Soll er doch. Die letzte Renovierung liegt schon über ein halbes Jahr zurück.« Ich zeigte auf die verrußten Aktenordner. »Der Außenprüfer war in einem kleinen Raum eingeschlossen und ist an den Rauchgasen gestorben. Wenn er wusste, wer ihn einschloss, hat er vielleicht eine Nachricht hinterlassen. Aus diesem Grund musste das gesamte Inventar noch in der gleichen Nacht sichergestellt werden.«

»Und wer soll dieses Zeug untersuchen?« Jutta machte eine kurze Pause. »Doch nicht etwa wir?«

»Nein, nein«, wiegelte ich mit erhobenen Händen ab. »Das würde ich euch niemals zumuten wollen.«

»Jürgen?«, hakte Jutta nach. »Den brauchen wir diese Woche für unser neues E-Mail-System.«

Jürgen war unser Jungkollege. Er war Experte für Recherchen, insbesondere im Internet und in Datenbanken, die kein Mensch kannte. Was er nicht fand, das gab es nicht. Bisweilen sorgte er für Spott, weil er immer noch bei seiner Mutter wohnte.

»Jürgen steht euch für dieses E-Mail-Dingsbums selbstverständlich zur Verfügung. Ich …«

»Und wie soll das insgesamt weitergehen?«, unterbrach Gerhard. »Du bist immerhin der stellvertretende Dienststellenleiter, solange KPD außer Gefecht gesetzt ist.«

»Ich weiß. KPD hat das auch noch mal bekräftigt und dann habe ich ja auch die Vollmacht von ihm bekommen. Gemeinsam mit KPD haben wir entschieden, dass ihr euch um das Tagesgeschäft der Dienststelle kümmert, während ich mich mit dem aktuellen Fall beschäftige.«

»Gerhard und ich sollen die Dienststelle leiten?« Jutta bekam große Augen.

»Traut ihr euch das nicht zu? Für Rückfragen stehe ich euch selbstverständlich zur Verfügung.«

»Ah, äh, aber wir haben doch gar keine Ahnung, was da an Tagesgeschäft so alles anfällt.«

»KPD hat auch keine Ahnung«, antwortete ich sarkastisch. »Reagiert einfach flexibel und situationsbezogen. Ich kann mir beim besten Willen nicht vorstellen, dass das Tagesgeschäft kompliziert ist. Ihr wisst, was KPD in seiner Dienstzeit gemacht hat: Oldtimer sammeln, Bibliothek aufbauen, Pflanzenzucht und tausend andere Dinge. Das hätte er gar nicht gestemmt bekommen, wenn die Führung dieser Dienststelle aufwendig wäre.«

Ich schnappte mir einen der goldrandverzierten Notizblöcke, die auf einem Sideboard neben dem Besprechungstisch lagen, und schrieb mehrere Namen darauf. »Das sind die Beamten, die wir für die Untersuchung des Landauer Inventars abstellen. Vom Streifendienst sind sie solange befreit.«

Gerhard schnappte sich den Notizblock. »Ich sehe schon, du hast die Personen mit viel Liebe ausgesucht. Es sind alles spezielle Freunde von dir.« Er lachte kurz auf.

»Irgendwann rächt sich alles einmal«, antwortete ich mit einem Grinsen. »Gebt ihr den Auftrag weiter, ich muss jetzt weg. Und kontrolliert täglich mehrmals, dass die Beamten bei der Arbeit nicht schludern.«

»Wo musst du denn so dringend hin?«

»Ich, äh, ja, also, ich muss nach Landau zum Weingut. Da gibt es einiges zu klären. Irgendwas mit Eiskraut.«

»Eiskraut?«, fragte Jutta. »Komisch, dass du das sagst, Reiner.«

»Jetzt entschuldige mal bitte. Ich werde doch wohl Gemüsesorten nennen dürfen. Immerhin habe ich schon ein paar Pfund abgenommen.« Demonstrativ zog ich den Bund meiner Hose nach vorne.

»Das meine ich doch gar nicht. Warte mal einen Augenblick, ich bin gleich wieder da.«

Kurz darauf kam Jutta mit einem Zettel zurück. »Das war bei uns vorhin im Ticker. Eine Polizeimeldung aus Zeiskam. In einem Obst- und Gemüseladen hat es letzte Nacht gebrannt. Es wird Brandstiftung vermutet. Dabei soll eine Saatgutanlage mit Eiskraut vernichtet worden sein.«

Selten war ich so überrascht wie eben. Mit einem Schlag wurde mein Tagesplan durcheinandergebracht. Statt ein paar Stunden mit Nichtstun zu verbringen, musste ich nun nach Zeiskam fahren. War dieses blöde, angeblich gesundheitsfördernde Kraut wirklich das Motiv für das Tötungsdelikt in Landau? Ich nahm meiner Kollegin die Polizeimeldung ab. »Das ändert die Situation. Ich fahre jetzt direkt zu …«, ich schaute auf das Papier, »›Schickes Lädel‹ nach Zeiskam. Komischer Name«, ergänzte ich.

»Und uns lässt du jetzt wirklich alleine?«, flehte Gerhard. »Ich habe vorhin damit begonnen, die Kaffeemaschine zu entkalken.«

»Kauf eine neue und nimm das Geld aus unserem Schwarzgeldetat der Bußgeldkasse. Irgendwo in einem Fach hinter KPDs Schreibtisch wirst du sie finden. Leg einfach einen Zettel rein für die Buchführung. Von mir aus könnt ihr auch eure Überstunden aufschreiben. Mal schauen, vielleicht zahle ich die Kraft meines Amtes bar aus, solange KPD krankgeschrieben ist. Überlegt auch mal, was wir sonst noch so in unserer Dienststelle gebrauchen könnten.«

Die beiden waren trotz meiner Boni immer noch nicht zufrieden. »Wir haben keine Ahnung, wo wir anfangen sollen.«

»Menschenskinder, macht doch einfach einen Rundgang durchs Haus und fragt die Kollegen, wo es Handlungsbedarf gibt. Die meisten werden ihr Tagesgeschäft wie bisher auch ohne KPDs oder eure Hilfe abwickeln können. Und die anderen werden euch schon sagen, was sie brauchen. Entscheidet einfach intuitiv und vor allem mitarbeiterfreundlich und ohne Stress. Wenn auf der Dienststelle ein Beamter schwitzen will, soll er in die Sauna gehen. Das ist übrigens ein wortgetreues Zitat eines Bürgermeisters aus dem Rhein-Pfalz-Kreis. Und wenn es was zu planen gibt, kopiert einfach die Dienstpläne der Vorvorwoche, das sorgt für Abwechslung. Funktioniert genauso wie bei den Essensplänen im Krankenhaus.«

Wir besprachen noch ein paar andere Punkte, bevor ich mich verabschiedete. Gerhard und Jutta bestanden darauf, KPDs Büro als Zentrale zu nutzen. Da Jutta sich weigerte, in dem Gestank zu arbeiten, kamen wir überein, dass die von mir ausgesuchten Beamten das zu untersuchende Material zunächst in mein kleines Kellerbüro schaffen sollten. Mangels Fenster versprach dies keine angenehme Arbeit zu werden.

Zeiskam lag nordöstlich von Landau, direkt auf dem Weg zum Weingut Gansfuß, das ich im Anschluss aufsuchen würde. Normalerweise würde mich die Fahrt automatisch durch Speyer führen statt auf die vierspurige B9, die als Umgehungsstraße um Speyer herumführte. Jahrelang stand mein Pfälzer Lieblingsort, der Kultimbiss »Currysau« am St.-Guido-Stifts-Platz, mehrmals wöchentlich auf meiner Besuchsliste. Die beiden Besitzer Robert und Jürgen hatten mir zur Ehre, weil ich vor einiger Zeit die »Currysau« vor dem Zwangsverkauf rettete, einen Palzki-Burger kreiert, der seinesgleichen suchte. Allein die beiden jeweils 180 Gramm schweren Paddys machten den elf Zentimeter hohen Burger zu einem Schwergewicht. Seit einem Jahr kamen vermehrt Tagestouristen zur »Currysau«, die das in nur 100 Meter entfernt liegende Grab des Altbundeskanzlers Helmut Kohl besuchten. Trotz dieser Prominenz gab es bis heute keinen Kohlburger und eine Kohlsuppe schon gar nicht.

Ich versagte mir den Well-Ess-Kurzbesuch bei Robert und Jürgen. Stefanie hatte mir heute Morgen vorsorglich ein trockenes Bad-Ess-Schlemmerpaket in bunten Plastikdosen zusammengestellt. Nein, ich durfte nicht schwach werden. Sonst wären alle meine bisherigen Entsagungen an schmackhaften Gerichten umsonst gewesen.

Zeiskam war relativ leicht zu finden. Am Ortseingang musste ich an einem Bahnübergang warten, der ungewöhnlicherweise nur mit einer Ampel ausgestattet war. Schranken gab es auch, die waren allerdings sehr kurz und verliefen im rechten Winkel auf beiden Seiten der

Straße direkt über den Schienen. Ich staunte über diese seltsame Anordnung. Würde der Zug die beiden Schranken rammen? Dann sah ich eine Draisine, die hinter der Schranke hielt. Eine der fünf Personen auf dem pedalbetriebenen Schienenfahrzeug stieg ab und öffnete die Schranke per Hand. Die Draisine fuhr über die Straße und auf der anderen Seite begann das Spiel von vorne. Kaum war die Draisine aus meinem Blickwinkel verschwunden, verlosch das rote Ampellicht.

»Schickes Lädel« lag etwas außerhalb der Ortsbebauung an einem asphaltierten Feldweg. Überall blickte ich auf Felder, Gewächshäuser und landwirtschaftlich genutzte Gebäude. Ich folgte dem Hinweisschild »Schickes Lädel« auf ein Privatgrundstück. Linker Hand stand eine riesige Halle, auf der rechten Seite ein Wohnhaus sowie ein Pferdesportplatz. Hinter der Halle entdeckte ich ein längliches einstöckiges Gebäude, den Pferdestall. Im Hintergrund blickte ich auf eine offene Scheune, die aufgrund ihrer Betonbauweise von dem Brand der unmittelbar daneben befindlichen Holzscheune, die ich anhand mehrerer verkohlter Balken erkannte, verschont geblieben war.

Die Reste der Dacheindeckung und der Wände wurden gerade mit einem Radlader auf eine provisorische Halde neben dem gepflasterten Hof aufgetürmt. Dem Schutt zufolge musste es ordentlich gebrannt haben.

»Hier können Sie nicht durch!«, brüllte mich ein Feuerwehrmann an.

»Oh doch!«, schrie ich durch das offene Fenster zurück. »Ich kann und ich darf.« Ich streckte ihm meinen Dienstausweis entgegen.

»Fahren Sie ein paar Meter zurück und parken da hinten auf dem Seitenstreifen«, erwiderte er mürrisch. »Hier muss frei bleiben.«

Ich tat ihm den Gefallen und parkte meinen Wagen wunschgemäß. Zunächst schaute ich mich um. Die Umgebung wirkte auf mich wie ein Aussiedlerhof, lag aber nahe an der Ortsbebauung. Auf den zahlreichen Feldern wuchs, soweit ich es sehen konnte, unterschiedliches Zeug. Einen Kartoffelacker hatte ich unterwegs thematisch zuordnen können, beim Rest versagte mein nur selektiv ausgeprägtes botanisches Wissen. Ich ging zunächst in Richtung der abgebrannten Scheune und schaute dem Radlader zu. Kurz darauf bemerkte mich der Fahrer. Er schaltete seine Maschine ab und kam auf mich zu.

»Wollen Se a ähni?«, fragte er zur Begrüßung und streckte mir ein Päckchen Zigaretten hin.

Ich verneinte.

»Sie sinn frie do«, sagte er nach ein paar tiefen Lungenzügen. »Die Leit vun de Feierwehr hän mer gsaat, dass Sie erscht geche Nochmittag kumme due. Jetzert iss es eh noch zu heeß do drin.« Er deutete mit seiner Zigarette in Richtung der Scheunenreste.

Ich hatte nicht den geringsten Schimmer, mit wem er mich verwechselte. Da die Gelegenheit günstig war, Informationen aus erster Hand zu erhalten, klärte ich den Irrtum nicht auf. »Wie ist der Brand entstanden? Haben Sie was Besonderes gefunden?«

Der Radladerfahrer sah mich zweifelnd von der Seite an. »Is des net Ihr Job, Meschter? Als Gutachter missen Sie des besser wisse. Ich wees norre, das newe ähm Holzkischtelager un Hei fer die Pferde ähn Haufe Säck mit Saatgut in de Scheun gewesst sei missen. Des Zeich ist total verklumpt un hart wie gebacke. Ich muss des teilweise mit roher Gewalt ausänanner reisse. Die Uffrahmarweite wärren net billich. Zum Glick sinn die Schicks gut versichert.«

»Sonst ist Ihnen nichts aufgefallen?«, fragte ich hartnäckig nach.

»Knoche hab ich känni gfunne«, meinte er mit einem Lächeln. »Die Feierwehr bei de erschte Begehung a net. Falls Se selwert suche wolle, warten Se besser noch ä Weilche, bis die Hitz nochgelosse hot. Oder Sie ziehe sich so ähn Hitzeazug a.«

»Das lasse ich lieber sein, ich will Sie nicht bei Ihrer Arbeit stören. Dann nehme ich als Erstes die Grunddaten auf. Wo finde ich den Eigentümer?«

Der Arbeiter zog eine zweite Zigarette aus dem Päckchen und steckte sie mit dem Rest der ersten, die er in Rekordzeit inhaliert hatte, an. »Gehn Se am beschte niwwer in de Verkaufslade zu de Fraa Schick. Die ist do die Schefin.«

»Alla Hopp«, sagte ich, was im Pfälzischen in dieser Situation einen unterschwelligen Dank ausdrückte und zugleich als Verabschiedungsfloskel geeignet war. Die Feinheiten der pfälzischen Sprache konnten sich durchaus mit dem Chinesischen messen: Mit einem kleinen Grundwortschatz Pfälzisch konnte man erfolgreich durchs Leben gehen und von jedem Mitpfälzer verstanden werden. Die meisten Wörter hatten je nach Kontext mehrere, manchmal Dutzende Bedeutungen. Für einen Nichtpfälzer war es zugegebenermaßen nicht immer einfach, die feinen Nuancen zu verstehen, die zwischen einer Schmeichelei und einer handfesten Beleidigung lagen.

Vor der Breitseite der großen Halle befand sich ein Außencafé, das wohl aufgrund des Brandes geschlossen war. In der Halle gab es ein weiteres Café. Ein recht groß bemessener Teil war als Verkaufsladen baulich abgetrennt. Laden und Café waren gut besucht, wie ich überrascht feststellte. Anhand der Geräuschkulisse im Laden, die sich aus mehreren, teils in lautem Ton geführten Unterhaltungen zusammensetzte, auch die Lautstärke war typisch pfälzisch, vermutete ich, dass die meisten Besucher weniger eine Kaufabsicht hegten als den Wunsch nach Erster-Hand-Informationen zu dem Brand. Niemals würde ich es in dieser Umgebung schaffen, Frau Schick ohne fremde neugierige Ohren in Ruhe zu befragen. Daher tat ich das meiner Meinung nach einzig Vernünftige: Mit sehr lauter Stimme, es war eher ein Schreien, übertönte ich das Stimmengewirr im Verkaufsladen.

»Tag, ich bin von der Polizei«, begann ich in Kurzfassung. Die Reaktion war vorhersehbar: Die Diskussionen erloschen und mehr als 20 Augenpaare starrten mich an. »Ich suche Frau Schick!«

Eine Frau trat auf mich zu. »Ja, bitte?«

Mein Déjà-vu dauerte nur einen Sekundenbruchteil. Dann erkannte ich sie wieder. »Hallo, Sie waren doch auch auf der Weinprobe im Weingut Gansfuß?« Dass sie mir wegen ihres Streits mit der Landfrauengeschäftsführerin in Erinnerung geblieben war, verschwieg ich ihr.

Sie putzte ihre Hände an der Schürze ab, bevor sie mir die Hand reichte. »Richtig, jetzt kann ich mich auch erinnern. Kommen Sie wegen unserer Scheune oder wegen der Sache bei Ilse Gansfuß?«

»Es geht um Ihre Scheune, ich habe ein paar Fragen an Sie. Haben Sie einen Raum, in dem wir ungestört reden können?« Ich kam mir vor wie auf einer Bühne, auf der ich ein Theaterstück inszenierte.

»Klar«, antwortete Frau Schick. »Kommen Sie bitte mit in den Nebenraum.« Sie zeigte auf eine Tür hinter der Kasse.

Während ich ihr folgte und dabei jede Menge neugierige Menschen zur Seite schob, entdeckte ich eine jüngere Frau, die die gleiche Schürze trug wie Frau Schick. Der Blick, den sie Frau Schick nachwarf, sprach Bände. Zumindest bei mir, einem psychologisch hochgeschulten Kriminalbeamten.

»Ist das eine Mitarbeiterin von Ihnen?«, fragte ich, im Türrahmen stehend, die Ladenchefin. »Ich meine die Frau mit der gleichen Schürze, wie Sie sie tragen.«

Frau Schick, die längst in dem kleinen Nebenraum, der sich als Miniküche entpuppte, stand, nickte. »Das ist meine Tochter, sie arbeitet stundenweise im Verkauf mit.«

Ich drehte mich noch mal um und rief in den Verkaufsraum: »Falls jemand von Ihnen eine wichtige Zeugenaussage machen will, soll er bitte warten. Ansonsten können Sie nach dem Einkauf nach Hause gehen. Näheres können Sie morgen der Zeitung entnehmen.«

Ich ging in die Küche und schloss die Tür.

»Würden Sie mir bitte Ihren Ausweis zeigen?«, forderte mich Frau Schick auf.

Sie studierte ihn ausführlich. »Ich wusste gar nicht, dass die Kriminalinspektion Schifferstadt für uns zuständig ist, Herr Palzki.«

»Ist sie auch nicht«, erklärte ich ihr. »Da wir zurzeit davon ausgehen müssen, dass der Brand mit dem in Landau zu tun hat, haben wir mit den Landauer Kollegen eine Art Ermittlungsgemeinschaft.«

Die Hofchefin gab sich so schnell nicht geschlagen. »Aber Landau-Mörzheim liegt noch weiter entfernt von Schifferstadt.«

»Wie gesagt, es handelt sich um eine Ermittlungsgemeinschaft, in der wir unser jeweiliges Know-how bündeln. Gemeinsam kommen wir schneller zum Ziel. Auch Sie werden wissen wollen, wer Ihre Scheune angezündet hat.«

»Und vor allem, warum«, fuhr sie mir ins Wort. »Zum Glück hat mein Mann vor ein paar Monaten den Versicherungsschutz aktualisieren lassen. Vorher waren wir gewaltig unterversichert.«

»Das freut mich. Wird die Versicherung alles übernehmen?« Ich musste mehr zu diesem Thema erfahren. In Verbindung mit dem geheimnisvollen Blick ihrer Tochter konnte dies ein ernst zu nehmender Anhaltspunkt sein. Vielleicht gingen die Geschäfte schlecht und man versuchte, sich warm zu sanieren, wie man zu einem selbst gelegten Brand sagte, um die Versicherungsprämie zu kassieren.

»Ich hoffe sehr«, sagte Frau Schick, setzte sich und zeigte mit ihrer Hand auf einen freien Stuhl. »Letztendlich wird es auch vom Gutachter abhängen, der heute Mittag kommen wird. Mein Mann meinte, dass es unter

Umständen ein Kurzschluss in der Elektrik gewesen sein könnte. Die Installationen sind schon ein paar Jahrzehnte alt.«

»Was befand sich in der Scheune? Hoffentlich nichts allzu Wertvolles?«

Frau Schick schüttelte den Kopf. »Wenn Sie an Schmuck oder Geld denken, so kann ich Entwarnung geben.« Sie schaute in mein überraschtes Gesicht. »Das ist gar nicht so abwegig, Herr Palzki. Seit Hunderten Jahren haben Bauern Geheimräume in Scheunen eingebaut. Fahren Sie mal in das Schwarzwälder Freilichtmuseum Vogtsbauernhof, dort können Sie solch einen Geheimraum sehen. Damals gab es schließlich keine Banken. Die Bauern mussten ihr Geld und sonstige Wertgegenstände wie Schmuck und Urkunden nicht nur vor Plünderern schützen, sondern auch vor Feuer. Damals brannten regelmäßig Bauernhäuser ab, da dort am offenen Feuer gekocht und geheizt wurde. Die etwas abseits stehenden Scheunen waren in dieser Hinsicht geschützter.«

Prinzipiell waren die Informationen von Frau Schick zwar interessant, im Moment aber nicht allzu hilfreich. Außerdem hatte ich mit meiner Familie das bekannte Freilichtmuseum erst vor wenigen Jahren besucht. Für Erwachsene war es äußerst aufschlussreich, für Kinder wurde es schnell ermüdend. Zunächst rannten Paul und Melanie durch die alten Bauernhäuser, doch bald verloren sie das Interesse und hatten nur noch Augen für den Spielplatz.

»In Ihrem Fall hat aber die Scheune gebrannt und nicht das Wohnhaus.«

»Ich weiß«, sagte die Hofchefin. »Sonst würde die Sache ganz anders aussehen. In der Scheune sind neben vielen Holzkisten und ein paar Heuballen Teile der gestrigen Ernte verbrannt, hauptsächlich Feldsalat und Rucola. Dann natürlich unser Saatgut und die vielen Setzlinge, das tut schon weh. Ist zwar alles ersetzbar, aber gleichwohl ärgerlich. Allein schon wegen der vielen Arbeit, die ich in die Setzlinge gesteckt habe.«

»Hast du dem Polizisten schon diese komische Sache mit dem Eiskraut erzählt?«

Unbemerkt war ihre Tochter in die Küche gekommen.

Frau Schick wurde ärgerlich. »Solltest du dich nicht besser im Verkaufsraum um die vielen Kunden kümmern?«

Mit einer beleidigten Schnute zog sie ab.

Ich nahm den Ball auf, zumal ich nicht im Geringsten überrascht war. »Eiskraut? Das ist ja eine Überraschung«, sagte ich. »Ich liebe es, besonders die alten Züchtungen«, log ich weiter.

»Bei dem Eiskraut handelt es sich nur um Kommissionsware«, erklärte mir Frau Schick. »Um noch mal auf den Feldsalat zurückzukommen …«

Ich hatte sie längst durch ihren verharmlosenden Tonfall entlarvt. »Mich würden eher Details zum Eiskraut interessieren.«

Sie klang ärgerlich. »Ich weiß nicht, warum meine Tochter das so aufbauscht. Das meiste Eiskraut, also Saatgut und Setzlinge, sind heute Nacht verbrannt. Daran gibt es nichts zu rütteln.«

»Und der Rest?«

»Der ist verschwunden.« Sie knetete nervös ihre Hände. »Gestern Abend hatte ich eine kleine Palette mit Jungpflanzen neben den Verkaufsshop gestellt, also ziemlich weit von der Scheune entfernt. Diese Palette ist jetzt verschwunden. Ich dachte zuerst, dass sie vielleicht die Feuerwehr umgesetzt hatte, doch die waren es nicht. Seltsamerweise hat mein Mann vorhin die Palette gefunden. Ich kann es natürlich nicht mit Gewissheit sagen, dass es dieselbe Palette war, auf der die Jungpflanzen gestanden hatten. Aber warum sollte sonst irgendwer eine leere Palette von unserem Betrieb in den Acker werfen?«

»Hatten die Pflanzen einen besonderen Wert? Warum standen sie auf der Palette? Sollten sie heute von einem Käufer abgeholt werden?«

»Das ist es ja, was ich nicht verstehe«, sagte Frau Schick. »Die Pflanzen sind nicht wertvoller als irgendein anderer Salat. Der materielle Wert ist sehr überschaubar. Ich kann es einfach nicht verstehen, wer eine ganze Palette klaut.«

»Und wer ist der Käufer?«

»Das darf ich Ihnen aus Kundenschutzgründen leider nicht sagen. Wie gesagt, es ist eine reine Kommissionsware.«

»Alles klar«, antwortete ich. »Ich frage Frau Gansfuß nach dem Eiskraut.« Selten hatte ich jemand mit solch einem entsetzten Gesichtsausdruck gesehen. Mein psychologisches Grundgespür hatte mich nicht getrogen. Jetzt musste ich meine Vermutung nur noch mit einem kleinen Trick verifizieren.

Ich stand auf und verließ die Küche. Der Verkaufsladen war nach wie vor rappelvoll. Frau Schick Junior kassierte eine Kundin ab.

»Können Sie sich vorstellen, wo das Eiskraut abgeblieben ist?«

Sie sah für einen winzigen Augenblick auf, dann schüttelte sie kaum merklich den Kopf, während sie der Kundin das Wechselgeld gab.

»Ich weiß, dass es von Frau Gansfuß kam«, behauptete ich dreist. »Die wird wohl ganz schön sauer sein.«

»Natürlich ist sie das«, antwortete sie, ohne erneut aufzuschauen. Die Kundin packte ihren Einkauf im Zeitlupentempo ein, um möglichst lange an unserer Unterhaltung teilhaben zu können. »Das ändert aber nichts an der Sachlage. Wir haben das Feuer garantiert nicht absichtlich gelegt. Unabsichtlich natürlich auch nicht«, ergänzte sie schnell. »Frau Gansfuß hatte bei sich zu Hause zu wenig Platz für die Setzlinge und die Jungpflanzen. Daher haben wir die Vermehrung in ihrem Auftrag übernommen. Aber nun ist alles zerstört.«

»Oder gestohlen«, fügte ich hinzu. »Was ist an diesem Kraut so wertvoll? Das kann doch bestimmt jeder, der möchte, anbauen.«

Frau Schicks Tochter war die Unterhaltung sichtbar unangenehm. Mit einem Lappen wischte sie auf der Verkaufstheke imaginäre Staubkörner weg. Weitere Kunden warteten zwar im Prinzip darauf, bedient zu werden, doch statt unsere Unterhaltung zu unterbrechen, hörten sie lieber zu. »Es ist eine sehr alte Züchtung«, begann sie zögerlich mit der Erklärung. »Jahrzehntelang galt sie als ausgestorben, bis ein paar wenige Pflanzen in einem Privatgarten in der Westpfalz gefunden wurden. Eine ältere Dame hatte ihr Leben lang das Eiskraut für ihren Privatbedarf angebaut, wusste aber nicht, dass sie vermutlich die letzte Person war, die das tat. Nachdem sie vor zwei Jahren gestorben war, hat eine Nichte von ihr, die bei den Landfrauen Mitglied ist, das Eiskraut zufällig entdeckt. Beinahe hätte ihr Mann den Garten umgepflügt. Schnell wurde klar, dass es sich um eine ganz spezielle Sorte handelte. Die Nährstoffe sind qualitativ viel besser und höher als bei anderen Sorten, das Eiskraut ist geradezu ein Gesundheitswunder. Die Frau wurde immerhin 103 Jahre alt, bei bester Gesundheit. Gestorben ist sie nach einem Fahrradunfall, wurde mir berichtet, weil sie keinen Helm trug.«

»Und das Eiskraut weckte Begehrlichkeiten«, konstatierte ich.

»Ach was«, wehrte sie sich. »Das ist schließlich keine Goldmine. Frau Gansfuß als Präsidentin der Landfrauen hat angeboten, das Eiskraut zu vermehren, um es marktfähig zu machen. In zwei oder drei Jahren wäre es so weit gewesen. Nun war aber alles umsonst, das Gesundheitswunder dürfte komplett vernichtet sein.«

»Was ist da los?« Ihre Mutter kam aus der Küche und entdeckte uns. »Herr Palzki, Sie sehen doch, was bei uns los ist. Die Kunden warten darauf, bedient zu werden.«

Frau Schick junior errötete und wandte sich an den nächststehenden Kunden, der in diesem Fall sogar männlich war. Zum Abschied nickte ich beiden kurz zu und verließ den Verkaufsladen.

»Herr Palzki!«

Eine mir unwohlbekannte Stimme schallte aus dem Café in meine Richtung. Einfach nicht hinhören, dachte ich. Das dürfte die einzig vernünftige Taktik sein, es ging immerhin um Leben und Tod.

»So warten Sie doch, Herr Palzki!«

Schweiß rann mir in den Hemdkragen. Wie konnte das sein? Nie und nimmer hatte ich an diesem Ort mit dieser Person gerechnet. Hatte ich mich vielleicht verhört und es war nur eine ähnliche Stimme? Nein, die Person hatte explizit nach mir gerufen, sie musste mich kennen.

»Setzen Sie sich doch zu uns, Herr Palzki!«

Noch ein paar Meter, dann hatte ich den Ausgang der Halle erreicht. Es gab nur sehr wenige Menschen, auf deren persönliche Bekanntschaft ich absolut keinen Wert legte. Auf Donald Trump oder Recep Erdoğan zum Beispiel oder den verrückten Diktator aus Nordkorea. In diesen Fällen war ein persönliches Aufeinandertreffen so gut wie ausgeschlossen. Mit der Person, die da hartnäckig meinen Namen rief, war dies leider nicht immer so.

»Herr Palzki, warten Sie, ich komme zu Ihnen!«

Die Stimme, die ich unter Billionen anderen blind identifizieren konnte, kam näher. Ich hatte verloren. Sollte ich einen Herzinfarkt oder einen Schlaganfall vortäuschen? Nein, das wäre kontraproduktiv. Dann würde ich die KPD-freien Tage mit sinnlosen und schmerzhaften Untersuchungen in einem Krankenhaus verbringen. Schweißgebadet drehte ich mich um.

»Hallo«, sagte ich ohne erkennbare Freude in der Stimme. »Ich habe Sie gar nicht gehört.«

»Das macht doch nichts, Herr Palzki«, antwortete sie. »Mein Mann ist auch da. Kommen Sie doch kurz zu uns.«

Frau Ackermann hatte mich in ihren Fängen. Meine Nachbarin, von Beruf Extremwortschleuder, war in ihrem Element: Ich hatte keine Ahnung, ob sie außer reden weitere Fähigkeiten besaß. Ich war mir nicht einmal sicher, ob sie überhaupt atmete. Sie redete Tag und Nacht. Ob das nachts wirklich zutraf, wusste ich natürlich nicht, doch vorstellen konnte ich mir das gut. Ich hatte Frau Ackermann bisher nie ohne Sprache erlebt. Fast noch schlimmer war die atemberaubende Geschwindigkeit, in der sie Sprache von sich gab, sodass das menschliche Gehör nur einen schmerzhaften Sprachwirrwarr aufnehmen konnte. Kein Gehirn war in der Lage, diese ultraschnellen Sprachinformationen zu sondieren und in verständliche Aussagen zu übersetzen. Frau Ackermann zu unterbrechen war ein aussichtsloses Unterfangen, da sie, wenn sie einmal in ihrem Redeexzess-Modus war, nicht einmal merkte, wenn sie jemand ansprach. Ich versuchte es mit Zeichensprache, in dem ich auf meine Armbanduhr und auf den Ausgang zeigte. Ich hätte es genauso gut sein lassen können.

»Stellen Sie sich mal vor, Herr Palzki«, begann sie mit ihrem Monolog. »Mein Mann hat mit mir einen Ausflug gemacht. Das erste Mal seit der Geburt von unserem Sohn Gottfried. Damals hat mich mein Mann ins Krankenhaus gebracht. Seitdem haben wir unser Haus nicht mehr gemeinsam verlassen. Sie kennen doch meinen Mann, Herr Palzki. Der liegt nur im Bett und auf der Couch. Ganz selten, dass der mal mit Ihrem Sohn Paul unterwegs ist. Der ist einfach nur stinkefaul, mein Mann. Interesse hat der nur am Fernsehglotzen und mit seinen Video-Dingsbumsscheiben. Im Haushalt helfen? Vergessen Sie es, Herr Palzki. Einmal hat er einen Elektriker beauftragt, nur weil in der Stehleuchte die Birne kaputt war. Aber was heule ich Ihnen so etwas vor. Ich brauche ihn doch wegen der Rente. Aber jetzt geht es mir richtig gut. Heute Morgen hat mir mein Mann gesagt, dass wir einen Ausflug machen, nach ganz weit weg, können Sie sich das vorstellen, Herr Palzki? Und dann sind wir losgefahren, wir sind fast bis in die Berge gekommen. Als kleines Kind war ich mal in der Nähe von Neustadt. Aber seit ich verheiratet bin, bin ich nie weiter als Speyer gekommen. Weil da der Gottfried auf die Welt gekommen ist. Und heute wollte mein Mann nach Zeiskam. Sie müssen wissen, Herr Palzki, mein Mann ist in Zeiskam aufgewachsen, aber seine Eltern leben nicht mehr. Im Fernsehen hat er gesehen, dass eine Scheune gebrannt hat, das wollte er sich genauer anschauen, weil er ganz in der Nähe gewohnt hat. Erst wollte er nicht mich, sondern Ihren Sohn Paul mitnehmen. Doch Ihre Frau wollte nicht, und so habe *ich* mich einfach ganz frech in das Auto gesetzt. Da ist meinem Mann nichts anderes übrig geblieben, als mich mitzunehmen. Habe ich das nicht schlau angestellt, Herr Palzki?«

Meine Synapsen wedelten millionenfach mit weißen Fahnen, ich versuchte, mein Leben zu retten. Sprechen war, wie bereits erwähnt, sinnlos. Mit einer theatralisch übertriebenen Geste schob ich meinen Unterarm in Kopfhöhe zwischen uns, während ich mit der anderen Hand auf die Armbanduhr deutete. Frau Ackermann schnatterte weiter, ich drehte mich um und hatte zwei Schritte weiter die Hallentür passiert. Schnell bog ich um die Ecke.

Niemals hatte Herr Ackermann mit diesem Brand etwas zu tun. Das musste Zufall sein, alles andere war völlig ausgeschlossen. Ich versuchte mir vorzustellen, was passieren würde, wenn Ackermanns irgendetwas mit dem

Brand der Scheune zu tun hätten und ich sie zu einer Zeugenbefragung einladen müsste. Nein, solche fiesen Aufgaben würde ich den lieben Kollegen in Landau überlassen.

Während meiner Überlegungen ging ich ein wenig abseits des Zufahrtsweges. Damit wollte ich verhindern, dass mich Frau Ackermann entdeckte, falls sie mir nachgelaufen kam. Zwischen Pferdestall und einem ausschweifenden Buschwerk blieb ich stehen, um zu verschnaufen. Zufällig schaute ich auf einen älteren Ford Escort in der Kombiausführung, der, etwas versteckt, zwischen Pferdestall und Pferdesportplatz parkte. Ich brauchte eine Weile, um zu kapieren, was ich sah. Die Sitze der zweiten Reihe waren umgeklappt, die komplette Ladefläche war mit salatähnlichen Pflanzen in kleinen Kunststofftöpfen befüllt. Mein botanisches Wissen reichte leider nicht aus, die Art der Pflanze exakt zu bestimmen. Kopfsalat war es nicht, wie Feldsalat, den ich regelmäßig mit Spinat verwechselte, sah das Zeug ebenfalls nicht aus. War es überhaupt Salat? Es könnte sich auch um diese grünen Dinger handeln, die Stefanie dutzendfach in ihrem Vorgarten gepflanzt hatte. Stauden hatte sie die einmal genannt, als ich sie fragte, was das für hässliche Blumen wären.

Prüfend schaute ich mich um. Die Gelegenheit war günstig. Der weitläufige Hof war leer. Schnell öffnete ich die Heckklappe des Kombis, die, wie ich hoffte, nicht abgeschlossen war. Über eine Alarmanlage verfügte der betagte Escort ebenfalls nicht. Mit einem kurzen Griff zog ich zwei der Pflanzen aus dem Wagen. Mengenmäßig fiel das auch auf den zweiten Blick nicht auf. Ich schloss die Heckklappe und eilte, ohne jedoch auffällig zu rennen, zu meinem Wagen. Nachdem ich die Pflanzen vor dem Beifahrersitz auf den Boden gestellt hatte, zückte ich einen Notizblock, den ich immer dabeihatte, aber nur selten verwendete, und notierte mir das Kennzeichen des Kombis.

KAPITEL 6
ES WIRD GEFÄHRLICH

Eine knappe halbe Stunde später war ich in Landau-Mörzheim. Die schlechte Landstraße vor Mörzheim war mir schon am Samstag auf den Magen geschlagen. Zusammen mit dem langsam mächtiger werdenden Hunger verfluchte ich meine Entscheidung, ohne einen Umweg über die Speyerer »Currysau« zu Ermittlungen in die Südpfalz gereist zu sein.

Ich stellte meinen Wagen im Stichweg hinter der hofeigenen Mehrzweckhalle ab. Der hintere Hof war nicht zugänglich. Die Scheune war mit Flatterband abgesperrt. Bei Tageslicht betrachtet, sah der Schaden zumindest von außen nicht sehr groß aus. Allerdings wusste ich, wie es drinnen war.

Laute Stimmen aus der Mehrzweckhalle ließen mich aufhorchen. Eindeutig ein Streitgespräch zwischen mehreren Personen. Hatte in diesem Dorf jeder mit jedem Krach? Ich war sehr gespannt, auf welche Streithähne ich heute treffen würde.

Da das Hallentor offen stand, ging ich hinein, ohne mich vorher bemerkbar zu machen. Zwei oder drei Personen saßen am Rande des bestuhlten Saals. Auf der Bühne stritten sich zwei Männer und eine Frau im wildesten Dialekt. Da mir der Kontext des Disputs fehlte und ich nur einzelne Wörter verstand, setzte ich mich in die letzte Reihe. Zunächst wollte ich die Lage beobachten.

»Du bischt schuld an denne Stare!« Die Frau hob angriffslustig die Faust.

Die Sache drohte zu eskalieren. Als Polizeibeamter durfte ich nicht abwarten, bis sich die Parteien körperlich in die Haare bekamen. Ich stand auf und rannte nach vorn. »Halt!«, rief ich. »Polizei!«

Meine Intervention zeigte Erfolg. Die drei Streithähne beendeten ihren lautstarken Zwist und glotzten mich an. Schließlich drehte sich einer der Männer, ohne mich weiter zu beachten, zur kleinen Gruppe im Zuschauerraum. »Schorsch, hoscht du des Stick widder umgschriwwe, ohne uns was zu sage? Warum soll sich do jetztert ähn Polizischt eimische? Dess basst doch iwwerhaupt net.«

Ich folgte einer Eingebung. »Sie proben für ein Theaterstück?«

»Soll das lustig sein?«, fragte mich die Frau, die sich eben noch mit den beiden Männern gestritten hatte. Sie schaute in Richtung Tor und rief: »Ilse, gehört der Typ zu dir oder ist er irgendwo ausgebrochen?«

Frau Gansfuß kam aus dem vorderen Hof zu uns in die Halle. »Hallo, Herr Palzki«, begrüßte sie mich. »Haben Sie sich schon bekannt gemacht? Das ist ein Teil des Ensembles unserer ›Erbsenbühne‹. Den ganzen Tag finden heute Proben statt.«

»Ich habe wohl etwas überreagiert«, klärte ich das Ganze auf. »Ich dachte, es fliegen gleich die Fetzen. Ihre schauspielerische Leistung ist sehr realistisch. Als Polizeibeamter kann ich mir dieses Urteil erlauben.« Ich schaute mir das Trio näher an. Einen der drei kannte ich: Er hatte sich am Samstag mit Winfried Gansfuß gestritten. Und das war garantiert keine Theaterprobe gewesen.

»Womit kann ich Ihnen helfen?«, fragte Frau Gansfuß. »Oder sind Sie wegen der Probe unseres ›Erbsentheaters‹ gekommen?«

»Nein, nein«, antwortete ich. »Ich wusste davon bis eben nichts. Können wir uns draußen unterhalten? Da stören wir die Schauspieler nicht.«

Wie selbstverständlich nahmen wir den Ausgang nach hinten in Richtung der ausgebrannten Scheune. Die Präsidentin der Landfrauen seufzte. »Jetzt müssen wir die Scheune aus Sicherheitsgründen noch dieses Jahr abtragen lassen. Was das wieder kostet! Eigentlich wollten mein Mann und ich noch ein Weilchen damit warten. Als frostfreie Unterstellmöglichkeit war der Schuppen gut zu gebrauchen, auch wenn es an allen möglichen Stellen gezogen hat wie verrückt.«

»War sie denn versichert?«

»Das alte Ding? Natürlich nicht, Herr Palzki. Was hätte man da auch groß versichern können? Die Abrisskosten vielleicht. Nein, die Scheune war ziemlich baufällig.«

»Ein neues Büro brauchen Sie auf jeden Fall«, kam ich zum Thema. »Das Finanzamt wird die Außenprüfung baldmöglichst wieder aufnehmen.«

Frau Gansfuß schaute betrübt zu Boden. »Das Finanzamt hat sich bis jetzt nicht gemeldet. Aber das Feuer war ja auch erst am Samstag. Klar, mein Mann und ich gehen davon aus, dass ein anderer Beamter die Prüfung fortführt.« Ihre Augen wurden feucht und sie wandte ihr Gesicht ab. »Ich habe Herrn Monetero zwar nicht näher gekannt, trotzdem ist es ein ziemlicher Schock für mich, dass er auf unserem Weingut gestorben ist. Dass überhaupt jemand bei uns gestorben ist«, verbesserte sie sich.

»Hat er bei Ihnen etwas gefunden? Steuerlich, meine ich.« Die Frage war prinzipiell unnütz, da jeder vernünftige Mensch, egal ob ehrlich oder nicht, sie unabhängig vom Wahrheitsgehalt verneinen würde.

Frau Gansfuß schüttelte erwartungsgemäß den Kopf. »Nur Kleinigkeiten. Die Abschreibung eines Computers hatte er bemängelt. Wir hätten ihn gemeinsam mit dem später hinzugekauften Drucker als ein gemeinsames Wirtschaftsgut abschreiben müssen. Da ging es aber nur um ein paar Euros. Kein Grund, ihn deswegen umzubringen und die Scheune anzuzünden.«

»Das unterstelle ich Ihnen auch gar nicht.«

»Aber diese Segemeier aus Landau tut es«, fiel sie mir zornig ins Wort. »Gestern früh hat sie uns um 7.00 Uhr aus dem Bett geklingelt und wollte Informationen zu der Steuerprüfung haben. Am Sonntag, stellen Sie sich das mal vor! Dabei hat sie wenige Stunden vorher selbst veranlasst, dass sämtliche Unterlagen in dem Büro beschlagnahmt und abtransportiert wurden.«

Oha, da hatte es die Landauer Kollegin anscheinend sehr eilig. Ob sie an einen schnellen Ermittlungserfolg glaubte oder ihn gar benötigte?

»Sie werden bestimmt nicht Ihre kompletten Steuerunterlagen in dem kleinen Kabuff gelagert haben. Das waren doch höchstens zehn Ordner, soweit ich das in Erinnerung habe.«

»Wir sind ein Kleinunternehmen, Herr Palzki, eine GbR. So viel Buchhaltung fällt bei uns nicht an. Drüben im Wohnhaus habe ich die Ordner mit den Ein- und

Ausgangsrechnungen stehen. Das wird Ihnen aber nicht viel weiterhelfen.«

»Da haben Sie recht. Ich bin zwar Beamter, mit dem Thema Steuern kenne ich mich aber nur rudimentär aus. Hat meine Kollegin irgendetwas über Herrn Monetero erwähnt?«

»Dass sie Moneteros persönliches Umfeld untersuchen wird. Die Situation legt es schließlich nahe, dass er gezielt getötet wurde. So sagte es Frau Segemeier zu mir. Ich habe mich nie privat mit ihm unterhalten, daher konnte ich ihr nichts weiter über seine Verhältnisse sagen. Obwohl sie bei meinem Mann und mir gefühlte tausend Mal nachgehakt hat.«

Ich hielt es nun für angebracht, die Weingutbesitzerin mit meiner Theorie zu konfrontieren. »Warten Sie bitte mal kurz. Ich hole nur schnell etwas aus meinem Wagen.«

Kurz darauf überreichte ich der verdutzten Gansfuß eine der beiden Pflanzen, die ich in Zeiskam sichergestellt hatte.

»Wo, äh, wo haben Sie das her?«, stotterte sie. »Das ist am Samstag doch alles verbrannt.«

»Könnte das Eiskraut ein Motiv für den Mord an dem Außenprüfer sein?«

Da sie mir hinsichtlich der Benennung der Pflanze nicht widersprach, hatte ich mit dieser Konfiszierung wohl das große Los gezogen. »Das Eiskraut? Was soll das mit der Finanzamtsprüfung zu tun haben?«

»Vielleicht schwarz verkauft?«

»Schwarz verkauft?« In ihrem Gesicht zeigten sich fiktive Fragezeichen. »Da wurde bisher überhaupt nichts verkauft. Wir sind noch bei der Saatgutvermehrung. Wie kommen Sie darauf, dass das etwas mit Herrn Monetero zu tun hat?«

»Lassen wir das mal für den Anfang. Sie sprachen eben von ›wir‹. Wen meinten Sie damit?«

»Äh, ja, äh, da habe ich mich versprochen. Winfried weiß zwar davon, aber das läuft alles über mich.«

»Und Frau Schick, nehme ich an.« Ich zeigte auf das Eiskraut. »Von dort ist nämlich das zarte Pflänzchen.«

»Aber da ist doch ebenfalls alles verbrannt.« Im gleichen Moment bemerkte sie ihren voreiligen Versprecher und lief rot an.

»Sie geben also zu, dass Sie gemeinsam mit Frau Schick das Eiskraut marktfähig machen wollen?«

Sie nickte unmerkbar.

»Das muss Ihnen doch nicht peinlich sein«, tröstete ich sie und ergänzte salopp: »Das hätten Sie gleich sagen können. Die Polizei kriegt es am Ende doch immer raus.«

Sie atmete erleichtert auf. »Das Eiskrautprojekt steht ganz am Anfang. Ich habe im Namen des Landesverbandes der Landfrauen die Saatgutvermehrung übernommen. Aus Platzgründen unterstützt mich Frau Schick. Aber unser Projekt ist jetzt nach den beiden Bränden sowieso hinfällig. Wie kommt es, dass diese Pflanze überlebt hat? Frau Schick hat mich heute früh angerufen und von dem Brand berichtet. Aber das kann doch wohl nur ein Zufall sein? Wer sollte Interesse daran haben, den Verkauf des Eiskrauts zu verhindern?«

»Und gleichzeitig einen Außenprüfer vom Finanzamt zu beseitigen«, ergänzte ich. Ich ließ mir die Abfolge der Taten durch den Kopf gehen. Vielleicht ging es wirklich nur um dieses Kraut. Der Brandstifter wollte am Samstag das Saatgut und die Pflanzen vernichten. Dabei kam ihm der Außenprüfer in die Quere. Aber um diese späte Uhrzeit? So ganz rund waren meine Überlegungen noch nicht.

»Nach meinen Informationen haben Sie weiteres Eiskraut im Freien gepflanzt, Frau Gansfuß.«

»Wo, äh, woher wissen Sie das jetzt schon wieder?« Die Verblüffung war ihr deutlich anzusehen.

»Ich bin von der Polizei, vergessen Sie das nicht.«

»Ich habe die Pflanzen heute früh umgegraben.« Beschämt schaute sie zu Boden.

»Warum denn das?«

Die Weingutbesitzerin fühlte sich sichtlich unwohl. »Mein Mann hat mich dazu gedrängt. Vor zwei Stunden war die Landauer Kripochefin erneut da. Zum Glück hatte mich Frau Schick vorher angerufen und von dem Feuer erzählt. Ich habe natürlich geleugnet, dass es eine Verbindung zwischen ›Schickes Lädel‹ und uns gibt. Nachdem Frau Segemeier weg war, machte Winfried mir heftige Vorwürfe. Nur wegen des blöden Krautes wäre der Finanzbeamte gestorben und dass es mich verdächtig machen würde. Winfried sagte mir, dass ich alles, was nach Eiskraut aussieht, vernichten soll.«

»Und das haben Sie selbstverständlich so umgesetzt.«

»Na ja, ein paar kleine Pflänzchen habe ich vorher auf die Seite getan.« Sie lächelte verschmitzt.

»Wächst das Zeug überhaupt bei uns in der Pfalz? Frau Schick erzählte mir die Geschichte von der uralten Frau, die wahrscheinlich als einzige Person Eiskraut zog.«

»Das ist nur die halbe Wahrheit, Herr Palzki. Das Verbreitungsgebiet umfasst normalerweise den Mittelmeerraum. Dort wurde es früher als Salat angebaut und zur Sodagewinnung genutzt. Auch in Frankreich findet es manchmal als Salat Verwendung. Aber die Pflanzen, die in der Westpfalz gefunden wurden, stammen aus einer alten Züchtung und sind besonders wertvoll, insbesondere was den Gehalt an ...«

»Jaja, das hat mir Frau Schick erzählt. Und dass Sie diese Pflanzen für die Saatgutvermehrung benutzen.«

Frau Gansfuß nickte und strich zärtlich über die Pflanze. »So einfach ist das allerdings nicht. Der ursprüngliche Standort des Eiskrauts sind Salzsümpfe, Felsstrände und Sandstrände. Oder Ruderalstandorte. Jetzt finden Sie so was mal in der Pfalz.«

Dass es bei uns weder Sümpfe noch Strände gab, war mir klar. Was sie mit »Ruderalstandort« meinte, erschloss sich mir nicht. Man musste nicht alles wissen im Leben. »Wie haben Sie das Problem gelöst?«

»Gar nicht«, sagte Gansfuß. »Das hatte die alte Dame für uns übernommen. Zum Teil jedenfalls. Jahrzehntelang hat sie ihre Pflanzen an den Sandboden in ihrem Garten gewöhnt. Auf dieser Basis haben Frau Schick und ich experimentiert. Die ersten Erfolge waren durchaus bemerkenswert.«

»Wo hast du das jetzt schon wieder her?« Unbemerkt war Winfried Gansfuß hinzugekommen. Er versuchte, mir die Pflanze wegzunehmen, während er seine Frau wütend anschaute.

»Was soll das?«, herrschte ich ihn an.

»Das ist Unkraut und muss auf den Kompost. Ich will keinen Samenflug in unserem Wingert haben.«

Seine Frau versuchte, ihm mit möglichst unauffälligen Handzeichen die Situation zu erklären, was aber nicht klappte.

»Das ist *mein* Eiskraut«, beschied ich ihm, worauf er seine Hand zurückzog. »Keine Angst, ich werde die Pflanze wieder mitnehmen, denn sie ist ein wichtiges Beweismittel.« Damit setzte ich den Weingutbesitzer latent unter Druck.

»Ein Beweismittel? Wie kommen Sie denn da drauf? Haben Sie Fingerabdrücke von dem Außenprüfer auf diesem Unkraut gefunden?«

»Es gibt kein Unkraut, sondern nur Kräuter«, erwiderte ich klugscheißerisch. Den Spruch hatte ich mir schon oft genug von Stefanie anhören müssen, obwohl ich der Meinung war, dass es genau umgekehrt war. »Außerdem ist das Ding in meiner Hand nicht in *Ihrem* Garten oder Wingert gewachsen. Ich habe es mitgebracht.«

Er blickte fragend zu seiner Frau. »Verstehe ich nicht«, meinte er schließlich.

»Ist auch nicht so wichtig«, antwortete ich. »Haben Sie eine Idee, warum der Außenprüfer des Finanzamtes getötet wurde?«

»Das weiß doch ich nicht«, brummte er aggressiv. »Vielleicht hat er sich versehentlich selbst eingeschlossen. Soll es alles schon gegeben haben. Meine Frau und ich haben damit jedenfalls nichts zu tun. Mit der Steuerprüfung haben wir erst recht keine Probleme. Wir zahlen gerne Steuern.«

Wer so unglaubwürdig lügen konnte, machte sich in meinen Augen per se verdächtig. Beweise sahen allerdings anders aus. Nicht einmal als Indiz würde das ein Richter anerkennen. In Sachen Eiskraut kam ich im Moment nicht weiter. Ich versuchte mich mit einer Überraschungsfrage. »Sie haben sich, nicht lange, bevor Ihre Scheune brannte, mit einem der Schauspieler gestritten.« Da der Weingutbesitzer im Begriff war, heftig zu reagieren, ergänzte ich schnell: »Es gibt Zeugen des Vorgangs, Herr Gansfuß.«

»Das war doch alles nur bangloses Geschwätz. Wir haben uns kurz darauf wieder vertragen.« Sein zuckender Mundwinkel verriet mir, dass mehr an der Geschichte dran war, als er sagte.

»Da war die Rede von einer Abreibung oder einem Warnschuss. Das könnte doch ein Motiv für den Scheunenbrand sein, finden Sie nicht?«

»Sagen Sie mal, sind Sie verrückt?«, echauffierte er sich. »Warum sollte der Stefan unsere Scheune anstecken?«

»Streit?«, provozierte ich weiter. »Vielleicht eskalierte am Samstagabend ein jahrelanger Streit zwischen Ihnen und diesem Stefan. Wusste er von dem Finanzamtprüfer?«

»Ich glaube, da sind Sie auf dem Holzweg«, mischte sich seine Frau ein. »Wir haben mit der Familie Lochbaum ein sehr gutes Verhältnis. Sie sind Winzer wie wir und wohnen nicht weit von uns entfernt. Das Weingut befindet sich aber inzwischen im Nachbarort, weil …«

»Fragen Sie doch den Stefan«, lenkte ihr Mann ein und zeigte auf die Mehrzweckhalle.

»Gute Idee«, antwortete ich und machte mich auf den Weg. Das Ehepaar folgte mir. Nach einer Theaterprobe sah es nicht mehr aus. Die Anwesenden standen vor der Bühne und diskutierten angeregt. Sie bemerkten mich erst, als ich unmittelbar hinter ihnen stand.

»Wo ist Herr Stefan Lochbaum?«, fragte ich in die Runde, da ich seine Abwesenheit sofort bemerkt hatte.

»Dess froge mer uns a«, antwortete einer der Schauspieler. »Als Sie do mit de Ilse naus sinn aus de Hall, do is de Stefan wie ä Raket noch vorne abghaue. Känner vun uns wees, warum. Unn jetztert wisse mer net, wie des weitergehe soll mit unsrer Prob. Um Freitach owend hän mer die erschte Uffführung.«

»Ob er dringend aufs Klo musste?«, fragte ich zurück.

»Im Lewe net«, erhielt ich zur Antwort. »Der is noch vorne gerennt, des Klo is awer hinne newer de Scheun. Außerdem gibt's noch kän neie Woi, wu ma alsmol schnell uffs Klo renne muss.«

»Können Sie mir sagen, wo Herr Lochbaum wohnt?«

»Wissen Sie was?« Winfried Gansfuß hatte sich beruhigt. »Ich gehe mit Ihnen zum Stefan. Das sind nur ein paar Meter. Sie geben ja doch keine Ruhe, bevor Sie mit ihm gesprochen haben.«

Mit diesem Vorschlag gab ich mich zufrieden. Dass die Angabe »ein paar Meter« für einen Winzer eine beträchtliche Wegstrecke von über 200 Metern bedeuten konnte, war für mich eine neue Erfahrung. Trotz knurrendem Magen ließ ich mir nichts anmerken. So groß war das Dorf nun auch nicht. Unterwegs erklärte er mir die aktuellen Verhältnisse.

»Der Stefan hat in den Nachbarort Göcklingen geheiratet. Seine Schwiegereltern haben dort ebenfalls ein Weingut. Vor ungefähr 15 Jahren haben sie den Betrieb ihrer Tochter übergeben, der seitdem als Weingut Büchler-Lochbaum firmiert. Der Hauptbetriebssitz und das Büro ist in Göcklingen, das Anwesen in Mörzheim wird aber ebenfalls genutzt.«

»Baut Herr Lochbaum gerade um?« Der längliche Hof war mit Baumaschinen und Handwerkertransporter vollgestellt. Überall lagen Baumaterialien wie Zementsäcke, Mauersteine und Dachziegel herum. Aus einem Dixi-Toilettenhäuschen kam ein rauchender Bauarbeiter mit einer BILD-Zeitung heraus und grinste uns an.

»Eine Riesenbaustelle«, bestätigte Gansfuß. »Stefan und seine Frau haben das Wohnhaus entkernen lassen, und nun geht es an den neuen Innenausbau. Hinzu kommt, dass der unmittelbare Nachbar zur Linken auch baut, sehen Sie da drüben? Dessen Haus ist, ähnlich wie eine Doppelhaushälfte, leicht versetzt direkt an Stefans Haus angebaut. Die bauen auch gerade um, und anschließend wird das Nebengebäude von Lochbaums abgerissen. In der Bauphase wird es aber für Teile des Baumaterials benötigt.«

In dem relativ engen Hof herrschte für einen Außenstehenden Chaos. Zwei Elektriker rollten zwischen den Transportern eine größere Kabeltrommel aus und kamen uns immer näher. »Geht do mol aussem Weg, ihr zwee!«, herrschte uns der ältere der beiden an.

»Und wo finde ich Herrn Lochbaum?«, fragte ich meinen Begleiter, nachdem wir zur Seite gesprungen waren.

Winfried Gansfuß hob die Schultern. »Keine Ahnung, den werden wir wohl suchen müssen.«

»Dann mal los.« Ich übernahm die Führung. Zunächst schlängelten wir uns durch den Handwerkerfuhrpark nach hinten zum Nebengebäude, dessen Tor offen stand. In einer Ecke entdeckte ich einen Schreibtisch, der schon bessere Jahrzehnte gesehen hatte. Zwei Männer saßen sich dort gegenüber und brüteten über einem Plan.

»Ich suche Herrn Lochbaum«, rief ich ihnen zu, doch die beiden waren viel zu sehr in ihre Arbeit vertieft, um mich wahrzunehmen.

»Irgendwo muss er sein«, sagte Gansfuß. »Auf der Straße steht sein Wagen. Lassen Sie uns mal nach hinten gehen.«

Mit hinten meinte er den Durchgang zwischen Nebengebäude und Nachbarbebauung. Im Hintergrund begann der Wingert, davor befand sich unter einem Unterstand der dafür benötigte Maschinenpark.

»Hier ist er auch nicht, seltsam«, konstatierte mein Begleiter. »Im Wingert wird er wohl nicht sein, da gibt's im Moment nichts zu tun.«

»Irgendeinen Grund wird er wohl gehabt haben, so schnell wie möglich hierherzukommen. Vielleicht hat ihn der Architekt angerufen?«

»Ach was«, wischte er meine Vermutung beiseite. »Wir haben doch den Fred eben gesehen, das ist Stefans Architekt. Ich habe keine Ahnung, was mit Stefan los ist. Mit mir hat das aber nichts zu tun, Herr Palzki.«

Ich ließ seinen letzten Satz unkommentiert. »Vielleicht ist er im Wohnhaus?«

»Was sollte er dort tun? Das ist komplett entkernt.«

»Lassen Sie es uns dennoch mal versuchen.« Es konnte sein, dass Gansfuß mir vordergründig den hilfreichen Samariter vorspielte, in Wirklichkeit aber eine Gegenüberstellung mit Lochbaum verhindern wollte. Wer wusste schon, ob Lochbaums Wagen wirklich auf der Straße parkte.

Wieder einmal rettete mir der Zufall das Leben. Zumindest im ersten Moment. Auf den letzten Metern vor dem Eingang des entkernten Hauses schien mir die Sonne direkt ins Gesicht. Das war nicht ungewöhnlich, doch in diesem Fall passierte etwas Merkwürdiges, was mir schon öfter passiert war: Ein spontaner Niesreiz setzte ein. Ich blieb stehen und wartete die Attacke ab. Ich atmete im Reflex tief ein, hielt kurz die Luft an, dann zogen sich die Muskeln im Bauch und der Brust explosionsartig zusammen. Der Explosion folgte wegen der zusätzlichen Staubbelastung eine zweite. Dass mir dabei eine ordentliche Portion Nasensekret entwich und an dem roten Punkt der Baugenehmigung neben dem Hauseingang zerplatzte, bekam niemand mit. Ich drehte mich, um einen weiteren Niesanfall zu vermeiden, von der Sonne weg und legte meinen Kopf in den Nacken. Keine zwei Meter über mir schwebte ein zentnerschweres Paket mit Dachziegelsteinen. Es schwebte nicht, wie ich eine Millisekunde später registrierte. Es fiel im freien Fall herunter. Es war kaum mehr als ein erneuter Reflex, der mich zur Seite weichen ließ. Die Ziegel streiften schmerzhaft meinen linken Oberarm und knallten auf das Pflaster des Hofes, wo sie sich in Hunderte Bruchstücke auseinanderdividierten. Gansfuß, der zwei oder drei Meter hinter mir stand, sah mich schockiert an, während es mir aufgrund des Schmerzes die Tränen in die Augen trieb. Meine jahrelange Erfahrung als Kriminalbeamter sagte mir sofort, dass hier eher nicht der Zufall eine Rolle gespielt hatte. Ich sah nach oben zu einem Balkon ohne Geländer. Von dort musste das Paket mit den Ziegeln heruntergefallen sein. Mein untrügliches Gefühl sagte mir, dass es heruntergestoßen wurde.

Ohne mich zunächst weiter um meine Verletzung zu kümmern, ein kleines Rinnsal Blut lief mir den Arm hinunter und tropfte von der Hand ab, rannte ich in den Rohbau hinein. Das Treppenhaus war sofort identifiziert. Leider gab es keine Treppe, sondern nur eine Metallleiter, die vom Keller übergangslos ins Obergeschoss führte. Entschlossen hangelte ich mich auf die Leiter und begann mit dem Aufstieg. Schwindelfrei war ich, nur meine Verletzung hatte ich nicht berücksichtigt. Die kleinste Bewegung des Oberarms schmerzte wie die Hölle. Durch dieses Handicap in Verbindung mit meiner verbissenen Mimik mochte es für einen Beobachter etwas seltsam ausgesehen haben, dennoch schaffte ich es in kürzester Zeit, im Obergeschoss anzukommen. Da ich nicht mit einem Schusswaffengebrauch rechnete, lief ich ohne weitere Sicherungsmaßnahmen zum Balkon. Die geländerlose Betonplatte war leer. Den Rest des Stockwerkes hatte ich im Nu abgesucht. Kein Arbeiter, keine sonstigen Personen befanden sich hier oben. Sollte ich mich tatsächlich geirrt haben? Nein, es musste eine andere Lösung geben. Weiter nach oben ging es nicht, somit blieben nur die leeren Fensteröffnungen. Tatsächlich konnte ich einen potenziellen Fluchtweg ausmachen. An der Rückseite des Hauses war ein Gerüst montiert. Ich ignorierte weiterhin die tröpfelnde Blutspur, die ein einwandfreies Bewegungsprofil meiner Person abgab. Wäre der Täter auf diese Art und Weise verletzt, würde ich ihn schnell schnappen. Mit einem kleinen Satz sprang ich auf die Fensterbrüstung. Da ich eine Nuance zu viel Schwung hatte, musste ich mich an der Laibung festhalten. Blöderweise tat ich das mit der linken Hand, was mir weitere Maluspunkte auf meinen Gesundheits- und Schmerzkonten einbrachte. Die Bodendiele des Gerüsts lag tiefer als der Boden des Obergeschosses. Ein kleiner Sprung, den ich unter normalen Umständen mit links wegsteckte, wirkte eher akrobatisch, da ich darauf bedacht war, mit meinem Arm weder Hauswand noch irgendwelche Gerüstverstrebungen zu berühren. Der einzig reelle Fluchtweg führte auf dem Gerüst übergangslos zu dem Haus des Nachbarn. Dort ging es zwei Gerüstleitern nach unten. Im Hof des Nachbarn stand ebenfalls ein Nebengebäude in gleicher Größe. Aus meiner Perspektive sah ich, dass die beiden Gebäude in zwei Metern Abstand zueinander standen. Und dort entdeckte ich, ziemlich weit hinten, eine rennende Person mit Haarzopf. Eine Frau, dachte ich verblüfft, bis mir einfiel, dass auch dieser Lochbaum lange Haare trug. Die in dem Gerüst integrierten Leitern waren für mich in meinem Zustand die bisher größte Herausforderung dieser Verfolgungsjagd. Die Leitern waren nicht nur äußerst schmal, sie hatten auch keine nach oben herausragenden Holme, an denen man sich festhalten konnte, um besser ein- oder auszusteigen. Ich setzte mich auf den Boden und drückte die Beine durch die winzige Luke. Durch diese umständliche Aktion verlor ich weitere wertvolle Zeit. Mein Oberarm pochte wie ein Presslufthammer. Lange würde ich das nicht mehr aushalten können. Endlich war ich unten angekommen und gönnte mir eine superkurze Verschnaufpause. Ich vermied, meinen Arm näher zu betrachten, damit mir nicht auch noch schlecht wurde. Was eigene Verletzungen anging, war ich schon immer eine ziemliche Mimose. Hier handelte es sich nicht nur um ein paar Schrammen oder blaue Flecken wie am Samstag, sondern um etwas Ernstes. Ich hoffte, dass Doktor Metzger nicht zufällig vor Ort war.

Inzwischen hatte ich das Ende der beiden Nebengebäude erreicht und schaute auf fast endlose Weinberge. Was ich erst sah, als es zu spät war: Hinter der Ecke lauerte eine Person. Ich sah sie nicht, sondern bekam nur ihre Tat zu spüren. Während ich in Richtung Weinberge schaute, knallte mir seitlich ein dickes Brett mitten auf die Wange. Mir wurde schwarz vor Augen.

KAPITEL 7
FAMILIENDRAMA

»Hallo! Können Sie mich verstehen?«

Ich öffnete im Zeitlupentempo meine Augen. Mein Schädel brummte, weitere Körperteile schmerzten um die Wette. Langsam registrierte ich, dass ich auf dem Boden lag und sich eine mir unbekannte Person über mich beugte.

»Wa… was ist pa… passiert?«, stammelte ich hilflos.

»Sie können froh sein, dass Sie so schnell gefunden wurden. Mein Name ist Doktor Anton Hüpper, aber alle nennen mich nur den Hüpper Toni. Meine Praxis liegt gleich um die Ecke.«

Ich schaute direkt in die Sonne, was die Klarheit der optischen Wahrnehmung etwas trübte. Ein Niesanfall blieb mir dieses Mal erspart. Trotzdem erschrak ich mit beinahe letalen Auswirkungen: Dieser über 100-jährige gesichtsverschrumpelte Waldschrat wollte ein praktizierender Arzt sein? War er vielleicht gar kein Doktor der Medizin und mit Praxis meinte er etwas anderes, zum Beispiel ein Studio für esoterische Grenzwissenschaften? Voller Schrecken sah ich, dass er mir in der Zeit meiner Bewusstlosigkeit Blut abgenommen hatte, anders konnte man die rot gefüllte Spritze in seiner Hand nicht interpretieren.

»Keine Angst«, sprach er weiter. »Ich habe zwar meine Praxis vor über 20 Jahren an meine Tochter übergeben, in

Spitzenzeiten helfe ich aber immer noch aus. Die Erfahrung der alten Generation wird immer noch gerne abgerufen, auch wenn die Hände inzwischen etwas zittern.« Jetzt lachte er wie jemand, der dabei war, die Weltherrschaft zu übernehmen. Immerhin war seine Lache nicht so penetrant wie die eines weiteren Extremmediziners, der mir in diesem Zusammenhang in den Sinn kam. »Aber jetzt sagen Sie mal, wie das passiert ist«, forderte mich Doktor Hüpper auf. »Nach dem Schadensbild Ihres Körpers zu urteilen, sind Sie mit hohem Tempo an die Steinwand gerannt. Sie wollten sich doch nicht etwa umbringen? Oder haben Sie Drogen genommen und dachten, dass Sie unsterblich und unverletzlich sind? Das haben schon ganz andere ehemalige Zeitgenossen gedacht.« Der pensionierte Mediziner schüttelte den Kopf. »Zur Sicherheit habe ich Ihnen ein bisschen Blut abgezapft. Ich hoffe, Sie haben nichts dagegen.«

»Ich habe ein Brett abgekriegt«, erklärte ich ihm. Gleichzeitig versuchte ich, mich aufzusetzen, was überraschenderweise, von diversen Schmerzen abgesehen, relativ leicht ging. Ich sah, dass mehrere Personen um uns herum standen. Auch Winfried Gansfuß war dabei.

»Ein Brett?«, fragte Hüpper Toni zurück. »Ich glaube eher, Sie sind noch nicht richtig in der Realwelt angekommen. Soll ich einen Rettungswagen bestellen?«

Während ich mich fragte, warum er das nicht längst gemacht hatte, meldete sich eine Frau. »Ist es vielleicht dieses Brett? Es lag hier um die Ecke.«

Mittlerweile in der Sitzposition angekommen, schaute ich mir die mutmaßliche Tatwaffe an, die ich nur für Millisekunden gesehen hatte. »Kann schon sein«, bestätigte ich. »Das Ding knallte mir voll an die Backe.« Unvorsichtigerweise berührte ich mit der Hand die Stelle, was ich sofort bereute.

»Das wird einen ziemlichen Bluterguss geben«, konstatierte der Arzt. »Ihr Ohr hat einiges aufgefangen, sodass die Haut nicht aufgeplatzt ist. Das würde sonst viel ekliger aussehen. Zum Hals-Nasen-Ohren-Kollegen sollten Sie dennoch gehen. Wissen Sie, wer Ihnen das Brett an den Kopf geknallt hat? Und vor allem, warum? Unter Umständen muss ich als Arzt die Polizei rufen.«

»Ich bin Polizist«, antwortete ich genervt. »Ich habe jemanden verfolgt, der mich an dieser Stelle ausgeknockt hat.« Mehr Informationen wollte ich nicht verraten, zumal die Gaffergruppe immer größer wurde. Inzwischen dürften sämtliche Handwerker der Baustelle anwesend sein.

Hüpper Toni bohrte weiter. »Und wie kommen Sie zu der Verletzung Ihres Arms? Das kann kaum von dem Brett stammen. Die Wunde muss auf jeden Fall genäht werden. Aber nicht hier, sondern in der Praxis meiner Tochter.«

Gansfuß fiel mir in den Rücken. »Vom Balkon von Stefans Wohnhaus ist eine Palette Dachziegel auf Herrn Palzki gefallen. Ich dachte, dass es Zufall war. Aber jetzt, nach dieser Sache, sieht es wohl anders aus. Ach ja, ich kann bestätigen, dass Herr Palzki Polizist ist.«

»Natürlich bin ich Polizist«, erklärte ich verärgert. »Irgendwer hat zweimal versucht, mich umzubringen.« Ich schaute mich um. »Ist Stefan Lochbaum anwesend?«

Sofort trat der mir bekannte Schauspieler der »Erbsenbühne« aus der zweiten Reihe hervor.

»Sie haben mich gesucht, hat Winfried gesagt. Ich war vorhin kurz im Wingert, da ich etwas zu erledigen hatte.«

Ich nahm einen weiteren Anlauf, um nun in den Zweibeinstand zu kommen. Lochbaum sah meine momentane Unbeholfenheit und reichte mir die Hand. Ich nutzte die Gelegenheit zweifach. Mit seiner Hilfe konnte ich aufstehen. Während des Vorgangs machte ich einen unmotivierten Schritt zur Seite, um Lochbaum von hinten anschauen zu können. Die langen Haare trug er offen, der Täter hingegen hatte sie zu einem Zopf gebunden. Das musste nicht viel bedeuten. Größe und Statur könnten passen. Was die Kleidung betraf, war ich überfordert, da ich mich in dem kurzen Augenblick, in dem ich den Täter vom Gerüst aus sah, auf den Haarzopf konzentriert hatte.

Den leichten Schwindel vernachlässigte ich. Ich stand und das war wichtig.

»Dann werde ich doch besser Ihre Kollegen anrufen«, sagte Hüpper. »Sie erscheinen mir in Ihrem Zustand nicht so richtig klar im Kopf zu sein.« Er zog ein Mobiltelefon aus seiner Tasche, das die Größe einer Wasserflasche besaß. Nachdem er die Antenne ausgezogen hatte, drückte er wie wild auf der Tastatur herum. Nicht nur ich war überrascht, als er kurz darauf eine Verbindung zustande brachte. Grundsätzlich hatte er ja recht, hier war die Spurensicherung gefragt, denn ein Zusammenhang mit den Ermittlungen war nicht von der Hand zu weisen.

Der Arzt mit dem Faible für historische technische Geräte beendete seinen Anruf und packte seine mobile Telefonzelle ein. »Wir sollen warten, in einer Viertelstunde wird die Polizei bei uns sein.«

»Wow, was fer ähn mordswäscher vun Telefon«, sprach einer der Handwerker.

Doktor Hüpper lächelte. »Gell, so etwas haben Sie schon lange nicht mehr gesehen. Ich war 1991 einer der ersten 50 Kunden im neuen D-Netz. Mein Telefon ist sogar noch ein C-Netz-Gerät, das ich mir umbauen ließ. Solch eine Qualität wird heute nicht mehr gebaut. Der Akku hält locker einen Monat.«

Es wurde Zeit, dass ich die Initiative ergriff. Ich hatte keine Lust, auf die Landauer Kollegen zu warten. Leider fing mein Arm erneut an zu bluten.

»Ich fahre ins Krankenhaus«, beschied ich dem Arzt. »Herr Gansfuß wird der Landauer Polizei alles erklären.« Um Lochbaum würde ich mich später kümmern.

»Auf keinen Fall, Herr Palzki.« Demonstrativ trat mir Doktor Hüpper in den Weg. »Da Sie wieder laufen können, gehen wir jetzt zu meiner Tochter. Ihre Wunde muss genäht werden. Mit Ihrem Arm haben Sie unbeschreibliches Glück gehabt. Diese Dachziegel, oder was das war, haben Sie nur gestreift. Dabei hat sich ein ziemliches Stück Haut aufgerissen, aber es ist keine tiefe Wunde. Sieht schlimmer aus, als es ist. Ein paar Stiche, dann haben Sie es überstanden. Vorher müssen wir die Wunde allerdings reinigen. Sie sind da mitten in den Dreck gefallen. Eine Sepsis kann man sich da sehr leicht einfangen. Meine Schwiegertochter hatte damals im Jahr 1993, nein, es war Frühjahr 1994 ...«

Ich gab mich geschlagen und unterbrach seinen Wortschwall. »Dann lasse ich mir das Ding halt von Ihrer Tochter nähen. Herr Gansfuß, Sie bleiben hier und geben den Polizeibeamten einen ersten Überblick, bis ich nachher zurück bin. Herr Lochbaum, Sie kommen bitte mit, damit ich Sie während der Behandlung befragen kann.«

Das war für mich zwar kein Optimalergebnis, aber durchaus brauchbar. So konnte ich den Kontakt mit den Landauern minimieren und mir vorab eine kleine Geschichte ausdenken. Außerdem hatte ich mit diesem Vorgehen Gansfuß und Lochbaum getrennt.

Doktor Anton Hüpper hatte auf dem Weg zur Praxis eine weitere Hiobsbotschaft. »Ich kann Ihnen nicht versprechen, dass meine Tochter da ist. Das ist aber kein Problem, mit meiner Erfahrung werden wir Ihren Arm ohne allzu viele Narben wieder zurechtflicken können.«

Nie im Leben würde ich den zittrigen Greis meine Verletzung behandeln lassen. Es war sowieso ein Wunder, dass er mir Blut abgenommen hatte, ohne an mir ein Massaker zu veranstalten.

Man kann in seinem Leben auch mal einen Treffer landen. Hüppers Tochter, die nicht die geringste Ähnlichkeit mit ihrem Vater besaß, war in der Praxis, die gut besucht war. Aufgrund meiner Beziehungen musste ich nicht lange warten. Während sie mich behandelte, bekam ich Familieninterna mit, die nicht meine Stimmung verbesserten.

»Papa, warum hast du mir nicht Bescheid gegeben? Ich hätte doch die paar Meter zu Lochbaums gehen können. Du weißt doch, dass du wegen deiner Anfälle nicht mehr ohne Begleitung weggehen sollst. Wo ist eigentlich Oliwia? Hat sie dich wieder alleine gelassen?«

Mit einem Blick zu mir meinte sie: »Oliwia ist seine polnische Pflegerin.«

»Ihr Vater hat mir Blut abgenommen«, platzte es aus mir heraus. Ich war schockiert über diese Wahrheit. Ein seniler Greis, wenn auch ehemaliger Arzt, hatte mir Blut abgenommen.

»Du hast was?« Sie blickte ihren Vater streng an. »Hast du deine alte Arzttasche auf dem Speicher hervorgekramt?«

Doktor Hüpper war sich keiner Schuld bewusst. Lächelnd zog er die gefüllte Ampulle aus seiner Jackentasche und gab sie seiner Tochter. Diese schnappte sofort nach der Ampulle und ließ mein gezapftes Blut in einer Schublade verschwinden. »Darum kümmere ich mich nachher.«

Allein der Tonfall gab mir zu verstehen, dass sie diese Ampulle später unauffällig vernichten würde. Ich hoffte, dass ich mir keine Bakterien, Pilze, Viren oder Schlimmeres eingefangen hatte.

Nachdem ich genäht und reichlich verpflastert war, betrachtete ich mich in einem Spiegel. Auch nach ihrer Meinung hatte ich unwahrscheinliches Schwein gehabt. »Ein paar Millimeter weiter oben, und der Schlag mit dem Brett hätte Sie das Augenlicht kosten können. Die Platzwunde am Arm ist harmlos, solange sich nichts entzündet.«

Ich bedankte mich für die fachgerechte Versorgung. Dann sprach sie zu ihrer Sprechstundenhilfe: »Der nächste Patient kann schon mal reinkommen und Platz nehmen. Ich bringe schnell meinen Vater in seine Wohnung.«

Stefan Lochbaum saß indessen im Wartezimmer und las eine Illustrierte. Da weitere Patienten warteten, forderte ich ihn auf, mit nach draußen zu kommen, da ich zurück zu seinem Anwesen wollte.

»Jetzt erzählen Sie mal«, begann ich mit einer improvisierten Zeugenbefragung. »Warum haben Sie am Samstag die Scheune von Gansfuß angezündet?« Ich beobachtete ihn genau, doch die Reaktion war völlig unauffällig.

»Wie bitte? Habe ich das richtig verstanden?« Er sah mich schräg an. »*Was* soll ich getan haben? Das glauben Sie doch wohl selbst nicht! Warum sollte ich das tun?«

Ich gab eine provokative Zugabe. »Sie hatten am Samstagabend Streit mit Winfried Gansfuß und drohten ihm damit, seine Scheune anzuzünden.«

Er glotzte mich mit offenem Mund an. »Woher wissen Sie von dem Streit? Hat Ihnen Winfried davon erzählt?«

»Sie geben also alles zu?« Ich erhöhte den Druck.

Lochbaums Gesicht wechselte ins Feuerrote. »Nichts gebe ich zu. Wer hat Ihnen diesen Schmarren erzählt?«

»Sie selbst.« Ich blieb völlig ruhig.

»Ich?« Er wirkte ratlos, war aber dennoch zornig. »Und wann soll das gewesen sein?«

»Gerade eben. Sie fragten mich, woher ich von dem Streit wusste. Damit haben Sie es zugegeben.«

Stefan Lochbaum stand kurz vor der Explosion. »Damit meinte ich doch den Streit an sich. Mit der Scheune hat das nicht das Geringste zu tun. Ich habe niemals gesagt, dass ich sie anstecken würde.«

»Aber mit Konsequenzen haben Sie gedroht.«

»Klar«, gab er zu. »Aber nicht mit so was. Bisher haben wir unsere Meinungsverschiedenheiten stets friedlich gelöst.«

»Und am Samstag ist es ausgeufert.«

Für einen Moment war er sprachlos. Ich nutzte die Zeit für eine Nachfrage. »Worum ging es überhaupt bei Ihrem Streit?«

»Meinungsverschiedenheit, nicht Streit. Eigentlich geht es Sie überhaupt nichts an.«

»Ich ermittle in einem Tötungsdelikt«, erklärte ich ihm sachlich. »Da muss alles aufgedeckt werden. Nur damit können Sie Ihren Status als Verdächtiger loswerden.«

Ich sah, wie es in ihm zuckte. Würde er mir jetzt mitten auf der Straße Gewalt antun? Ich legte noch etwas nach. »Haben Sie vorhin das Paket Dachziegel auf mich fallen lassen?«

Er ging in Schnappatmung über. Das war unverkennbar zu viel für ihn. Leider kam uns nun Winfried Gansfuß entgegen.

»Alles klar, Stefan?«, fragte er. »Du siehst so geladen aus. Hast du Stress?« Dann blickte er mich an. »Sind Sie wieder auf dem Damm, Herr Palzki? Das Pflaster auf Ihrer Wange sieht spektakulär aus. Hat wohl Hüppers Tochter gemacht? Hoffentlich. Dass der Alte aufgetaucht ist und sich um Sie gekümmert hat, war mehr als grenzwertig. Bis ich das gesehen hatte, war er mit dem Blutabnehmen fertig.«

Stefan Lochbaum hatte sich inzwischen eine Nuance beruhigt. »Herr Palzki beschuldigt mich, die Dachziegel auf ihn geworfen zu haben.«

Gansfuß schüttelte den Kopf. »Das kann nicht sein«, verteidigte er ihn. »Du bist von hinten aus dem Wingert gekommen, während Herr Palzki in das Wohnhaus gerannt ist.«

Ich überlegte. War es doch eine Frau, der ich nachgejagt war? Eine Frau, die mich mit einem Brett k. o. geschlagen hatte? Nicht ausgeschlossen, dennoch schwer vorstellbar. Oder hatten sich die beiden Weingutbesitzer inzwischen verbrüdert und Gansfuß gab Lochbaum ein Alibi?

»Außerdem behauptet Herr Palzki, ich hätte deine Scheune angesteckt.«

»*Du*?«, fragte Gansfuß ungläubig. »Warum solltest du den Finanzamt-Außenprüfer umbringen? Kanntest du ihn überhaupt?«

Der Hinweis brachte mich auf eine weitere Idee. Vielleicht hatte der Finanzbeamte in den Büchern etwas entdeckt, was die beiden Weingutbesitzer gemeinsam betraf? Hatte dieser längst eine weitere Prüfung im Weingut Lochbaum angekündigt? Ich machte mir eine geistige Notiz: Sobald ich zurück in Schifferstadt war, würde ich unseren Jungkollegen Jürgen beauftragen, alles über den Außenprüfer des Finanzamtes zu recherchieren. Bisher war ich viel zu fixiert auf die Scheune. Dabei lag es auf der Hand, dass es einzig und allein um die Ermordung des Beamten ging. Der Scheunenbrand und die Sache mit dem Eiskraut waren sicherlich nur Ablenkungsmanöver oder falsche Spuren. Gansfuß und Lochbaum blieben vorläufig meine Verdächtigen erster Ordnung.

»Ach woher«, regte sich Lochbaum auf. »Natürlich wusste ich, dass ihr eine Außenprüfung habt. Ein- oder zweimal habe ich den Typen während einer unserer Theaterproben herumlaufen sehen. Gesprochen habe ich mit dem kein Wort. Höchstens ein ›Hallo‹ oder so.«

»Dass Sie sich mit Ihrem Kollegen am Samstagabend gestritten haben, das geben Sie aber weiterhin zu.«

»Na klar«, bestätigte er nun schon beinahe leger. »Winfried, sag du ihm, worum es ging.«

»Samstag?« Gansfuß schien zu überlegen. »War das die Sache mit dem Bühnenbild?«

»Exakt«, bestätigte Lochbaum und grinste mich an. »Es ging um das Bühnenbild für unser Theaterstück. Herr Palzki meinte, ich hätte dir gedroht, die Scheune anzustecken.« Er lachte.

»Du? Da kann ich mich wirklich nicht daran erinnern.«

»Weil ich das auch nicht gesagt habe, Winfried.« Er wandte sich mir zu. »Es war ein harmloser Zwist um ein paar Details des Bühnenbilds. Wir haben uns kurz darauf geeinigt. Reicht Ihnen das als Erklärung, Herr Palzki?«

Ich nickte, da mir die beiden, zumindest gemeinsam, sowieso nicht die Wahrheit sagen würden. In meiner Erinnerung hatte der Streit eine existenziellere Note gehabt.

»Warum ich Ihnen überhaupt entgegengelaufen bin«, sagte Gansfuß. »Frau Segemeier hat mich zu Hüppers Tochter geschickt, um Ihnen Bescheid zu geben, dass Sie bitte auf der Baustelle vorbeikommen sollen.«

»Da wollte ich sowieso hin«, sagte ich. »Und Herr Lochbaum wohl ebenfalls.«

Die Baustelle der Familie Lochbaum lag kaum 50 Meter entfernt. Da der Hof mit Handwerkerfahrzeugen aller Art vollgestellt war, parkten die Einsatzfahrzeuge wild auf der engen Straße. Mittendrin hantierten zwei Müllwerker, die versuchten, ihren Kollegen im Müllwagen millimeterweise durch das Nadelöhr zu lotsen. Der Wortschatz, den sie benutzten, war alles andere als druckreif. Falls das, was ich hörte, in den allgemeinen Sprachgebrauch übergehen sollte, würde sich der Umfang der nächsten Dudenausgabe glatt verdoppeln und das Niveau auf ein Tausendstel sinken.

»Da sind Sie ja endlich, Herr Palzki«, plärrte die Landauer Kripochefin über den Hof. »Wie sehen Sie denn aus?«, fragte sie, als sie näher kam. »Scheint doch übler ausgegangen zu sein, als mir berichtet wurde.« Segemeier machte eine kurze Pause, in der sie meine Pflaster begutachtete. »Sie scheinen das Pech regelrecht anzuziehen, Herr Palzki. Erst die Sache am Samstag und nun heute der Unfall.«

Ich glaubte, nicht richtig zu hören. »Unfall? Jemand wollte mich umbringen!«, schrie ich erbost.

»Na,na,na! Wer wird denn so empfindlich sein«, konterte sie. »Ich habe Informationen über Sie eingeholt, Herr Palzki. Solche Dinge passieren Ihnen regelmäßig und fast immer ist kein anderes Lebewesen in der Nähe. Sie stehen sich selbst auf den Füßen, haben mir ein paar altgediente Mitarbeiter gesagt, die Sie von früheren Ermittlungen her kennen. Ihr Chef soll mal über Sie gesagt haben, Sie wären der Donald Duck der Kriminalpolizei, nur ohne reichen Onkel.«

Was zu viel war, war zu viel. Ich war nicht hierhergefahren, um mich beleidigen zu lassen. Sollten die Landauer die Ermittlungen alleine weiterführen. Mir doch egal, wer den Beamten umgebracht hatte.

Ohne einen Kommentar drehte ich mich um.

»Wollen Sie nicht erfahren, was wir herausgefunden haben?«, rief mir Segemeier nach. »Sie waren im Obergeschoss des Wohnhauses allein. Die Dachziegel müssen sich ohne Fremdeinwirkung selbstständig gemacht haben.

Vielleicht standen sie ziemlich an der Kante des Balkons und ein Luftzug genügte. Wir konnten auch keine frischen Schuhspuren finden, außer Ihre.«

Jetzt blieb ich stehen und drehte mich zornig um. »Dann haben Sie nicht richtig gesucht.«

»Oh doch«, wehrte sich Segemeier. »Wir haben Zeugen, die Sie äußerst ungelenk auf dem Gerüst herumturnen sahen. Ein Handwerker hat das sogar gefilmt und gleich auf Youtube hochgeladen. Sieht wirklich witzig aus, sollten Sie sich mal anschauen. Was aber wichtiger ist: Sie waren alleine auf dem Gerüst.«

Es dürfte wenig Sinn machen, ihr zu erklären, dass die Person, der ich nachrannte, einen großen Vorsprung hatte und daher wohl von niemand anderem gesehen wurde.

»Und wie erklären Sie sich, dass ich mit einem Brett niedergestreckt wurde?«

Segemeier grinste hämisch. »Dafür haben wir keinen Zeugen, Herr Palzki. Bedenken Sie, Sie waren verletzt und wahrscheinlich nicht mehr so richtig bei Bewusstsein. Das sieht man auf dem Video unverkennbar. Nach meiner Meinung sind Sie gegen die Wand des Nebengebäudes gerannt. Das Brett lag nur zufällig dort herum. Ich möchte Ihnen aber keine Lüge vorwerfen, denn solche Dinge kann man sich schnell mal einbilden. Das wissen Sie als Kriminalpolizist so gut wie ich.«

Gegen dieses Totschlagargument konnte und wollte ich nicht diskutieren. »Wie Sie meinen«, antwortete ich, ohne auf ihre provokanten Thesen einzugehen. »Dann brauchen Sie mich ja jetzt nicht mehr und ich kann heimfahren. Denken Sie an die regelmäßigen Berichte, damit Herr Diefenbach zufrieden ist.«

Als sie den Namen Diefenbach hörte, wurde sie grantig. »Ja, es bleibt alles wie vereinbart. Dafür bekomme ich von Ihnen schnellstmöglich einen Bericht über die beschlagnahmten Unterlagen. Wir konzentrieren uns nämlich auf das Wesentliche. Und das ist der tote Prüfer des Finanzamtes. Meine Mitarbeiter befragen zur Stunde seine Familie.«

Ich verzichtete darauf, die abgebrannte Scheune in Zeiskam erneut ins Spiel zu bringen. Sie würde sowieso irgendwelche Ausreden parat haben. Segemeier musste unheimlich unter Erfolgsdruck stehen. Nur so war erklärbar, dass sie sich auf eine einzige Spur konzentrierte. Aber Eiskraut hin oder her: Die Vernichtung der Pflanzen, die beiden Scheunen und das Attentat auf mich waren keine Zufälle, sondern gehörten zu einem großen, bisher nicht in Ansätzen gelösten Geheimnis. Ohne Segemeier um Erlaubnis zu fragen, ging ich noch mal kurz nach hinten und schnappte mir das Brett, mit dem ich niedergeschlagen wurde. Vielleicht konnten auf dem Holz Fingerabdrücke von Stefan Lochbaum gesichert werden. Keiner hinderte mich daran.

Ohne die Begleitung von Winfried Gansfuß ging ich zurück zu meinem Wagen. Da Mörzheim nicht sehr groß war, musste ich nur zweimal nach dem Weg fragen. Ohne weitere Vorsichtsmaßnahmen warf ich das Brett in den Kofferraum.

KAPITEL 8
ENDLICH WIEDER ZU HAUSE

Ich stieg in meinen Wagen und fuhr zurück. Dieses Mal konnte ich den inneren Schweinhund nicht überwinden: Mein seit mehreren Stunden erfolgreiches Fasten musste belohnt werden. Um der Gefahr der Unterzuckerung zu entgehen, fuhr ich auf dem kürzesten Weg zum St.-Guido-Stiftsplatz nach Speyer. Die wenigen Touristen, die ich sah, wanderten in Richtung Grab des Altbundeskanzlers, das sich immer mehr zu einer Wallfahrtsstätte etablierte. Ich dagegen suchte meine geliebte »Currysau« auf. Mein Magen machte Luftsprünge, so jedenfalls interpretierte ich den einschießenden Verdauungssaft.

»Hallo, Reiner«, begrüßte mich Robert, der Inhaber. »Du machst dich in letzter Zeit ziemlich rar. Ich habe mit meinem Bruder überlegt, ob wir Kurzarbeit anmelden sollen.« In dem Moment entdeckte er meine Bepflasterung. »Was ist denn mit dir los? Setz dich mal an den Tisch neben unserem Imbiss. Ich bin gleich bei dir.«

Robert brachte mir wenig später ein prall gefülltes Serviertablett. »Rezeptfrei, dafür mit viel Gluten, Phosphat und Laktose. Alles, was ein kräftiges Bullenherz vertragen kann. Aber jetzt erzähl mal, was ist passiert?« Er setzte sich mir gegenüber und stibitzte eine Pommes.

Ich konnte nicht anders, als dem Verlangen meines Körpers bedingungslos nachzugeben. Einmal ist keinmal, redete ich mir ein und kämpfte mich durch Cheeseburger, Pommes und einen Palzki-Burger.

Robert sah mir zu und grinste. »Du stehst kurz vor dem Hungertod, wie ich sehe. Übrigens, vor einer Weile war ein Gast da, der hat sich zum Geburtstag einen doppelten Palzki-Burger bestellt. Mit allem Drum und Dran, also auch mit vier Fleischpaddies á 180 Gramm. Nicht ein Krümel blieb übrig.«

Ich selbst war nach zwei Cheeseburgern, einer Handvoll Pommes und dem normalen Palzki-Burger fertig. Früher hatte ich mich mit solch einer Portion gerade mal warmgegessen. Mein Magen schien inzwischen an kleinere Portionen gewöhnt.

»Jetzt erzähl aber mal.« Robert war neugierig.

»Ich wurde beinahe von einer Palette Dachziegel erschlagen.« Mein Blick ging zum Oberarm. »Kurz danach hat mir jemand aus dem Hinterhalt ein Brett übergezogen.« Ich zeigte mit der Hand auf meine Wange.

»Den Kerl hast du hoffentlich erwischt?«

»Leider nicht. Ich bin mir nicht einmal sicher, ob es ein Kerl war. Und das alles, weil in Landau ein Beamter des Finanzamtes getötet wurde und weil irgendwer versucht, Eiskraut zu vernichten.«

»Eiskraut?« Robert horchte auf. »Das ist ja mal ein Zufall. Hat das was mit dem Mord zu tun?«

»Sag bloß, du kennst das komische Zeug?«

Robert musste erst schlucken, da er die restlichen Pommes aß. »Kennen ist zu viel gesagt. Mein Bruder Jürgen hatte eine Anfrage bekommen, ob wir ab nächstem Jahr

Interesse an der Belieferung mit Eiskraut hätten. Das soll eine alte Salat-Züchtung mit lauter hochdosiertem gesundem Gedöns sein. Hörte sich an wie eine Wunderwaffe gegen alles.«

»Und? Macht ihr nächstes Jahr einen auf Salatbar?«

Robert hob die Achseln. »Seit du nicht mehr so häufig kommst, machen wir uns schon Gedanken über neue Geschäftsfelder.« Er wartete meinen bestürzten Blick ab, dann lachte er. »War nur ein Witz, Reiner. Das Geschäft brummt wie nie zuvor. Mit unserem mobilen Cateringwagen sind wir jede Woche mehrmals gebucht und dann haben wir noch die Cafés in den Hallenbädern in Maxdorf und Mutterstadt übernommen.«

»Also nichts mit Salat?«

»So kann man das nicht sagen. In den Schwimmbädern wollen wir das auf jeden Fall probieren. Wenn das Eiskraut gut schmeckt, werden wir es auch in Speyer anbieten. Wir haben einige Kunden, die meisten zugegebenerweise männlich, die nur alleine zu uns kommen. Ihre Partnerinnen sind entweder Vegetarier oder, noch krasser, Veganer oder leben gesundheitsbewusst, was immer man darunter verstehen will. Wenn wir einen Salat anbieten würden, der gegen Allergien, Menstruationsbeschwerden, Faltenbildung und eingewachsene Fußnägel hilft, würden diese Kunden viel öfter kommen und ihre Partnerinnen mitbringen. Das muss man ganz betriebswirtschaftlich sehen.«

»Solange ihr euer Fleischangebot nicht reduziert …«

»Keine Bange, Reiner. Das ist nicht in Gefahr, das verspreche ich dir als gelernter Metzger.«

»Dann bin ich fürs Erste beruhigt. Kannst du mir sagen,

wer das war mit dem Eiskraut? Es ist zwar unwahrscheinlich, dass es etwas mit meinen Ermittlungen zu tun hat, aber man weiß ja nie.«

»Leider nicht, mein Junge. Das lief über meinen Bruder. Ich sag ihm Bescheid, dass er dich anruft, wenn er in ein paar Tagen aus seinem Urlaub zurückkommt.«

Das Sättigungsgefühl hob meine Stimmung. Dass mich das Eiskraut bis zur »Currysau« verfolgte, war krass. Ich bezahlte und bedankte mich bei Robert. »Bis demnächst mal wieder.«

Während der Fahrt nach Schifferstadt rekapitulierte ich meine Situation. Von den Verletzungen abgesehen, sah es für mich privat unverändert gut aus. Warum sollte ich mir ausgerechnet in einer KPD-freien Zeit überflüssigen beruflichen Stress ans Bein binden? Meine heutige Fahrt nach Zeiskam und Mörzheim waren genug Entgegenkommen. Den Rest konnten die Landauer erledigen beziehungsweise die Zwangsverpflichteten in der Dienststelle, die sich um das Büroinventar kümmern mussten.

»C2«, drang es aus KPDs Büro.

»Treffer, versenkt«, gab eine weibliche Stimme zur Antwort.

Ich blieb im Türrahmen der offenen Tür stehen. »Sagt mal, spinnt ihr jetzt komplett?«

Gerhard und Jutta, die sich an KPDs Riesentisch gegenübersaßen, bekamen rote Köpfe. »Das ist …, äh, ist nicht so, wie es aussieht«, stammelte Jutta. Gerhard konnte nur nicken.

Ich schloss die Tür hinter mir. »Wollt ihr die komplette Moral aller Beamten dieser Dienststelle untergraben? Das könnt ihr doch nicht bringen!« Ich wartete kurz ab, bevor ich weitersprach. »Macht das nächste Mal bitte die Tür zu, wenn ihr ›Schiffe versenken‹ spielt.«

Meine beiden Kollegen sahen ziemlich irritiert aus. Es wurde Zeit, sie aufzuklären. »Jetzt tut nicht so, als ob ihr hochbeschäftigt seid und nur eine kleine Pause eingelegt habt. Ihr seid Stellvertreter für KPD, ich weiß, wie der Hase läuft. KPD hat sich, von seinen egomanischen Reden anlässlich seiner gefürchteten Lagebesprechungen abgesehen, so gut wie nie um die Abläufe dieser Dienststelle gekümmert. Alles läuft ohne ihn perfekt. Nur wenn er mit neuen Ideen kam, hat es gehakt. Da liegt die Schlussfolgerung doch nahe: KPD hat den ganzen Tag nichts zu tun gehabt, warum sollte das bei euch anders sein? Das Einzige, worum ich euch bitten möchte, ist, dass ihr vorher die Tür schließt, wenn ihr euch die Dienstzeit vertreibt.«

Gerhard und Jutta beruhigten sich. »Was hast du da für große Pflaster?«, fragte Gerhard.

»Nur eine Bagatelle«, erklärte ich.

»Bedien dich an den Brötchen.« Jutta zeigte zum Besprechungstisch. »Das Zeug wird zweimal täglich frisch geliefert. Wir können gar nicht so schnell essen.«

»Die kommen per Abo«, erklärte Gerhard. »Natürlich auf KPDs Rechnung.«

»Keinen Hunger«, sagte ich, setzte mich aber dessen ungeachtet an den Besprechungstisch.

Jutta kam mit sorgenvollem Ausdruck und wollte mir den Puls messen.

»Hör auf mit dem Quatsch«, wehrte ich mich. »Ich habe gerade gegessen.« In den nächsten Minuten gab ich meinen Kollegen einen kurzen Abriss über die Geschehnisse in Zeiskam und Mörzheim. »Und wie läuft's bei euch so?«

»Alles paletti«, antwortete Gerhard, der auch zur Sitzgruppe gekommen war. »Diese Dienststelle ist ein Selbstläufer. Alles ist bestens eingespielt.«

»Sag ich doch. Bei uns ist es vergleichbar wie in vielen mittelständischen Unternehmen: Einen Chef braucht man meistens nicht. Die Mitarbeiter arbeiten selbstständig und sind bestens eingearbeitet. Da stört in den meisten Fällen ein Chef nur. Ich glaube, dass viele Unternehmen ohne einen Chef mindestens ein Drittel effizienter wären. Wie kommt die Untersuchung des beschlagnahmten Zeugs voran?«

»Wir hatten bis vor einer halben Stunde auf Durchzug gelüftet«, beschwerte sich Jutta. »Das hat dermaßen gestunken, das glaubst du nicht. Wir haben die Sachen jetzt doch in den Hof hinter die Dienststelle bringen lassen. Sonst wäre die Gefahr zu groß gewesen, dass sich im Treppenhaus gefährliche Dämpfe bilden.«

Ich stand auf und ging zu den Panoramafenstern auf der Rückseite. Seit KPDs letzter Bürovergrößerung hatte er Fenster in drei Himmelsrichtungen. Zwei Beamte waren dabei, im überdachten Hofbereich die Papiere zu untersuchen. Sehr freudestrahlend sahen sie nicht aus, obwohl sie an der frischen Luft arbeiten durften. »Das freut mich, seid so gut und kontrolliert die Kollegen alle paar Stunden. Falls es Erkenntnisse gibt, bitte an die Segemeier nach Landau faxen.«

»Faxen? In welchem Zeitalter lebst du, Reiner? Wir scannen das ein und schicken das per E-Mail.«

Ich ersparte mir eine Antwort. Kaum hatte man mal eine technische Innovation verstanden und verinnerlicht, wurde sie schon von einer Nachfolgetechnik abgelöst.

»Ist Jürgen in seinem Büro? Ich hätte einen Rechercheauftrag für ihn.«

»Jürgen hat heute frei«, sagte Jutta.

»Frei? Wieso das denn? Wer hat das genehmigt?«

»Ich, wieso? Du hast doch gesagt, dass wir uns um die Belange der Kollegen kümmern sollen. Und das haben wir gemacht.« Jutta ging zu KPDs Schreibtisch und holte ein Blatt Papier. »Genau drei Entscheidungen haben wir heute bereits getroffen. Erstens: Nachbestellung von Klopapier. Zweitens: Freigetränke aus unserem Automaten im Sozialraum, solange KPD dienstunfähig ist.«

»Das haben wir beschlossen, um uns mit den Kollegen gutzustellen«, quatschte Gerhard in Juttas Aufzählung rein.

»Drittens: Urlaubsantrag von Jürgen. Seine Mama will heute mit ihm ein neues Bett kaufen. Morgen ist er wieder da und arbeitet an unserem neuen E-Mail-System weiter. Du wirst davon begeistert sein.«

Unser Jungkollege Jürgen hatte schon öfter für Spott gesorgt, weil er bei seiner Mama lebte, die ihn wie einen kleinen Jungen umsorgte. Selbstständigkeit sah anders aus. Trotz allem war er eine Koryphäe in Sachen Internet und Recherche. »Okay, ich rufe morgen an und gebe Jürgen den Auftrag fernmündlich durch.«

Gerhard und Jutta sahen sich an. »Und was machst du solange?«

»Homeoffice«, antwortete ich. »Darauf freue ich mich seit Tagen. Oder habt ihr etwas dagegen? Außerdem bin ich relativ schwer verletzt. Alternativ könnte ich mich dienstunfähig schreiben lassen, dann würdet ihr aber komplett auf euch alleine gestellt sein und das will ich euch nicht zumuten.«

»Hast du überhaupt einen Computer?«, fragte Jutta überrascht. »Oder was machst du sonst im Homeoffice?«

»Das lasst mal meine Sorge sein«, antwortete ich vage. Beantworten konnte ich die Fragen sowieso nicht. In meinem Büro im Keller stand zwar ein ausrangierter Computer von Stefanie, ob er funktionierte, wusste ich nicht. »Ich bin telefonisch erreichbar, wenn mein Fachwissen gefragt ist. Genießt die Zeit!« Mit einem Grinsen verließ ich die beiden. Ich gönnte ihnen ein paar Tage Auszeit, so wie ich sie mir gönnte.

Das Einzige, was mir auf dem Heimweg hätte passieren können, blieb aus: Frau Ackermann war noch nicht zu Hause. Zufrieden pfiff ich ein paar schräge Töne, während ich im Flur die Schuhe auszog. Der Nachmittag war kaum angebrochen, der Herbst machte einen auf Spätsommer. Ein paar Stunden auf der Terrasse mit einem oder mehreren kühlen Weizenbieren würden mir jetzt guttun.

»Reiner?« Stefanie hatte im Flur Geräusche gehört. »Warum bist du so früh da? Das ist perfekt!« Sie kam aus dem Wohnzimmer und blickte mich an. »Um Himmels willen! Was ist denn mit dir passiert?« Sichtlich erschrocken, kam sie näher und betrachtete die großen Pflaster. »Hattest du einen Unfall? Jetzt sag schon endlich.« Sie führte mich ins Wohnzimmer.

Ich überlegte, ob ich mich wehleidig verhalten sollte. Schnell verwarf ich diese Möglichkeit, da mich meine besorgte Frau dann keine Sekunde aus den Augen lassen und mich mit allerlei gesundem Zeug belästigen würde.

»Alles nur oberflächliche Hautabschürfungen«, sagte ich. »Auf einer Baustelle haben mich ein paar Steine erwischt. Die Landauer Kripochefin meinte, dass es Zufall gewesen sein muss.«

»Baustelle? Landauer Kripo? Gab es ein weiteres Verbrechen?«

»Nicht, was du unter Verbrechen verstehst. In Zeiskam ist eine Scheune abgebrannt. Eine Weile später suchte ich Herrn Gansfuß auf, weil ich noch ein paar Fragen hatte. Mit ihm ging ich zu einem Freund von ihm, der gerade sein Haus umbauen lässt. Dabei ist es zum Unfall gekommen. Die örtliche Ärztin hat mich versorgt. Ich habe keine Schmerzen, brauche keine Medikamente und muss nicht ins Krankenhaus. Nicht einmal dienstunfähig bin ich geschrieben. Ich habe mit Gerhard und Jutta vereinbart, dass ich für den Rest der Woche Homeoffice machen werde. Da KPD krank ist, läuft es auf der Dienststelle rund und es gibt führungsmäßig wenig bis gar nichts zu tun. Und falls doch, bin ich in ein paar Minuten auf der Arbeit.«

»Und dir geht es wirklich gut, Reiner?« Mein Nicken beruhigte sie nicht. Sie setzte sich mit Tränen in den Augen neben mich. »Dafür geht es Mutter nicht gut«, sagte sie weinerlich.

Meine Schwiegermutter und ich hatten zwar kein herzliches Verhältnis, die Ansage Stefanies konnte ich aber schlecht überhören. »Was hat sie denn?«

»Sie weiß es nicht. Heute früh wurde sie per Notarzt ins Krankenhaus gebracht. Seitdem habe ich nichts von ihr gehört.« Sie sah mich mit flehendem Blick an. »Könntest du dich um das Abendessen für Paul und Melanie kümmern? Dann würde ich jetzt gleich nach Frankfurt losfahren und nachschauen. Lisa und Lars nehme ich natürlich mit, die schlafen meist im Auto.« Sie schaute auf die Uhr. »Da du so früh heimgekommen bist, wird es heute Abend mit der Heimfahrt nicht so spät.« Sie zögerte. »Oder sind deine Verletzungen schlimmer, als du gesagt hast? Bei dir weiß ich nie so richtig.«

Im ersten Moment sah ich meine erholsamen Homeoffice-Tage entschwinden. Doch so schnell gab ich nicht auf. »Weißt du was, Stefanie? Nimm ein paar Klamotten für dich und die Zwillinge mit und bleibe ein paar Tage bei deiner Mutter in Frankfurt. Das geht wirklich in Ordnung. Selbst wenn ich mal für eine Stunde auf die Dienststelle muss, was sehr unwahrscheinlich ist, können Paul und Melanie mal alleine bleiben. Das sind keine Kleinkinder mehr, außerdem haben sie Herbstferien.«

»Meinst du wirklich?«, fragte Stefanie nach einer Weile zögerlich. »Ich habe da ein ziemlich schlechtes Gefühl bei der Sache. Kannst du wirklich zu Hause bleiben?«

»Ich bin zurzeit der Chef«, sagte ich voller Inbrunst. »Das ist alles mit Gerhard und Jutta besprochen. Die beiden haben den Laden voll im Griff. Solange KPD nicht da ist, läuft es bei uns perfekt.«

Stefanie gab mir einen Kuss und stand auf. »Es ist ein Notfall, Reiner. Sonst würde ich dich mit den beiden Großen nicht alleine lassen. Aber verstehe bitte, die Ungewissheit. Falls es meiner Mutter inzwischen besser gehen sollte, komme ich heute Abend oder spätestens morgen früh wieder heim, versprochen.«

»Mach dir keinen Stress. Sag ihr einen schönen Gruß von mir und Unkraut verdirbt nicht. Das wirkt echt.«

Ich grinste, damit Stefanie annahm, dass ich einen Witz gemacht hatte.

Eine halbe Stunde später hatte meine Frau mehrere große Koffer gepackt. »Wegen der Zwillinge«, behauptete sie. Die beiden krakeelten um die Wette und ich war heilfroh, dass ich sie nicht beaufsichtigen musste. Lars und Lisa konnten inzwischen laufen und, was noch schlimmer war, an allen möglichen und unmöglichen Stellen hochklettern. Lisa hatte es mal bis auf die Waschmaschine geschafft und weder Stefanie noch ich wissen bis heute, wie sie da hochgekommen war. Am Anfang hatten wir die beiden großen Geschwister in Verdacht, doch die hatten ein Alibi. Ob ihr Lars die Räuberleiter gemacht hatte?

»Ich habe den Spinat bereits aufgetaut und das Gemüse vorbereitet. Passe bitte drauf auf, das Paul abends keine Cola mehr trinkt.« Diese beiden Sätze standen stellvertretend für mehrere Dutzend Anweisungen, die mir meine Frau innerhalb einer Viertelstunde gab.

»Wahrscheinlich macht ihr ja doch, was ihr wollt«, sagte sie zum endgültigen Abschied in resignierendem Tonfall, denn sie kannte ihre Familie. Ich brachte die drei zum Auto und war heilfroh, die Verabschiedungszeremonie ohne nervende Nachbarin zu überstehen.

Endlich allein, dachte ich mir, als Stefanies Wagen um die Ecke verschwunden war. Ich ging zum Kühlschrank und holte mir mein verdientes Weizenbier. Nachdem ich ganz stilecht das Weizenbierglas gefüllt hatte, fläzte ich mich auf unsere neue Lounge-Sitzgruppe auf der Terrasse. Ich setzte gerade zum ersten Schluck an, da dröhnte aus dem Innern des Hauses ein solch gewaltiger Rülpser, wie ich ihn noch nie gehört hatte. Vor Schreck knallten mir die Zähne an das Bierglas.

Sekunden später wusste ich, wer für den Rülpser-Weltrekord verantwortlich zeichnete: mein zehnjähriger Sohn Paul, der wohl gerade heimgekommen war. »Papa, welcher Depp hat die Cola aus dem Kühlschrank raus? Warme Cola schmeckt wie Pisse.«

Er merkte, dass er sich im Ton vergriffen hatte. Gute Erziehung ist schon was wert. »Sorry, ich meinte, dass warme Cola wie Urin schmeckt.«

Ich verzichtete auf eine Verwarnung, um mir Einzelheiten über den Geschmack von Urin zu ersparen. »Mama hat gesagt, dass du abends keine Cola trinken sollst.«

»Es ist noch kein Abend«, antwortete er wahrheitsgemäß. »Wo ist Mama überhaupt?«

Ich erklärte ihm die Situation. Bezüglich meiner Pflaster verlor Paul kein Wort.

»Geil«, entfuhr es ihm. »Ich nehme eine Familienpizza extrascharf, zwei, nein, besser drei Cheeseburger und ein Kilo Pommes mit Majo und Ketchup. Soll ich dir das Telefon bringen, Papa?« Als Zeichen seiner Zufriedenheit stieß er einen weiteren weltrekordverdächtigen Rülpser aus.

»Hör auf mit dem Mist!«, tadelte ich. »Wer hat dir das beigebracht? Herr Ackermann?« Die Vermutung war gar nicht so weit hergeholt. Zahlreiche schlechte Angewohnheiten hatte mein Sohn von unserem Nachbarn übernommen. Manchmal verstießen diese Angewohnheiten, verharmlosend ausgedrückt, eindeutig gegen die Gesetzeslage. Bisher war es mir immer gelungen, meinen Sohn aus dem Schussfeld herauszuhalten und Herrn Ackermann verantwortlich zu machen. Doch was würde passieren, wäre Paul erst strafmündig?

Paul riss mich aus meinen Gedanken. »Nein, den Trick habe ich in einem Youtube-Video gesehen. Es geht ganz einfach, soll ich dir den Trick verraten, Papa?«

»Nein!«

»Schade. Der Typ in dem Video kann sogar Melodien furzen. Das habe ich auch probiert, das klappt aber nicht so richtig.«

»Erzähl mir lieber, was ihr vor den Ferien in der Schule gemacht habt.« Mit diesem miesen Thema konnte ich ihn bestimmt ablenken.

»In Religion hat uns Herr Müller voll den Blödsinn erzählt«, sagte Paul. »Der behauptet, dass alle Menschen, die nicht an Gott glauben, im Zirkus arbeiten.«

Mir blieb die Spucke weg. Hatte Paul sich nur verhört? Als 96. These Martin Luthers ging diese Behauptung garantiert nicht durch. »*Was* hat er gesagt?«

»Alle Menschen, die nicht an Gott glauben, arbeiten als Artisten«, wiederholte Paul leicht abgewandelt.

Bei mir fiel der Groschen. »Atheisten, Paul, nicht Artisten.«

Mein Sohn zuckte nur mit den Schultern. »Alles blöd. Ich geh hoch in mein Zimmer und schau mir ein paar Videos an. Ruf mich, wenn die Fressalien da sind.«

Immerhin hatte ich nun Zeit, um mein Weizenbier leerzutrinken und nachzudenken.

»Papa, warum bist du schon da?« Melanie war ebenfalls heimgekommen. Ich erklärte ihr die Situation und dass es in einer Stunde Abendessen geben würde. Ohne auch nur ein Wort über meine Pflaster zu verlieren, holte sie das Telefon. »Für mich bitte einen griechischen Salat und eine Portion Pommes aus Süßkartoffeln, aber nicht zu fettig und ohne Mayo und Ketchup.«

Die 13-Jährige steckte in der tiefsten Pubertät, die man sich nur vorstellen konnte. Seit sie in der Schule den SchmExpertenkurs der LandFrauen besuchte, war sie beim Thema Nahrungsaufnahme wie ausgewechselt. Gemeinsam mit ihrer Mutter war sie jetzt das Gegenstück zu Paul und mir. Mädels gegen Jungs, fettfrei gegen Kalorienbombe, wobei ich ja auch, zumindest stellenweise, auf Diät lebte. Die täglichen Konflikte waren dadurch nicht kleiner geworden. »Mama hat für das Abendessen alles vorbereitet. Ich muss nur noch …«

Melanie begann zu lachen. »Ausgerechnet du! Du kennst nicht mal den Unterschied zwischen Zwiebeln und Eier schälen. Ne, lass mal, bestell lieber beim ›Caravella‹, sonst endet der Abend in einer Katastrophe.«

Solche Gemeinheiten waren nichts Neues. »Wie wäre es, wenn du mir beim Zubereiten des Spinats und des Gemüses hilfst? Dann lerne ich sogar etwas von dir.«

»Keine Zeit«, meinte Melanie. »Ich muss das doofe Referat fertigschreiben. Rufst du gleich an? Ich habe mächtig Hunger. Hat Paul schon seine Bestellung aufgegeben?«

Kurz darauf war ich alleine. Da ich das Telefon in der Hand hielt, rief ich bei dem Schifferstadter Imbiss »Caravella« an und orderte eine großzügige Bestellung. Dieser Teil des Abendessens war problemlos. Als langfristig denkender Mensch wusste ich auch um die Folgen: Stefanie würde ohne Zweifel den Spinat und das Gemüse in der Biotonne entdecken und sich den Rest hinzudenken. Daher versetzte ich mich in die fiktive Rolle eines Kleinkriminellen und überlegte, wie ich die Sache vertuschen könnte. Leider war mein Einfall mit Arbeit verbunden: Ich vergrub das von meiner Frau vorbereitete Essen im hinteren Teil des Gartens in einem Blumenbeet und hoffte, dass dort im nächsten Frühjahr keine Spinatpflanzen oder Karotten wuchsen.

Wie seinerzeit bei dem Pawlowschen Hund kamen Melanie und Paul aus ihren Zimmern die Treppe heruntergestürzt, als es an der Haustür klingelte. Die klassische Konditionierung funktionierte nicht nur bei Hunden, sondern auch bei hungrigen Kindern.

»Jetzt mach schon, Papa!«, rief Paul, weil seiner Meinung nach das Bezahlen des Pizzalieferanten zu lange dauerte.

»Keine Angst, du verhungerst nicht. Macht mal auf dem Küchentisch ein bisschen Platz.« Das hätte ich besser nicht sagen sollen. Nun musste ich nachher die Küche aufräumen, weil die beiden das ganze Zeug, das auf dem Tisch gestanden hatte, wahllos auf die Arbeitsplatte pfefferten.

»Boah, sind die Pommes fettig«, schimpfte Melanie. Paul schaute mit gierigem Blick zu den Pommes seiner Schwester und schnappte sich deren Schale.

Ich wusste, dass ich genauso gut gegen eine Wand sprechen konnte, wenn ich mich jetzt über die Tischmanieren meiner Kinder aufregen würde. Nachdem ich mehrfach in Ruhe durchgeschnauft hatte, begann ich mit meiner Pizza.

»Du, Papa«, meinte nach einer Weile Melanie in zuckersüßem Ton. »Wenn Mama länger bei der Oma ist, kann ich am Samstag auf die Party?«

Ich roch Lunte. »Ist das die Party, die dir Mama verboten hat, weil dort nur Volljährige sind?«

»Sie hat es mir nicht verboten«, antwortete sie trotzig. Dann lächelte sie mich an. »Mama hat gesagt, dass ich darf, wenn du mich fährst und wieder abholst.«

Ich ging davon aus, dass sie nicht log, sondern lediglich versuchte, alternative Fakten zu verkaufen. Um einem Streit aus dem Weg zu gehen, antwortete ich: »Bis zum Wochenende ist eure Mama längst zurück und dann sehen wir weiter.« An Melanies Mimik erkannte ich, dass sie ihren Vorstoß im Augenblick als gescheitert ansah.

»Papa, ich will auch auf eine Party«, meldete sich Paul.

»Fein«, erwiderte ich. »Wer feiert denn Kindergeburtstag? Ein Kumpel aus deiner Klasse?«

»Spinnst du?«, antwortete er mit vollem Mund. »Der Leon macht nach den Ferien eine geile Lightshow bei sich im Garten.« Kleinere bis mittlere Pizzabrocken rieselten auf den Tisch.

»Mit Lampions?« Ich wusste, dass meine Rückfrage naiv war. Mit solchem Babykram war mein Sohn nicht zufriedenzustellen.

»Viel besser«, kam es prompt. »Leons Opa ist gestorben.«

Ratlos blickte ich meinen Sohn an. »Und deswegen feiert dein Freund eine Party?«

»Hat ja nichts mit dem Tod des Opas zu tun. Leons Papa hat die Wohnung ausräumen müssen und dabei über 200 Feuerwerksraketen und noch mehr Kracher gefunden. Die muss Leons Opa gekauft und dann vergessen haben. Und die wollen wir alle auf einmal anstecken. Aber erst dann, wenn Leons Papa in zwei Wochen auf Geschäftsreise ist. Gestern hat mir Leon die Raketen gezeigt. Die liegen bei denen in der Garage. Das sind voll viele. Und da liegt noch anderes Zeug, aus Metall und so. Bei manchen sind komische Kreuze drauf, wie in den alten Kriegsfilmen. Ein Teil sieht aus wie eine kleine Kanone.«

Mir blieb fast der letzte Bissen im Hals stecken. »Was für Kreuze meinst du? Und seit wann schaust du Kriegsfilme?«

»Das findet man alles auf YouTube, Papa. Ich kann es dir nachher mal zeigen, wenn dich das interessiert.«

Mit dem Finger malte er ein Hakenkreuz auf den Pizzakarton. Zwar falsch herum, aber ich wusste auch so, was er meinte: In der Garage seines Freundes lagerten mutmaßlich alte Kriegswaffen. Ich musste mich zusammenreißen, um ihm nicht sofort den Umgang mit Leon zu verbieten. Erstens würde er sich an ein väterliches Verbot genauso wenig halten wie ich in seinem Alter, zweitens würde er Leon warnen. Gleich nach dem Essen würde ich die Sache an die Dienststelle weitergeben, damit die gefährlichen Waffen entschärft werden konnten. Bis dahin musste ich meinen Sohn unter Kontrolle halten. »Morgen früh machen wir zu dritt einen tollen Ausflug in den Zoo. Na, freut ihr euch?«

Die Gesichter meiner Kinder sprachen Bände. Wenn sie könnten, würden sie mich sofort beim Jugendamt anschwärzen oder für unzurechnungsfähig erklären lassen. »Okay, dann macht einen besseren Vorschlag.«

»Ich will zur Party am Samstag«, sagte Melanie.

»Ich sprach von morgen«, beharrte ich.

»Holiday Park«, meinte Paul.

»Okay, von mir aus. Dort wird in den Ferien zwar die Hölle los sein, aber wenn ihr unbedingt wollt. Ist das für dich auch okay, Melanie?«

»Nur, wenn ich alleine rumlaufen darf.«

»Dann hätten wir das geklärt«, resümierte ich. »Um 8.00 Uhr geht es los. Ich empfehle euch, früh schlafen zu gehen, damit ihr morgen fit seid.« Mit diesem lahmen Argument hatten es schon meine Eltern bei mir erfolglos probiert. »Und heute bitte keine YouTube-Videos mehr«, ermahnte ich Paul.

»Mal sehen«, antwortete er eindeutig ehrlich.

»Wie heißt dein Freund eigentlich mit Nachnamen?«, fragte ich beiläufig. »Vielleicht kenne ich seine Eltern.«

Paul nannte Leons Nachnamen, der mir überhaupt nichts sagte, zumal es ein sehr häufiger war. Ich musste weiterforschen. »Ach, die wohnen doch in der Bahnhofstraße, stimmt's?«

»Ne, Papa, der Leon wohnt in der Lillengasse.«

Mit diesem kleinen Trick hatte ich genug erfahren. Unwahrscheinlich, dass es mehrere Leons in Pauls Alter mit diesem Nachnamen in der Lillengasse gab.

Nachdem die Kids in ihren Zimmern verschwunden waren, räumte ich die Küche auf. Da ich nicht wusste, wann Stefanie zurückkam, konnte ich mir diese ungeliebte Tätigkeit nicht bis kurz vor Schluss aufheben. Die Pizzakartons und andere Verpackungsmaterialien, die auf den Imbiss »Caravella« schließen ließen, stopfte ich in eine Plastiktüte und legte sie in den Kofferraum meines Wagens. Beim nächsten Besuch auf der Dienststelle würde ich dort den Abfall entsorgen. Nach vollbrachter Tat rief ich auf der Kriminalinspektion an. Zuerst nahm mich die Beamtin nicht ernst, doch nachdem ich gedroht hatte, persönlich vorbeizukommen und die Dienstpläne der nächsten Woche zu ihren Ungunsten zu modifizieren, klappte es. Spätestens morgen früh sollte das Waffenlager ausgehoben sein. Hoffentlich mussten nicht zu viele Einwohner evakuiert werden, da die Lillengasse quer durch den südlichen Teil des Ortskerns führte.

Den kurzen Rest des Abends konnte ich relativ entspannen. Die beiden Großen waren in ihren Zimmern und ich wollte nicht wissen, was sie machten. Ich genoss die Dämmerung auf der Terrasse, während sich meine Gedanken langsam verselbstständigten und immer schlimmere Horror-Szenarien entwarfen, in denen meine älter werdenden Kinder die Hauptrollen spielten.

KAPITEL 9
AUSFLUG IN DIE WESTPFALZ

Das Klingeln des Telefons ließ mich hochschrecken. Es dauerte einen Moment, bis ich in der fast vollkommenen Dunkelheit meine Position ausgemacht hatte. Ich lag ziemlich verkrümmt auf der Sitzgruppe der Terrasse und ein Blick auf meine Uhr verriet mir, dass es kurz nach 7.00 Uhr war. Morgens 7.00 Uhr.

»Ja?« Mit quakender Stimme sprach ich das erste Wort des Tages in den Telefonhörer.

Die kriegswaffentaugliche Lache, die mir entgegengrölte, war mörderisch für mein Ohr. Im Reflex riss ich den Hörer weg. Trotzdem konnte ich die Stimme deutlich vernehmen.

»Palzki! Haben Sie noch gepennt? Gleich geht die Sonne auf, jetzt beeilen Sie sich gefälligst.«

Ich war mit dieser Aufforderung hoffnungslos überfordert. Die Stimme hatte ich zwar erkannt, doch was der Not-Notarzt Metzger zu dieser nachtschlafenden Zeit von mir wollte, war mir so schleierhaft wie mein Blick.

»Hat es Ihnen die Sprache verschlagen, Palzki? Jetzt schwingen Sie aber mal schnell die Hufe und beeilen Sie sich, bevor die Leiche verwest ist.«

Hatte ich richtig gehört? Hatte Doktor Metzger eine Leiche gefunden? Ein Kapitalverbrechen? So musste es wohl sein, wegen eines Unfalltoten oder einer seiner zahlreichen missglückten Operationen würde er nicht bei mir anrufen. »Wählen Sie die 110«, antwortete ich. »Der Notruf ist meist rund um die Uhr besetzt. Dort wird Ihnen mit Ihrer Leiche geholfen. Meine Kollegen sind darauf spezialisiert.«

Das unmenschliche Lachen am anderen Ende der Leitung zeigte mir, dass er sich mit meiner Antwort nicht zufriedengeben würde.

»Warum die 110 wählen, wenn ich Ihre Privatnummer habe? Aber jetzt beeilen Sie sich mal und kommen zu uns nach Kusel.«

Zwei Fragen schwirrten mir im Kopf herum. Wie kam dieser Horrorarzt zu meiner Telefonnummer? Auf der Dienststelle wurden generell keine Privatrufnummern weitergegeben. Und was meinte er mit Kusel? Die Stadt lag in der Westpfalz und weit ab von unserem Zuständigkeitsbezirk, selbst wenn man diesen äußerst großzügig auslegen würde.

»Kusel?«, antwortete ich. »Da sind wir nicht zuständig. Das könnte eher Kaiserslautern sein. Am besten rufen Sie die 110 an, dann werden Sie mit der zuständigen Polizeibehörde verbunden. Kostet Sie keinen Cent extra.«

»Jetzt hören Sie auf, Schwierigkeiten zu machen, Palzki!«, dröhnte Metzger drohend aus dem Hörer. »Wir warten auf Sie auf der Ruine Lichtenberg bei dem Ort Thallichtenberg in der Nähe von Kusel. In einer Dreiviertelstunde können Sie bei uns sein, wenn Sie ein bisschen Gas geben.«

Ich schüttelte verärgert den Kopf, was der Notarzt natürlich nicht sehen konnte. Die Burg Lichtenberg war mir ein Begriff. Dort gab es eine Jugendherberge, die häufig von den Schifferstadter Grundschulen für die Abschlussfahrten der vierten Klassen genutzt wurde. Daher waren auch Melanie und Paul mehrere Tage dort gewesen. »Es gibt keinerlei Veranlassung für mich, nach Kusel zu reisen«, beschied ich ihm. »Solange Herr Diefenbach wegen Krankheit verhindert ist, bin ich der Dienststellenleiter der Schifferstadter Kriminalinspektion. Sie wissen gar nicht, wie viel Arbeit das macht, die Organisation und die Koordinierung der Dienstpläne. Jeden Tag sind tausendfach mein Sachverstand und mein Expertenwissen gefragt. Ich kann nicht einfach meine Mitarbeiter im Stich lassen, um wegen einer Leiche einen Ausflug in die Westpfalz zu unternehmen.«

Ich merkte, wie Metzger ungeduldig wurde. »Es geht doch um Ihren Fall, Palzki. Eiskraut, verstehen Sie?«

Ich wurde hellhörig. Hätte er das nicht gleich sagen können? »Was meinen Sie mit Eiskraut?«

»Leiden Sie unter Gedächtnisschwund, Palzki? Ich war doch letzten Samstag selbst dabei, als Ihnen in Landau der Kittel brannte. Dort ist doch das ganze Kraut abgefackelt, können Sie sich jetzt erinnern? Und von Zeiskam brauchen wir gar nicht zu reden.« Er machte eine kurze Pause. »Kommen Sie jetzt endlich in die Gänge oder muss ich Günter schicken, damit er Sie holt? Dann kann er gleich seine Narkoseflinte ausprobieren.«

Ich überhörte nach wie vor seine Aufforderung. »Woher wissen Sie von dem Eiskraut und der Sache in Zeiskam? Sie waren überhaupt nicht vor Ort bei ›Schickes Lädel‹.«

»Ich kann halt nicht überall zur gleichen Zeit sein. Aber ich habe meine Informanten. Als Schickes Scheune brannte, waren ich und Günter bei einem wunderschönen Lkw-Auffahrunfall auf der A61. Drei Schwerverletzte haben wir versorgt. Den vierten hat die Feuerwehr erst Stunden später per Zufall bei den Aufräumarbeiten gefunden.« Erneut sorgte seine unmenschliche Lache in mir für Unbehagen. »Aber jetzt sollten Sie sich endlich auf den Weg machen. Diefenbach wird langsam ungeduldig.«

»KPD?«, rutschte es mir heraus, obwohl ich wusste, dass Metzger die Abkürzung für Diefenbach kannte. Was hatte das alles mit meinem Chef zu tun? Lag er vielleicht wie angekündigt immer noch in Metzgers Horrormobil? »Ist Diefenbach bei Ihnen?«

»Mensch Palzki, hat Sie der Alzheimer jetzt vollkommen im Griff? Das würde natürlich Ihre berufliche Unfähigkeit erklären. Aber darum kümmere ich mich später. Ich und Günter haben da einen idiotensicheren Test entwickelt, mit dem man Alzheimer, Parkinson und anderes Zeug eindeutig bestimmen kann. Aber bevor ich Sie in Ihrem desolaten Zustand weiter verwirre: Diefenbach wird nach wie vor von uns rund um die Uhr versorgt. Nur bei dem Unfall auf der A61 haben wir ihn kurzfristig auf dem Standstreifen zwischengeparkt. Selbstverständlich haben wir ihn später wieder mitgenommen. Er ist schließlich privatversichert. Mit seinen vielen Zusatzversicherungen lohnt sich das außerordentlich. Wenn es ihm besser geht, werden wir uns um seinen Zahnersatz kümmern. Günter experimentiert inzwischen mit diversen Zementmischungen aus dem Baumarkt. Das Material ist jedenfalls saubillig. Sind Sie noch dran, Palzki? Es gibt inzwischen erste Anzeichen der Besserung bei Ihrem Chef. Und nun will er Sie sprechen. Es sei dringend, hat er gesagt. Das mit dem Eiskraut weiß er auch. Sie sollen sofort zu ihm kommen, er weiß, wer der Täter ist.«

Ich war hin- und hergerissen. Dass KPD vor Ort war, änderte die Lage. Ihn einfach zu ignorieren, könnte sich als fatal herausstellen. Nach dem Abwägen mehrerer Alternativen kam ich zu dem Schluss, dass ich zur Burg musste, um mit KPD zu reden. Nur so konnte ich ihn davon überzeugen, mir weiterhin die kommissarische Leitung der Dienststelle zu überlassen. Die Ermittlungshoheit wegen der Brände in Mörzheim und Zeiskam lag sowieso bei den Landauer Kollegen. Falls es bei der Leiche in Kusel irgendeinen Zusammenhang mit dem Eiskraut oder den Landfrauen geben sollte, würde ich das sofort an Segemeier weitergeben. Meine größte Schwierigkeit dürfte sein, KPD aus dem Ganzen herauszuhalten. Vielleicht konnte ich Doktor Metzger überzeugen, meinen Chef eine Weile prophylaktisch in ein künstliches Koma zu versetzen. Die von mir in meiner blühenden Fantasie angedachten zehn oder 20 Jahre dürften allerdings wenig realistisch sein. Vor allem interessierte mich eines: Warum war der Not-Notarzt überhaupt in der Westpfalz? Normalerweise terrorisierte er seine nichtsahnenden Kunden ausschließlich in der Kurpfalz. Seufzend entschloss ich mich, einen halben Tag meiner Homeoffice-Zeit für einen kurzen Ausflug nach Thallichtenberg zu opfern.

»Okay, ich gebe mich geschlagen«, antwortete ich. »Passen Sie auf, dass Diefenbach noch lebt, bis ich bei ihm bin.«

»Kommt drauf an, wie lange Sie brauchen«, grölte Metzger zur Antwort. »Kann sein, dass er vorher an Altersschwäche stirbt, so oft, wie Sie sich schon vor Ihrer Haustür verfahren haben. Hat Ihr Wagen ein Navi?«

»Ich komme mit der S-Bahn«, antwortete ich als Retourkutsche.

»Sind Sie verrückt?« Metzgers Stimme überschlug sich. »Machen Sie keinen Scheiß und beeilen Sie sich.«

Da ich alle Informationen hatte, legte ich grußlos auf. Dann fiel mir meine derzeitige familiäre Situation ein. Paul und Melanie, die beiden hatte ich während des Telefonats komplett verdrängt. Sollte ich sie zu Hause lassen und nach meiner Rückkehr pauschal alle Schäden der Haftpflichtversicherung melden? Alt genug, um ein paar Stunden alleine zu sein, waren sie theoretisch. Ob das Stefanie genauso sehen würde, glaubte ich weniger. Es bestand die Möglichkeit, dass meine Frau im Laufe des Vormittags heimkam. Wenn sie Paul und Melanie alleine antraf und erfuhr, dass ich mich in der Westpfalz herumtrieb, dann konnte ich mir ausmalen, welchen Ärger ich mir einhandelte. Es führte kein Weg daran vorbei: Paul und Melanie mussten mitkommen.

Zunächst suchte ich aber das Bad auf und versuchte, mich einigermaßen aufzufrischen. Das warme Wasser tat gut, nur nicht auf den Wunden. Tapfer verzichtete ich darauf, das durch das Wasser abgelöste Pflaster auf meiner Wange zu erneuern. Die Haut schimmerte in diversen Blau- und Grüntönen. Ein bisschen martialisches Aussehen konnte nicht schaden, wenn ich nachher KPD gegenübertreten musste.

»Aufstehen!«, brüllte ich im Flur des Obergeschosses. In die Kinderzimmer der beiden hatte ich mich schon lange nicht mehr hineingetraut. Es reichte, wenn dies hin und wieder Stefanie tat und mir berichtete, wie schlimm es dort ausschaute. Immerhin hatte Stefanie die beiden noch so weit im Griff, dass sie zu den Mahlzeiten in die Küche kamen. In den meisten anderen Familien mit etwa gleichaltrigen Kindern schien das heutzutage nicht mehr der Fall zu sein. Stattdessen sammelte sich das verschmutzte Geschirr und Besteck meterhoch in den Kinderzimmern, um beim nächsten Hauskrach kommentarlos in die Küche getragen zu werden.

Meine Stimme war laut genug. Paul und Melanie kamen aus ihren Räumen gestürzt.

»Brennt's?«, wollte Paul wissen.

»Ja«, antwortete ich. »Wir müssen weg. Macht euch fertig, in fünf Minuten gibt's Frühstück.«

»Spinnst du?«, meinte Melanie. »Wir haben Ferien. Um diese tödliche Zeit stehe ich nur an Schultagen auf.«

»In einer Viertelstunde fahren wir los.« Ich überhörte den Kommentar.

»Was sollen wir so früh im Holiday Park? Die machen doch erst um 10.00 Uhr auf.«

»Wir fahren nicht in den Holiday Park. Ich habe was Besseres.«

»Europa Park, zwei Tage?«, fragte Paul sofort.

»Ich fahr nicht mit«, bockte Melanie und ging zurück in ihr Zimmer.

Ein Machtwort musste her. »Ihr geht beide mit und zwar ruckzuck! Wenn das nicht klappt, melde ich euch heute noch für einen Feriennachhilfekurs an. Und das ist mein letztes Wort.« In Verbindung mit einer äußerst autoritären Stimmlage war meine Anordnung von Erfolg gekrönt. Murrend und böse dreinblickend erschienen die beiden eine Viertelstunde später angezogen in der Küche. Den Toaster und das Toastbrot hatte ich bereits gerichtet.

»Gibt's nichts Gesundes?«, wollte Melanie wissen.

»Nachher«, schnauzte ich ungeduldig. Nervös betrachtete ich den prall gefüllten Rucksack von Paul. »Was nimmst du da alles mit?«

»Nur ein paar Sachen«, antwortete Paul vieldeutig. In dieser Hinsicht hatte er viel von mir gelernt. Möglichst immer unverbindlich bleiben, dann musste man nicht lügen.

»Darf ich mal einen Blick in deinen Rucksack werfen?«

»Das ist Privatsphäre, Papa. Ich schaue auch nicht in deiner Unterwäscheschublade nach, ob du dort immer noch Keksriegel versteckst wie früher.«

Damit wäre auch dieser Schwund geklärt. Seit dem Beginn meiner Diätbemühungen hatte ich solche Geheimdepots gegen plötzlich auftretende Unterzuckerungsanfälle nicht mehr angelegt. Ich verzichtete darauf, Pauls Rucksack einer Inspektion zu unterziehen. Das Resultat würde mich wahrscheinlich sowieso nicht erfreuen.

»Seid ihr so weit?« Ohne weitere Zwischenfälle, nicht einmal Frau Ackermann ließ sich blicken, konnten wir den Wagen besteigen.

»Wo fahren wir denn jetzt überhaupt hin?« Paul nahm auf der Sitzerhöhung im Fond Platz, Melanie auf der Beifahrerseite.

»Nach Kusel.«

»Wo liegt das denn? Ist das weit? Ich muss aufs Klo.«

Nachdem ich Paul unmissverständlich gesagt hatte, dass er die nächste Stunde die Klappe zu halten hat und wir nicht einmal den Ortsausgang von Schifferstadt erreicht hatten, ging es besser. Ich schaltete im Radio SWR1 ein, Melanie zog ihre Kopfhörer auf. Hinten nuschelte mein Sohnemann etwas von Scheiß Opamucke.

Auf der Höhe von Kaiserslautern klärte ich meinen Nachwuchs auf. »Wir fahren zur Burg Lichtenberg, da wart ihr schon mit der Schule.«

Melanie zog eine Schnute, Paul war begeistert. »Geil, dann kann ich wieder …« Abrupt brach er ab. »Ach nix, Papa.«

»Bleiben wir lange dort?«, wollte Melanie wissen. »Um 17.00 Uhr muss ich daheim sein, da treffe ich mich mit meinen Freunden, äh, Freundinnen.«

»Ich muss mich nur um eine Kleinigkeit kümmern«, sagte ich möglichst lässig. »Außer mir ist leider kein anderer Experte verfügbar.«

»Angeber«, zischte Melanie, wohl zu Recht.

»Ihr könnt euch solange auf der Burg umschauen. Das scheint mir ungefährlich, da dort eine Jugendherberge ist und ständig Grundschüler umherlaufen.«

Melanie drehte sich leicht um und schaute für einen winzigen Moment ihren Bruder an. Dieser Blick, der nichts Gutes verhieß, sollte mir eine Warnung sein. Was wusste Melanie, was ich nicht wusste? Was plante Paul? Sollte ich ihn im Auto einsperren? Oder in den Kerker, falls es einen gab?

Kusel und Thallichtenberg waren hervorragend ausgeschildert. Gut zwei Stunden nach dem Anruf des Not-

Notarztes erreichten wir die Burg, die vor uns auf einem Hügel thronte. »Das ist die längste Burgruine Deutschlands, habe ich mal irgendwo gelesen.«

Während ich zur Burg hochfuhr, kruschelte Paul in seinem Rucksack. »So ein Mist, ich habe das lange Seil vergessen. Papa, kann ich das Abschleppseil aus dem Kofferraum haben?«

Das Gefährt von Doktor Metzger war nicht zu übersehen. Ich parkte in gebührendem Abstand, um meine Kinder nicht in den Gefahrenkreis dieses Horrorarztes zu bringen. Außerdem war es besser, dass KPD von meiner minderjährigen Begleitung nichts erfuhr. »Ihr haltet euch bitte fern von diesem Reisemobil«, erklärte ich den beiden. »In einer Stunde treffen wir uns am Auto. Ich schließe nicht ab.«

Ohne weitere Worte verschwanden Paul und Melanie in dem weiträumigen Gelände. Hoffentlich petzte dies niemand dem Jugendamt.

Mit allem rechnend, lief ich in Richtung Metzgers Mobilklinik, die eine neue Aufschrift trug. Bevor ich sie entziffern konnte, entdeckte ich die beiden Möchtegernmediziner neben einem Mauerrest. Auf einer Bierzeltgarnitur lagen diverse medizinische Geräte, eine gefühlt nahezu komplette Ausstattung eines Chemielabors sowie unzählige Konservendosen.

»Da ist er ja endlich!«, schrie Doktor Metzger und ließ zwei Dosen, die er in der Hand hielt, auf den Tisch fallen. »Herr Diefenbach ist vor zehn oder zwölf Tagen gestorben.« Er lachte schallend über seinen Witz. Er sah mich genauer an. »Ohohoho! Mit wem haben Sie sich jetzt schon wieder geprügelt?«

»Dann kann ich gleich wieder heimfahren«, entgegnete ich, ohne auf seine letzte Frage einzugehen.

»Seien Sie doch kein Spaßverderber, Palzki. Schließen wir Frieden.« Metzger wischte sich seine ölige Hand an seinem Kittel ab, der jahrelang in einem Altölfass geschwommen haben musste, und reichte sie mir. Angewidert trat ich einen Schritt zurück. Doktor Metzger die Hand zu reichen hieß, sämtliche Bakterien- und Virenstämme, die je die Evolution hervorgebracht hatte, auf meinen Körper zu lassen.

»Dann halt nicht«, meinte Metzger. Günter Wallmen, der danebenstand und mit einer Pinzette in einer Konservendose herumstocherte, sah nicht ganz so wild aus. Hygienisch rein, wie man sich einen Mediziner vorstellte, war er zwar auch nicht. Bestimmt hatte er einige Verhaltensweisen von seinem Lehrherrn übernommen.

»Sie kommen spät, Herr Palzki«, sagte er zur Begrüßung und verzichtete darauf, mir die Hand zu geben. »Wir haben überlegt, ob wir die Leiche konservieren, bis Sie kommen. Ich habe früher eine Zeit lang in der Pathologie gearbeitet, da konnte ich in den Pausen ein bisschen experimentieren.«

Mein Blick fiel auf die Dosen, was sich als fatal erwies.

»Gell, da staunen Sie?«, fragte Wallmen. »Das ist unsere neue BotoxXL-Produktionsanlage. Wir sind zwar noch am Improvisieren, aber die ersten Erfolge sprechen für sich.«

»Nervengift? Sie stellen Gift her?«, fragte ich nach und bereute es sofort.

»Aber sicher doch. Das Bakterium Clostridium botulinum produziert das stärkste Toxin, das es gibt. Zwei

Kilogramm von dem Zeug rafft die komplette Menschheit dahin. Daher sind wir besonders vorsichtig und benutzen bei unserer Arbeit Pinzetten und manchmal sogar Handschuhe. Wollen Sie mal einen Blick in unsere Zuchtanlage werfen?«

Angewidert und zugleich ängstlich, trat ich einen Schritt zurück. Sollten die beiden tatsächlich mit abenteuerlichen Methoden hochgefährliches Gift produzieren? »Sind Sie verrückt? Ich werde unverzüglich die Gefahrenabwehr rufen. Sie können doch nicht einfach das Leben der Westpfalzbewohner aufs Spiel setzen. Von den Saarländern ganz abgesehen.« Unter normalen Umständen wäre mir jetzt ein Lächeln über das Gesicht gehuscht.

Metzger schrie mich an. »Ja, ja, das sind die Richtigen. Von nichts eine Ahnung, aber gleich den dicken Macker spielen. Palzki, jetzt passen Sie mal ganz genau auf. Das, was Günter gesagt hat, ist korrekt, aber nur die halbe Wahrheit. Das Bakterium Clostridium botulinum kommt überall in der Erde und im Schlamm und dem Grund von Gewässern vor. Das Bakterium selbst ist nicht so schlimm, erst das Gift führt unter anderem zu Lähmungen der Atemmuskulatur. Zum Glück für die Lebewesen handelt es sich um ein anaerobes Bakterium, das heißt, es verträgt keinen Sauerstoff. Und genau das macht die Herstellung schwierig.«

»Für eine Dosis Botox müssen Sie bei einer Internetapotheke über 230 Euro hinblättern«, ergänzte Wallmen. »Und das für einmal Falten wegspritzen. Für eine Bekämpfung der Inkontinenz muss man sogar noch ein bisschen mehr ausgeben. In diesem Fall wird das Zeug direkt in die Harnblase injiziert. Ein teures Vergnügen und zugegeben auch ein wenig schmerzhaft.«

»Und das können wir billiger«, fiel ihm Metzger ins Wort und zeigte auf die Blechdosen. »Wir haben eine Kooperation mit einem hiesigen Bauern aus der Nähe von Kusel, der noch selbst schlachtet und Dosenwurst herstellt. Von dem beziehen wir in guter Qualität offene Mischdosen mit Pfälzer Lewwer- und Blutworscht. Im nächsten Schritt füllen wir die Dosen bis zum Rand mit Erde auf und verschließen sie luftdicht. Und jetzt kommt der Trick: Die Dosen dürfen nicht erhitzt werden, da das Baktcrium, dic Sporen und das Gift hitzelabil sind.«

Günter Wallmen hielt eine Dose hoch, die in der Mitte stark gewölbt war und einen Riss aufwies. »Bei Zimmertemperatur dauert es ein paar Tage, bis sich die Dosen wölben und einen ersten Haarriss bekommen und zu stinken beginnen. Und genau dann müssen wir schnell reagieren und das Botulismustoxin extrahieren. Natürlich unter Sauerstoffausschluss. Deswegen stehen hier diese Geräte herum. Am Schluss füllen wir unser BotoxXL portionsweise in neuwertige Spritzen. BotoxXL nennen wir unser Produkt deshalb, weil Botox ein geschützter Handelsname ist. Mit dem XL klingt es aber gleich viel höherwertiger.«

»Ursprünglich wollten wir, um weiter die Kosten zu drücken, neben Pfälzer Lewwer- und Blutworscht sowie Sand auch noch die Gewebeanteile von Fettabsaugungen beimischen, das haben wir aber aus ethischen und hygienischen Gründen verworfen. Man ist schließlich Arzt.«

Bevor ich vollends durchdrehte, musste ich das Thema wechseln. Schließlich war ich nicht wegen Metzgers und

Wallmens Experimenten hierhergefahren.»Zeigen Sie mir jetzt bitte die Leiche. Ich habe nicht den ganzen Tag Zeit. Haben Sie wenigstens die hiesige Polizei informiert?«

Metzger schüttelte seine langen, fetttriefenden Haare. »Herr Diefenbach war dagegen. Er will Sie vorher briefen, bevor Sie den Tatort untersuchen und ihm anschließend berichten. Danach will er entscheiden, wie es weitergeht.«

»So geht das nicht, Herr Metzger.« Ich war zurecht verärgert.»Diefenbach hat überhaupt nichts zu entscheiden. Wahrscheinlich ist er geistig sowieso noch nicht auf der Höhe.«

»Valium bekommt er seit gestern nur noch die Hälfte«, warf Günter Wallmen ein. »Unsere Vorräte gehen langsam zur Neige. Die nächste Lieferung aus China ist aber bereits unterwegs. Aber kommen Sie, Herr Diefenbach ist in einer Konferenz.«

»Konferenz?« Ich glaubte zunächst, dass ich mich verhört hatte.

»Ihr Chef ist halt nicht so wehleidig wie Sie, Palzki«, grölte Metzger. »Er hat sich gestern sogar eine neue Uniform schneidern lassen, damit er seinen repräsentativen Pflichten während seiner krankheitsbedingten Ausfallzeit nachkommen kann. Im Prinzip könnte er genauso gut in seinem Büro in Schifferstadt sitzen oder besser liegen. Aber Diefenbach möchte nicht, dass ihn in seinem Zustand seine Untergebenen sehen. Er wirkt halt noch ein bisschen derangiert.«

Das konnte ich mir gut vorstellen. KPD trug auf der Dienststelle nicht einmal eine Brille, trotz seines zweistelligen Dioptrienwertes. Es half alles nichts, ich musste zu KPD und ihn unter Kontrolle bringen. Als Nächstes nahm ich die neue Aufschrift auf Metzgers Reisemobil wahr. Auf diesem stand in blutroten Lettern: »Juckt die Blase? Nerven die Altersfalten?« und unten drunter: »Doktor Metzgers BotoxXL-Therapie – zu 100 Prozent natürlich und saubillig«.

Nachdem mir mehrere Schauder über den Rücken gejagt waren, hörte ich eine Stimme. Es war keine Stimme, die man sich einbildete, sondern eine, die mir nur zu bekannt vorkam: die meines Chefs. Ich trat näher an das Reisemobil, ohne jedoch die Tür zu öffnen. Metzger, der mir gefolgt war, gab ich mit einem Handzeichen zu verstehen, sich still zu verhalten.

»Und da wusste ich natürlich sofort, wer der Täter sein musste. Ohne mein Handicap hätte ich den Täter natürlich sofort selbst festgenommen. Nur weil ich mich auf meine Untergebenen verlassen musste, ist das mal wieder schiefgegangen.«

Mit wem redete KPD da? Führte er in geistiger Verwirrung ein Selbstgespräch? Da fiel mein Name.

»Dieser Palzki hat das mal wieder komplett verbockt. Erst ließ er mich nach dem Attentat auf mich trotz meiner Verletzung im Stich und dann war er stundenlang verschwunden. Und schließlich taucht er auf und behauptet, dass es nur eine simple Brandstiftung war. Hat der denn überhaupt keinen logischen Verstand? Wie ist der überhaupt Polizeibeamter geworden? Ich denke, ich werde mal seine Personalunterlagen aus dem Präsidium in Ludwigshafen anfordern.«

Eine leise Stimme, die ich nicht verstand und zuordnen konnte, unterbrach ihn.

»Nein, das geht nicht«, dröhnte kurz darauf KPD erneut. »Palzki ist und bleibt ein Versager. Ich habe gestern den ganzen Tag versucht, Palzki telefonisch auf der Dienststelle zu erreichen, doch jedes Mal hat man mich vertröstet. Weiß der Kuckuck, wo er sich herumtreibt. Doktor Metzger hat ihn heute früh erreicht. Mal schauen, ob er mehr Erfolg hat als ich. Wichtiger ist aber aktuell, den Fall zu lösen, bevor noch mehr Menschen ermordet werden. Schreiben Sie noch mit?«

Ich blickte kurz zu Metzger, dann öffnete ich die Schiebetür des Reisemobils, ohne vorher anzuklopfen. Ein Schwall übelster Gerüche schlug mir entgegen. Mein Magen versuchte sich durch die Speiseröhre nach außen zu stülpen. Todesmutig bestieg ich das Gefährt und bekam den nächsten Schock: KPD saß mitten in einem Berg von Plüschkissen auf dem einzigen Bett des Wagens, das sich quer im Fond befand. Er trug einen seidenen Pyjama in Hellrosa, an dem mehrere Orden und andere Abzeichen befestigt waren. Sein Kopf war in eine schmutziggraue Mullbinde eingewickelt, nur Augen und Mund waren frei. Durch die fehlenden Augenbrauen und Wimpern wirkte er wie eine Figur aus einem Gruselkabinett. Seine Hände waren komplett verbunden. Vielleicht war dies nur eine Sicherungsmaßnahme der beiden Mediziner, damit KPD keinen Unfug anstellte. Mein Vorgesetzter war nicht die einzige Person in der Mobilklinik. Auf einem Schemel saß Dietmar Becker und grinste mich frech an.

Becker, der ewige Archäologiestudent, war eine weitere kuriose Figur in der Kurpfalz. Neben seinem Studium schrieb er als Journalist für Zeitungen und andere

Medien. Dem nicht genug, war er für einen Teil dieser unfassbaren Regionalkrimis verantwortlich, die seit einigen Jahren die komplette deutschsprachige Landschaft fluteten. Die Polizeiarbeit beschrieb Becker dermaßen inkorrekt, dass einem jeder James Bond oder Schimanski-Film als Tatsachenbericht erscheinen musste. Hinzu kam, dass er sich mit KPD angefreundet hatte und seitdem vertrauliche Hintergrundinformationen zu komplexen Ermittlungsfällen aus erster Hand erhielt. Klar, dass er diese ohne Hemmungen auf Teufel komm raus in seinen Krimis adaptierte. Ständig lief er mir bei meinen Ermittlungen über den Weg und torpedierte die Polizeiarbeit. Eigentlich dürfte es mich nicht wundern, ihn hier zu treffen. Wahrscheinlich diktierte ihm KPD den neuen Fall samt Lösung. Ich sah schon den Titel vor mir: »Landfrauen sind die besseren Mörder« oder so ähnlich.

»Guten Tag, hier bin ich«, sagte ich zur Begrüßung. »Schneller ging's nicht, die Ampel war rot.«

Während Becker kurz aufstand und mir die Hand reichte, verzichtete KPD auf eine Begrüßung. »Dieses Kapitalverbrechen auf der Burg hätte nicht sein müssen, Palzki. Warum haben Sie den Täter nicht längst festgenommen? Die Beweise sind doch erdrückend.«

KPD schien in normaler Verfassung zu sein, was immer auch bei ihm *normal* bedeutete. Ich entschied mich dafür, ihn nach einer kleinen Schmeichelei zunächst reden zu lassen, damit er seinen innerlichen Druck ablassen konnte. »Es fehlt noch das letzte Puzzlestück, Herr Diefenbach. Erst dann kann ich die Akte an den Oberstaatsanwalt weitergeben. Sie wissen doch, wie pingelig die da oben immer sind, wenn es um Beweise geht. Und da Sie zurzeit aus gesundheitlichen Gründen nicht regulierend eingreifen können, müssen wir ein bisschen vorsichtiger handeln. Das habe ich von Ihnen gelernt.«

»Na ja«, sagte er nun eine Spur freundlicher. »Wenn das so ist. Mir geht es so weit gut, nur ein bisschen Schmerzmittel benötige ich noch. Wegen meiner sichtbaren Verletzungen kann ich aber so schnell nicht an meine Dienststelle zurückkehren. Ich möchte verhindern, dass mich irgendeiner in meinem Zustand sieht. Und Sie behalten das bitte für sich, Herr Palzki. Ich bin schließlich keine Witzfigur.«

Keine Witzfigur?, dachte ich gehässig, schüttelte aber pflichtgemäß den Kopf.

»Welches Puzzleteil fehlt Ihnen noch?«, wollte KPD wissen. »Vielleicht kann Sie Herr Becker unterstützen. Ich habe ihm quasi die komplette Auflösung des Falles diktiert.«

»Das ist prima«, antwortete ich ambivalent. »Dann brauche ich Sie nicht länger zu stören, damit sich Ihr Heilungsprozess nicht verzögert. Ich lasse mir nachher alles von diesem ... äh, von Herrn Becker berichten.«

»Jetzt machen Sie mal langsam, Palzki. Ich muss Sie noch instruieren. Leider kann ich nicht mit zur Leiche kommen, da mir das Laufen zurzeit noch etwas schwerfällt. Herr Wallmen hat mir zwar eine Schubkarre angeboten, in der er mich transportieren könnte, doch das geht natürlich nicht. Wenn das jemand sieht und fotografiert, stellen Sie sich das mal vor!«

»Sie brauchen mich nicht zu instruieren, Herr Diefenbach. Auf der Dienststelle klappt es wunderbar. Die Kollegen Steinbeißer und Wagner haben den Laden im Griff, wenn ich im Außendienst bin. Alles wird dort zu Ihrer vollsten Zufriedenheit durchgeführt, Herr Diefenbach. Und die Ermittlungen in Landau liegen ebenfalls im grünen Bereich. Die neue Leiterin der Dienststelle, Frau Segemeier, hat den Fall in Mörzheim übernommen. Natürlich nur scheinbar. Gelenkt werden die Ermittlungen selbstverständlich von mir. Ich bekomme ständig Rapporte, das habe ich übrigens von Ihnen gelernt, außerdem haben wir in Schifferstadt die sichergestellten Unterlagen des Außenprüfers des Finanzamtes und …«

»Vergessen Sie den Außenprüfer«, fiel mir KPD ins Wort. »In Landau ging es ausschließlich um ein Attentat auf mich und meinen Wagen. Alles andere ist völlig ausgeschlossen.«

»Kurz darauf hat in Zeiskam eine Scheune gebrannt«, entgegnete ich vorsichtig.

»Das hat mir Herr Becker natürlich berichtet«, donnerte KPD. »Sie fallen auch auf jedes Ablenkungsmanöver herein. Damit wollte der Täter von seiner brutalen Tat ablenken. Dass der Prüfer des Finanzamtes ums Leben kam, war reiner Zufall. Mensch Palzki, konzentrieren Sie sich einmal im Leben auf das Wesentliche.«

»Das Eiskraut ist unschuldig?«, fragte ich meinen Vorgesetzten.

KPD wiegelte ab. »Ich muss zugeben, dass ich zunächst selbst auf diese falsche Spur hereingefallen bin. Da meine Möglichkeiten momentan begrenzt sind, habe ich Herrn Becker gebeten, Näheres über dieses Eiskraut zu recherchieren. Wussten Sie, dass dieser Sorte, die in Landau und Zeiskam vernichtet wurde, wahre Wunder nachgesagt werden? Das Kraut soll sogar gegen saures Aufstoßen helfen. Und wissen Sie das Beste?«

Ich sah ihn fragend an, ohne jedoch auf seine rein rhetorische Frage zu antworten.

»Herr Becker hat herausgefunden, dass das Eiskraut vermutlich auch hier auf der Burg Lichtenberg versuchsweise angebaut wird.«

Ich musste zugeben, dass mir diese Information neu war. Allerdings hatte ich bisher auch noch nicht intensiv nach diesem Eiskraut recherchieren lassen. Das wäre eine der Aufgaben gewesen, die ich unserem Jungkollegen Jürgen übertragen hätte. Die Hinweise waren nun zu nachdrücklich: An drei Orten wuchs dieses angebliche Zauberkraut, an allen diesen Orten gab es Tote oder zumindest eine abgefackelte Scheune. Ob man in Zeiskam bisher eine etwaige Leiche nur nicht gefunden hatte?

»Sie haben also jetzt ein neues Mittel gegen Ihr Aufstoßen? Das Eiskraut hat ja Ihrer Meinung nach nichts mit den Kapitalverbrechen zu tun.«

KPD benötigte eine Weile, bis er sich zu einer Antwort entschließen konnte. »Ich war neugierig, Herr Palzki. Es ist nie verkehrt, über ein Mittel gegen Unpässlichkeit zu verfügen, die einen irgendwann mal ereilen könnte. Selbstverständlich leide ich nicht an saurem Aufstoßen. Das wäre nicht opportun für einen guten Chef, wie ich es bin.«

Mit dieser Verteidigung hatte er sich selbst entlarvt.

KPD fuhr fort. »Ich war mir mit meiner Theorie nicht hundertprozentig sicher«, erklärte er. »Daher ließ ich mich von Doktor Metzger und Herrn Wallmen zur Burg fahren.«

»Herr Diefenbach hat als Gegenleistung den zahnärztlichen Behandlungsvertrag unterschrieben, den Günter und ich ihm vorgelegt haben«, tönte es von vorne. »Damit war die Fahrt in die Westpfalz mehr als refinanziert. Außerdem konnten wir auf dem Weg bei dem Bauern vorbeifahren, um Nachschub für unser neues Produkt zu besorgen.«

KPD nickte zustimmend. »Wenn ich schon mal in einer größeren ärztlichen Behandlung stecke, kann ich mir auch gleich die Zähne richten lassen. Zwei oder drei meiner Eckzähne haben sich leicht verschoben und stehen nicht mehr absolut im Lot.«

Ich wusste immer noch nicht, worauf KPD hinauswollte. »Haben Sie nun Ihre Eiskrautpflanze gefunden?«

»So weit ist es nicht mehr gekommen.« Diefenbach wurde leiser. »Doktor Metzger hat in der Nähe des Kräutergartens geparkt, so nah, wie er mit seinem Gefährt halt drankommen konnte. Dann haben sie die Umgebung abgesucht, damit keine Zeugen herumlaufen.«

»Zeugen, die Sie beim Eiskrautstehlen beobachten könnten?« KPDs Bericht wurde abstrus.

»Ach was, Palzki. Herr Wallmen hat mir so einen …, ja, wie sagt man, äh …« KPD wurde verlegen.

»Herr Diefenbach meint einen Chef-Rollator«, tönte es von vorne.

»Ja«, gab er leise und zerknirscht zu. »Ein Luxusmodell mit Metalliclackierung, Alufelgen und zwei voneinander getrennten Handbremssystemen. Es war mein erster Versuch, wieder auf die Beine zu kommen.« Er sah mich eindringlich an. »Wenn das jemand auf der

Dienststelle erfährt, hat Ihre letzte Stunde geschlagen, Palzki.«

»Keine Sorge«, beruhigte ich ihn. »Ich achte auf die hervorragende Reputation meines guten Vorgesetzten.« Das klang genauso unterwürfig, als würde ich zu Nordkoreas Diktator Kim Jong-Un sprechen. Nur würde ich mein heuchlerisches Versprechen nicht halten. »Wie ging es weiter?«

»Ich habe sie gefunden.«

»Mich?«

KPD wurde ärgerlich. »Die Tote. Sie lag mitten in dem Kräutergarten. Ich habe sofort erkannt, dass sie tot ist.«

»Haben Sie sie untersucht?«

»Wie denn!«, schrie KPD erzürnt. »Ich war doch 50 Meter von der Leiche entfernt.«

Ich wollte nachfragen, warum er diese kleine Entfernung nicht per Luxus-Rollator zurückgelegt hatte, da mischte sich der Not-Notarzt erneut ein.

»Dort geht es ziemlich steil den Hang hinunter und Herr Diefenbach war mit der Bedienung des Rollators nicht so geübt. Jedenfalls hat sich dieses medizinische Hilfsgerät selbstständig gemacht und ist den Hang hinuntergestürzt. Günter hat es später gefunden, es war natürlich total zerstört.«

»Ich saß dann ohne Rollator im Gras und habe Doktor Metzger und Herrn Wallmen zugeschaut, wie sie die Tote untersucht haben.«

»Da war nichts mehr zu machen«, erklärte der Not-Notarzt. »Die Schädeldecke war brutalstmöglich eingeschlagen. Da hätte auch keine doppelte Portion BotoxXL geholfen. Aber wir wussten sowieso nicht, ob da eine Kassen- oder Privatkundin vor uns lag.« Er machte eine kurze Pause. »In dem Zusammenhang haben ich und Günter eine Beobachtung gemacht. Als wir vor der Leiche knieten, rannte plötzlich eine Person weg, die sich in der Nähe hinter einem Busch versteckt hatte. Wir konnten das zunächst nur schemenhaft erkennen. Als wir uns umdrehten, war sie schon zu weit weg.«

KPD nahm den Faden wieder auf. »Dadurch bestätigte sich mein Verdacht, dass die Frau unmittelbar vor unserer Ankunft getötet wurde. Und damit war für mich die Lösung des Falles klar.«

»Aha«, sagte ich.

KPD sah mich ärgerlich an. »Sie stehen immer noch auf dem Schlauch, Palzki? Sehen Sie den Wald vor lauter Bäumen nicht? Es ist doch offensichtlich, dass man mich töten wollte. Ein paar Minuten früher und ich wäre das Opfer geworden. Wahrscheinlich wurde der Rollator technisch manipuliert.«

»Das kann nicht sein«, sagte Metzger. »Den habe ich auf der Fahrt nach Thallichtenberg in einem Sanatorium bei Kaiserslautern gekl…, äh, ausgeliehen.«

KPDs abstruse Gedankengänge konnten nur an dem Schmerzmittel liegen. Da ich aus langjähriger Erfahrung wusste, dass es sinnlos war, einem Verrückten klarzumachen, dass er verrückt sei, musste ich von nun an zweigleisig fahren. Gleis eins war die möglichst dauerhafte Ruhigstellung meines Vorgesetzten, das zweite Gleis betraf die Tote im Kräutergarten, die garantiert nicht das Geringste mit der Anwesenheit KPDs zu tun hatte.

»Die Frau muss zufällig dem Mörder begegnet sein, der

auf mich gewartet hat. Es könnte natürlich sein, dass sie von den beiden Täterinnen gedungen wurde und dabei etwas schiefging. Ein Streit oder so was in der Richtung.«

Ich verstand noch weniger. Vorhin sprach KPD von einem Mörder, nun aber von zwei Täterinnen.

»Ihr skeptischer Gesichtsausdruck zeigt mir, dass Sie noch immer nicht auf die Lösung gekommen sind, Palzki.«

Ich blieb stumm.

»Die Landfrauen, Palzki. Die Landfrauen! Die wollen mich aus dem Weg schaffen. Für mich ist es einwandfrei erwiesen, dass diese Geschäftsführerin Mai und die Präsidentin Gansfuß für die Attentate auf mich verantwortlich sind. Nehmen Sie die beiden fest, Palzki. Wenn die Tote eine der Landfrauen ist, haben wir einen zusätzlichen Beweis. Mensch Palzki, handeln Sie, bevor man mir ein weiteres Mal auflauert.«

Dietmar Becker, der nach wie vor auf dem Schemel kauerte, schaute mich mit einem vielsagenden Blick an, bevor er das Wort übernahm.

»Ich werde gemeinsam mit Herrn Palzki zum Tatort gehen und ihm alles zeigen, Herr Diefenbach. Ihre Aussagen, die ich wörtlich mitgeschrieben habe, werden uns eine wichtige Stütze sein. Sobald Herr Palzki die Landfrauen festgenommen hat, werden wir Ihnen Vollzug melden.«

KPD nickte zufrieden. Doktor Metzger trat zu ihm.

»So, jetzt werden Sie ein kleines Mittagsschläfchen halten, Herr Diefenbach, wenn Sie wieder aufwachen, geht es Ihnen noch besser. Wir wollen schließlich nicht, dass Sie sich überanstrengen.« Er jagte ihm eine gewaltige Spritze in den Arm, deren metallenes Oberteil Patina, oder war es Rost, angesetzt hatte. KPD ließ die Sache ohne Regung über sich ergehen. Wahrscheinlich war er durch die anderen Medikamente, die ihm die beiden Horrorärzte verabreicht hatten, längst völlig abgestumpft.

Selbst wenn ich lebensgefährlich verletzt wäre, würde ich mich nicht in ärztliche Behandlung durch einen der beiden begeben. KPDs Motivation konnte in diesem Fall nur die Anonymität sein, die ihm die beiden garantierten. In einem offiziellen Krankenhaus musste er damit rechnen, erkannt zu werden und vielleicht sogar Besuch zu bekommen. Ich vermutete, dass nicht einmal seine Frau wusste, wo er sich zurzeit aufhielt. Wahrscheinlich dachte sie, dass er in geheimer Mission irgendwo im Ausland tätig sei.

KAPITEL 10
IM KRÄUTERGARTEN

»Arme Sau«, sagte Metzger, als ich mit Becker und ihm die mobile Klinik verlassen hatte. KPD war sofort nach der Injektion eingeschlafen. »Ihr Chef hat noch einen weiten Weg vor sich. Aber solange er unsere Zwischenabrechnungen unterzeichnet, ist alles in Ordnung.«

»Und was meinen Sie zu dem Vorfall?« Ich wandte mich an Dietmar Becker, um von der Erinnerung an die Ereignisse in Metzgers Klinik abzulenken. »Sehen Sie das genauso wie KPD?«

»Ach woher«, antwortete er und machte sich damit bei mir zum ersten Mal einen Hauch sympathisch. »Herr Diefenbach spricht im Delirium. Im Moment kann man ihn nicht ernst nehmen.«

»Im Moment?« Die Bemerkung war mir herausgerutscht. Becker quittierte sie mit einem müden Lächeln.

»Davon abgesehen, finde ich seine These äußerst interessant. Nicht, dass ich sie für glaubwürdig halte, nein, ganz und gar nicht. Aber als Plot für einen Krimi wäre das durchaus interessant. Attentate auf einen hochangesehenen Dienststellenleiter der Kriminalpolizei. Und dazu Ablenkungsmanöver mit irgendeinem seltenen Kraut. Und als Clou tauchen überall Landfrauen auf. Die sind doch normalerweise per se unschuldig. In keinem Krimi würde man eine Landfrau als Mörderin verdächtigen, das wäre völlig abwegig und unrealistisch. Und dann kommt am Schluss heraus, dass es doch die Landfrauen waren und zwar die Geschäftsführerin eines Landesverbandes nebst ihrer Präsidentin. Das wird der Hammer, Herr Palzki. Da kommt kein Leser drauf.«

Unter anderen Umständen würde ich Beckers Ausführungen ins Lächerliche ziehen. Da mich aber seine neue Krimiidee nicht wirklich interessierte oder tangierte und ich jetzt alles gebrauchen konnte, nur keinen zusätzlichen Stress mit Becker, nickte ich ihm zustimmend zu. »Das könnte hinhauen, Herr Becker. Ich sehe schon, eines Tages werden Sie doch noch ein berühmter Kriminalschriftsteller.«

Er sah mich erstaunt an. »Ein Lob aus Ihrem Mund? Dann muss meine Idee wirklich gut sein. Würden Sie meinen Plot bitte für sich behalten?«

»Aber selbstverständlich. Nun müssen wir uns aber der Realität widmen. Was wissen Sie über die Tote?«

»Gar nichts. Matthias und Günter haben mich sofort abgefangen, als ich kurz nach ihnen ankam, und zu Diefenbach gebracht. Ich selbst war bisher überhaupt nicht in dem Kräutergarten. Ich kenne ihn nur aus Diefenbachs Beschreibung. Demnach muss er so groß wie mehrere Fußballfelder sein, über alle Maße verwinkelt und …«

»Warten wir es ab«, unterbrach ich, da KPDs Realität und die wirkliche Realität regelmäßig um mehrere unendliche Prozentpunkte voneinander abwichen. Ich beschloss, Becker auf eine weitere falsche Fährte zu bringen. Dazu musste ich ihn an einen anderen Ort locken, damit er mir nicht meinen eigenen Plan durchkreuzte. Dann könnte ich in Ruhe Segemeier anrufen und ihr die

Arbeit überlassen, da ich mit ihr vereinbart hatte, dass sie mich über die laufenden Ermittlungen unterrichtete. Und schon konnte ich völlig entspannt nach Schifferstadt zurückkehren und die letzten warmen Tage des Jahres auf meiner Terrasse genießen.

»Herr Becker?«, fragte ich zuckersüß. »Ich bräuchte mal Ihren Rat.« Es kostete mich viel Überwindung, diese Frage zu stellen. Der Student war viel zu neugierig, um Lunte zu riechen.

»Selbstverständlich, Herr Palzki. Womit kann ich Ihnen helfen?«

»Was immer wir jetzt gleich im Kräutergarten vorfinden, es ist äußerst unwahrscheinlich, dass es etwas mit dem Tod des Finanzamtprüfers zu tun hat. Gehen Sie da mit mir konform?«

»Absolut, Herr Palzki. Dass es kein Attentat auf Herrn Diefenbach gegeben hat, hier nicht und auch nicht in Landau, ist uns beiden klar. Haben Sie einen Anhaltspunkt?«

Ich nickte, wartete aber ab. Der studentische Fisch zappelte aufgeregt an der Leine. »Gestern war ich erneut beim Weingut Gansfuß in Mörzheim, weil ich etwas überprüfen wollte. Am Samstag habe ich zufällig einen Streit zwischen Winfried Gansfuß, das ist der Mann der Landfrauenpräsidentin, und einem mir zu dem Zeitpunkt unbekannten Mann belauscht.« Ich machte eine Pause, um das Interesse von Becker anzustacheln.

»Weiter!«, herrschte er mich ungeduldig an.

»Nun ja, meine Recherche ergab, dass es sich um einen gewissen Stefan Lochbaum handelte.«

Becker zückte sein Smartphone und begann, den Namen einzugeben.

»Sparen Sie sich das, ich habe Lochbaum längst überprüft.« Der Student ließ von seinem elektronischen Spielzeug ab. »Lochbaum ist ebenfalls Winzer, sein Weingut befindet sich nur ein paar Häuser von Gansfuß entfernt. Es gibt da zwar noch einen weiteren Standort im Nachbardorf, dies aber nur als Information am Rande.«

»Ein Streit zweier Winzer«, fiel mir Becker ins Wort und dachte laut nach: »Vielleicht ist der Prüfer doch nur ein Zufallsopfer gewesen.«

»Keine Ahnung, aber es gibt einen weiteren Anknüpfungspunkt. In der Mehrzweckhalle von Gansfuß wird am kommenden Wochenende ein Theaterstück aufgeführt. Die Theatergruppe nennt sich ›Erbsenbühne‹. Im Internet finden Sie dazu ein paar Presseberichte von früheren Aufführungen. Dieser Stefan Lochbaum und Winfried Gansfuß spielen beide mit. Sie behaupten, dass sie wegen des Stücks gestritten haben, aber das glaube ich nicht.«

Becker sah mich mit leuchtenden Augen an. »Das könnte der Durchbruch sein, Herr Palzki. Vielen Dank, dass Sie mich eingeweiht haben. Vielleicht können wir auch in Zukunft besser zusammenarbeiten?« Er sah mich treuherzig an. »Von Herrn Diefenbach bekomme ich zwar meistens Informationen aus erster Hand, allerdings muss ich mir selbst jedes Mal mühsam heraussuchen, was glaubwürdig ist und was nicht. Herr Diefenbach denkt da ja immer ein klein wenig egozentrisch.«

Um ein Haar hätte ich kräftig über meinen Vorgesetzten gehetzt, doch ich konnte mich beherrschen. Ich freute mich, dass ich Becker auf die von mir gewünschte falsche Spur gebracht hatte. Jetzt noch ein bisschen Honig, dann wäre das Ergebnis perfekt.

»Da können wir später drüber sprechen«, antwortete ich vieldeutig. »Zunächst müssen wir diesen Fall lösen und zwar gemeinsam, solange Diefenbach außer Gefecht gesetzt ist.«

»Auf in den Kampf!«, schrie Becker.

Ich verdrehte die Augen. »Nicht so laut«, herrschte ich ihn an und ergänzte, obwohl wir nur zu zweit waren: »Feind hört mit.« Metzger und Wallmen waren mit ihrer Botox-Produktionsanlage beschäftigt. Becker hatte von den beiden den ungefähren Weg zum Kräutergarten erklärt bekommen.

»Das ist noch nicht alles, Herr Becker. Lochbaum baut gerade sein Anwesen um. Als ich ihn dort sprechen wollte, wurden zwei Attentate auf mich verübt.« Ich zeigte auf die entsprechenden Stellen in meinem Gesicht.

»Ich habe mich vorhin schon gefragt, was Ihnen passiert ist, Herr Palzki. Allerdings habe ich mich nicht zu fragen getraut.«

»Jetzt wissen Sie es. Mein Arm ist noch schlimmer lädiert. Zuerst hat jemand eine Palette Dachziegel auf mich stürzen lassen, kurz darauf wurde ich mit einem dicken Brett k. o. geschlagen.«

»Stefan Lochbaum?«, riet Becker.

»Ich weiß es nicht. Der Täter trug einen Pferdeschwanz, könnte also eine Frau gewesen sein. Dummerweise hat dieser Lochbaum auch lange Haare.«

»Papa!«

Mist, was war da los? Noch zwei, drei Sätze und Dietmar Becker hätte sich auf den Weg nach Landau gemacht und sich nicht weiter um die Tote im Kräutergarten gekümmert. Warum musste ausgerechnet jetzt Paul auftauchen? Und warum klang er so aufgeregt?

»Papa, schnell!« Noch war er 100 Meter von uns entfernt, doch bei der Geschwindigkeit, die er drauf hatte, dürfte es nur unwesentlich länger als zehn Sekunden dauern, bis er uns erreicht hatte.

Becker schaute mich verblüfft an. »Sie haben Ihren Sohn mitgebracht?«

»Die Tochter auch. Ich wollte Ihnen einen schönen Ferien…«

Paul hatte uns fast erreicht. »Papa, da liegt eine tote Frau auf dem Weg. Sieht voll gruselig aus. Ich wollte gerade den …, äh, nicht so wichtig, Papa. Komm schnell, ich zeig dir den Weg.«

Becker schwieg, während wir meinem Sohn folgten. »Dort müssen wir hin.« Er wies in Richtung Unterburg. Dass wir auch ohne seinen Hinweis zu der Toten wollten, verschwieg ich ihm. Das Gelände bestand aus halb zerfallenen Bruchsteinmauern in unterschiedlicher Höhe. Die Oberkanten hatte man mit Mörtel oder Beton begradigt, sodass die Mauern wie mächtige Schutzwalle aussahen. Der Kräutergarten, meiner Schätzung nach circa fünfzehn mal zehn Meter groß, war von drei Seiten mit Bruchsteinmauern umgeben, die vordere Längsseite dagegen mit einem Zaun aus verwitterten Holzlatten. Die Wege zwischen den teilweise verwilderten Beeten waren schmal, an manchen Stellen standen Informationstafeln, die mich nicht interessierten. Der Weg zum Kräutergarten verlief ziemlich schräg nach unten. Hier musste KPD die Herrschaft über seinen Rollator verloren haben.

»Siehst du die Leiche?«, fragte Paul aufgeregt.

Ich sah nicht nur die tote Person, sondern auch eine Frau und einen Mann, die unmittelbar neben dem Opfer standen und diskutierten.

»Wer sind diese Leute?«, fragte ich meinen Sohn.

»Keine Ahnung«, antwortete er. »Die sind vorhin schon in der Burg rumgelaufen. Sind das die Mörder, Papa? Tust du die jetzt verhaften? Warte kurz, bis ich Melanie geholt habe. Die kann mit ihrem Handy ein Video drehen und bei YouTube hochladen. Dann kann ich in der Schule endlich mal mit dir angeben, Papa. Musst du auch schießen, wenn die sich nicht sofort ergeben?«

Ich versuchte, Pauls naive Fantasie zu bändigen. »Das sind bestimmt keine Mörder, mein Sohn. Mörder verschwinden immer sofort nach dem Mord vom Tatort.«

»Die Mörder kommen doch oft wieder zurück, habe ich mal in einem Krimi gesehen, weil sie so neugierig sind.«

Ich verzichtete auf die Frage, welchen Krimi er gesehen hatte. »Hier ist es anders«, sagte ich. Die Frau hatte ich inzwischen erkannt. »Du wartest hier«, befahl ich Paul.

Er setzte sich auf einen kleinen Findling. »Na klar doch, Papa. Ich bin doch jetzt ein wichtiger Zeuge, oder?«

Ich nickte ihm kurz zu und ging die letzten Meter zum Kräutergarten, Becker folgte mir, was mich ein wenig ärgerte.

»Guten Tag, Frau Mai«, begrüßte ich die Geschäftsführerin des Landesverbandes der Landfrauen. »Welcher Zufall, dass wir uns so schnell wiedersehen.«

Brigitte Mai sah geschockt aus. Sie hatte Tränen in den Augen. »Wer hat Frau Giessler dies nur angetan?« Der

Mann hielt sie an der Schulter fest. »Was ist mit Ihrer Wange passiert, Herr Palzki?«

»Nur ein kleiner Unfall. Sie kennen die Tote?«, fragte ich.

Sie nickte. »Das ist Erna Giessler, eine Landfrau aus dem Ortsverein Kappeln.« Sie sprach ihren Begleiter an. »Das ist Herr Palzki, ein Polizeibeamter, der am Samstag bei dem Vorfall in Mörzheim dabei war.«

»Des ging awer schnell«, wunderte er sich. »Ich hab die Polizei vor nettemol drei oder vier Minute agerufe.«

»Wer sind Sie?«, fragte ich ihn, ohne das Missverständnis aufzuklären.

»Norbert Schindler«, antwortete er und reichte mir die Hand.

Für einen kurzen Moment hatte ich den Eindruck, den Namen schon einmal in irgendeinem anderen Zusammenhang gehört zu haben. Wahrscheinlich handelte es sich nur um eine Namensähnlichkeit oder -verwechslung. »Sind Sie auch Mitglied bei den Landfrauen?« Ich wusste nicht einmal, ob es überhaupt Männer bei den Landfrauen gab.

Dietmar Becker, der sich, ohne sich vorgestellt zu haben, zu der Leiche gebückt hatte, stand wieder auf. »Sie kennen Herrn Schindler nicht, Herr Palzki?«

»Doch, doch, natürlich«, sagte ich hastig. »Nur die Mitgliedschaft bei den Landfrauen ist mir nicht mehr im Detail präsent.« Schweiß schoss aus meinen Poren, hoffentlich blamierte ich mich nicht völlig. War es ein ehemaliger bekannter Fußballspieler des FC Kaiserslautern oder ein hiesiger Wirtschaftsmagnat? Politiker könnte, rein von seiner Erscheinung her, ebenfalls passen. Hier stand ich allerdings mit meinem Wissen auf verlorenem Posten. Becker schien mein Dilemma zu bemerken.

»Herr Schindler war bis zum letzten Jahr 23 Jahre lang Mitglied im Deutschen Bundestag und dort unter anderem stellvertretendes Mitglied im Ausschuss für Ernährung und Landwirtschaft. Außerdem ist er Präsident der Landwirtschaftskammer Rheinland-Pfalz. Und er hat noch ein paar andere Ämter mehr.« Stolz reichte ihm Becker die Hand. »Freut mich, Sie kennenzulernen, Herr Schindler. Mein Name ist Dietmar Becker. Vielleicht haben Sie schon von mir gehört, ich zeichne für die bekannte Regionalkrimireihe verantwortlich, die in der Kurpfalz spielt. Zurzeit recherchiere ich für meinen nächsten Fall. Deshalb bin ich mit Herrn Palzki gemeinsam unterwegs.«

Zorn stieg in mir hoch. Gut, ich hatte den Politiker nicht sofort erkannt. Es gab Wichtigeres im Leben, als die Vitae von lokalen Politkern auswendig herunterbeten zu können. Dass sich Becker aber dermaßen einschleimte, würde meine Hutschnur platzen lassen, wenn ich einen Hut tragen würde.

»Sie sinn de Dietmar Becker?«, sagte Schindler. »Ich hab all Ihre Krimis gelese. Klor, wie authentisch Sie immer die Gschichte schreiwe. Und dass Sie real lewende Mensche in Ihre Bicher ufftrete losse, finn ich bsonders gelunge.«

»Das mache ich schon seit über zehn Jahren so«, klärte ihn Becker stolz auf. »Inzwischen wird das von mehreren Kollegen kopiert, aber ich war mit weitem zeitlichem Abstand der Erste, der dies konzeptionell und dauerhaft in Krimis umsetzte. Wenn Sie möchten, kann ich Sie in einem meiner nächsten Werke auftreten lassen.«

»Und jetzt konzentrieren wir uns auf die Gegenwart«, unterbrach ich die beiden.

»Alla Hopp«, sagte Schindler zu mir und drehte sich sofort wieder zu Becker. »Do redde mer bald mol driwwer.« Er reichte dem Krimischreiber seine Visitenkarte.

»Was wissen Sie sonst noch über die tote Landfrau, Frau Mai? Wollten Sie sich mit ihr hier treffen?«

Sie nickte. »Wir haben das Treffen vor Wochen vereinbart, Herr Palzki. Da sie nicht am Treffpunkt beim Restaurant erschien, haben wir sie gesucht, denn ihr Wagen steht auf dem Parkplatz. Als wir den Kräutergarten erreichten, sahen wir sie sofort zwischen den Beeten liegen. Es ist einfach schrecklich.«

»Haben Sie irgendetwas beobachten können? Etwas Außergewöhnliches?«

»Nur ein Junge ist da unten herumgestreunt«, sagte der Politiker. »Mit einem langen Seil hantierte er an der Außenmauer herum. Das erschien mir sehr gefährlich und ich wollte gerade zu ihm laufen, als Frau Mai und ich die Leiche entdeckten. Glauben Sie, dass es der Junge gewesen sein könnte?«

»Eher nicht«, sagte ich. »Den Jungen haben wir inzwischen gefunden. Er wartet oben auf seine Zeugenaussage.«

Becker sagte kein Wort zu dem Verwandtschaftsverhältnis zwischen dem Jungen und mir, was für seine Lebenserwartung einträglich war.

»Kummt noch mehr Polizei?«, fragte Schindler nach.

»Selbstverständlich, wenn Sie sie telefonisch informiert haben. Ich bin nur zufällig hier.«

»Ach, und ich hab gedenkt …«

In diesem Moment hörten wir die Einsatzfahrzeuge. Da dieser Teil der Burganlage für die großen Fahrzeuge nicht geeignet war, mussten die Beamten ihr Equipment tragen. Ein besonders schlauer Beamter hatte ein rollbares Transportwägelchen dabei, wie man es gelegentlich in Kfz-Werkstätten sah. Allerdings schätzte er das Gefälle zum Kräutergarten nicht richtig ein. Sein Wägelchen machte sich samt Beladung selbstständig und folgte der mutmaßlichen Route von KPDs Rollator. Fluchend und unter dem Gelächter seiner schwer bepackten Kollegen machte er sich auf die Suche nach den Resten seiner Habseligkeiten. Andere Beamte sperrten währenddessen das Terrain großzügig mit Polizeiabsperrband ab.

Ein blasser, aber korrekt auftretender Kriminalhauptkommissar stellte sich uns als leitender Beamter vor. Sein Name klang dermaßen kompliziert und konsonantengeflutet, dass ich die erste Hälfte seines Nachnamens bereits wieder vergessen hatte, während er die zweite Hälfte noch aussprach. Die Länge seines Namens erinnerte mich stark an Hadschi Halef Omar Ben Hadschi Abul Abbas Ibn Hadschi Dawuhd al Gossarah aus den Karl-May-Verfilmungen beziehungsweise Büchern, nur ohne Vokale.

»Ich komme aus Ungarn«, fügte der Kommissar ohne jeglichen Hauch eines Dialektes an und schaute sich um, während sich ein Arzt zur Leiche begab. »Erst letzte Woche war ich hier«, sprach er weiter, dann entdeckte er die Verwunderung in unseren Gesichtern. »Nein, nicht beruflich, rein privat. Ich bin historisch sehr interessiert. Wie der Burggarten im Mittelalter ausgesehen hat, weiß man leider mangels Quellen nicht mehr. Daher hat man für die Burg Lichtenberg den mittelalterlichen Klosterplan von Sankt Gallen genutzt, um einen eigenen Garten anzulegen. Da es nicht ganz gepasst hat, ließ man auch eine Zeichnung des Gartens des Klosters Reichenau, Sie wissen schon, Bodensee, mit einfließen. Den hat ein gewisser Abt Walahfrid Strabo zur Zeit der Karolinger um 840 bauen lassen. Und daraus ist irgendwann der Kräutergarten entstanden, in dem wir stehen.« Er bemerkte unser momentanes Desinteresse an der Geschichte des Lichtenberger Burggartens. »Oh, Verzeihung, ich schweife ab. Würden Sie mir bitte sagen, wer Sie sind und in welcher Beziehung Sie zu der Toten stehen?«

Ich ließ Frau Mai und Herrn Schindler den Vortritt. Leicht schmunzeln musste ich, als ich sah, dass der Beamte den Politiker nicht erkannte. Nachdem ihm die beiden das Wichtigste in Kurzform mitgeteilt hatten, bat er sie, oben außerhalb des Kräutergartens zu warten.

Danach wandte er sich mir zu. »Gehören Sie auch zu den Landfrauen?«

»Wir sind Kollegen«, sagte ich und zeigte ihm meinen Ausweis.

»Sie sind aber nicht dienstlich hier, oder?«, fragte er zaghaft.

»Im Prinzip schon«, antwortete ich und erzählte ihm in Kurzform die bisherigen Geschehnisse in der Vorderpfalz, ohne jedoch KPD sowie Metzger und Wallmen zu erwähnen, da dies die Sache nur unnötig verkomplizieren würde.

»Dann sind also die Kollegen aus Landau in den Ermittlungen federführend?«

»Nur wenn es einen Zusammenhang mit dem Vorfall in Landau geben sollte. Vielleicht noch mit dem Brand in Zeiskam.« Das Eiskraut, das es laut Becker auf der Burg geben sollte, verschwieg ich.

Der Unaussprechliche überlegte. »Dessen ungeachtet erscheint es mir nicht wie ein Zufall, dass zwei Personen, die bei dem Kapitalverbrechen in Landau dabei waren, also Sie und Frau Mai, vollkommen unabhängig voneinander auf der Burg Lichtenberg auf eine tote Frau stoßen, die zufälligerweise ebenfalls Mitglied bei den Landfrauen war.«

»Ich bin keine Landfrau.«

»Sie wissen, was ich meine.«

»Hier hat keine Scheune gebrannt und es wurde kein Beamter des Finanzamts getötet.«

Der Kollege nickte langsam. »Warten Sie bitte ebenfalls oben bei den beiden anderen.« Er drehte sich abrupt zu dem Studenten um. »Und welche Rolle spielen Sie?«

»Ich bin der bekannte Krimiautor Dietmar Becker«, platzte es aus diesem heraus.

Der Exil-Ungar bekam große Augen. »*Sie* sind das? Ich habe alle Ihre Fälle gelesen, sie sind großartig. Das war mein literarisches Pflichtprogramm, als ich in die Pfalz versetzt wurde. Ihre Krimis haben mir sehr dabei geholfen, mit der Mentalität und den Eigenheiten der hiesigen Bevölkerung zurechtzukommen.«

Becker strahlte über beide Ohren. Ich beeilte mich, nach oben zu Frau Mai und Herrn Schindler zu kommen.

»Gibt's Neiichkeite?«, fragte Norbert Schindler neugierig.

»Im Moment noch nicht«, antwortete ich. Eine Frage lag mir schon seit ein paar Minuten auf der Zunge. »Warum haben Sie sich mit Frau Mai auf der Burg Lichtenberg getroffen?«

Frau Mai unterbrach hastig den Politiker, der gerade zu einer Erklärung ausholen wollte. »Wir haben nachher einen Pressetermin, da wollten wir uns vorher auf neutralem Boden abstimmen.«

So ganz glaubwürdig klang ihre Erklärung nicht und logisch war sie erst recht nicht. Doch Norbert Schindler bestätigte die Geschichte der Landfrauen-Geschäftsführerin. »Eijo, es geht jo nochher um des neie Produkt, wu in Lautre vorgestellt werd. Die Brennerei vun dem Likör soll Ferdergelder bekumme aus dem Infrastrukturprogramm vun de EU, EFRE heest des genau. Dodemit werren klenere un mittlere Unnernehme in strukturschwache Regione geferdert. Des is ä feine Sach.«

Frau Mai nickte freudig und fuhr fort. »Herr Schindler ist ja der Präsident der Landwirtschaftskammer und unterstützt uns und die Brennerei dabei, dass die Fördermittel fließen können.«

Im Hintergrund hatte ich die ganze Zeit den ungarischen Kriminalisten und Becker dabei beobachtet, wie sie ziemlich kumpelhaft miteinander sprachen. Sogar bei dem Erstgespräch mit dem Arzt durfte Becker dabei sein. Unbegreiflich, wie eklatant gegen eindeutige Polizeivorschriften verstoßen wurde. Jetzt kam der Ungar mit dem Studenten zu uns hoch.

»Wann waren Sie mit Frau Giessler vor dem Restaurant verabredet?«, fragte er die Landfrauen-Geschäftsführerin und den Politiker.

Frau Mai schaute auf die Uhr. »Das ist jetzt eine gute Stunde her«, sagte sie. »Wie gesagt, als sie nicht auftauchte, haben wir sie auf dem Burggelände gesucht. Herr Schindler hat sofort bei der Polizei angerufen, als wir sie gefunden hatten.« Schindler nickte zustimmend.

»Seltsam«, sagte der Ungar mehr zu sich. »Laut unserem Arzt ist sie seit ungefähr drei Stunden tot. Warum war sie so viel früher hier?«

Diese Frage interessierte mich ebenfalls. Es war naheliegend, dass die Getötete vor ihrem Treffen mit Mai und Schindler einen weiteren Termin hatte. Doch mit wem? Mir kam ein schrecklicher Gedanke: War sie eine, im wahrsten Sinne des Wortes, todesmutige Kundin bei Doktor Metzger und die Behandlung lief schief? Wollten die beiden Pseudomediziner einen Kunstfehler vertuschen? Nein, so verrückt konnte nicht einmal Doktor Metzger sein. Trotzdem musste ich die beiden an meinen Kollegen verpetzen.

Ich mischte mich ein. »Als Sie mit Ihren Beamten ankamen, sind Sie weiter vorne an einem Reisemobil vorbeigefahren, stimmt's?«

»Richtig«, sagte er. »Ein paar Meter dahinter haben zwei Personen in schmutziggrauen Kitteln an etwas gearbeitet, was mich an den Chemieunterricht in der Schule erinnerte. Einer der beiden sah mit seinen roten Haaren aus wie mein ehemaliger Chemielehrer, das war so eine richtig abgefahrene Type. Warum fragen Sie?«

»Bei den beiden handelt es sich um Mediziner, jedenfalls so eine Art Mediziner. Die haben die Tote als Erste entdeckt und mich angerufen. Es könnte sein, dass sie den Täter gesehen haben. Genau beschreiben können die beiden ihn allerdings nicht.«

»Und das sagen Sie mir erst jetzt?« Er klang vorwurfsvoll.

»Sie hatten ja nichts Besseres zu tun, als sich mit Herrn Becker über Trivialliteratur zu unterhalten.«

Das saß. Nachdem ihm ein kleiner Seufzer entwichen war, forderte er mich auf, ihn in den Burggarten zu begleiten. »Kommen Sie, ich will Ihnen etwas zeigen.«

Seltsamerweise betrat er nicht den Weg, in dem die Leiche gerade transportfähig gemacht wurde, sondern einen, der zwei Beetreihen dahinter lag.

»Sehen Sie das?« Er zeigte auf einen Teil eines Beetes, das für mich völlig unauffällig aussah.

»Äh, meinen Sie das Zeug?«

»Genau, ich meine die Setzlinge.«

Erst jetzt bemerkte ich in dem Pflanzengewusel eine niedrige Holzkiste, in der rund ein Dutzend kleiner Pflanzen stand, sorgfältig portioniert in runden Plastikschälchen. Unter normalen Umständen hätte ich die Sorte nicht identifizieren können. Doch als Kenner der Botanik, wenn auch auf wenige wichtige Arten beschränkt, erkannte ich das Eiskraut auf den zweiten oder dritten Blick sofort. »Eiskraut?«, fragte ich, um eine Bestätigung zu bekommen.

»Keine Ahnung«, antwortete er. »Ich dachte, Sie können mir dabei helfen, es zuzuordnen.«

Hier war also wieder einmal mein Fachwissen gefragt. »Frau Mai wird Ihnen das nachher bestätigen können. Zu 99 Prozent können Sie davon ausgehen, dass es sich bei den Pflanzen um echtes Eiskraut handelt.« Ein einprozentiges Schlupfloch sollte genügen, falls ich falschlag. Außerdem wurde mir die Verbindung der beiden Wörter Eiskraut und Kräutergarten klar. Handelte es sich bei dem Eiskraut gar nicht um einen Salat, sondern um Kräuter? Ich speicherte mir diese Frage ab, damit ich sie später Frau Mai stellen konnte, um mein Allgemeinwissen auf hohem Niveau abzurunden.

»Damit wäre die Verbindung zu dem Fall in Landau hergestellt«, meinte der Ungar. »Noch etwas ist uns aufgefallen.« Er lief ein paar Meter das Beet entlang, drehte sich um und kam zu mir zurück. »Nirgendwo findet sich ein freier Platz, wo man das Eiskraut hätte einpflanzen können. Diese Pflanzen gehören nicht zum Kräutergarten.«

»Vielleicht sollten andere Kräuter ersetzt werden?«

»Das ist die Frage, Herr Palzki. Meine Mitarbeiter haben inzwischen Erna Giesslers Wagen einer ersten groben Untersuchung unterzogen. Wir haben weder Gartenwerkzeug noch Hinweise darauf gefunden, dass in ihrem Wagen Pflanzen transportiert wurden.«

Um nicht weiter auf die Holzkiste mit den Setzlingen zu starren, lief ich ebenfalls die Beete entlang. Der Unaussprechliche folgte mir. »Rufen Sie am besten Frau Segemeier in Landau an. Sie ist die leitende Ermittlerin. Schließen Sie sich mit ihr kurz, vielleicht können Sie gemeinsam etwas erreichen. Ich kann Ihnen da jetzt nicht mehr weiterhelfen.« Ich gratulierte mir innerlich selbst. Ich hatte es ohne fremde Hilfe gefunden. Neben mir befand sich ein Beet mit Eiskrautpflanzen, allerdings größer als die noch nicht eingepflanzten Setzlinge. »Das hier ist ebenfalls Eiskraut, nur erwachsener«, sagte ich mit wichtiger Stimme. So langsam wurde mir das Kraut unheimlich.

Ich ließ den Kollegen aus der Westpfalz stehen und ging nach oben zu den anderen. Becker, Mai und Schindler waren in eine intensive Diskussion vertieft. Ich schaute auf den Findling, auf dem vorhin Paul gesessen hatte. Eine leichte Panik kam in mir auf, doch dann entdeckte ich ihn, er kniete auf einer der Bruchsteinmauern.

»Komm sofort da runter!«, schrie ich hoch.

»Gleich, muss nur noch das Seil abmachen«, rief er zurück und balancierte auf der Mauer entlang. Schließlich landete er mit einem Sprung vor meinen Füßen. Paul hatte sich also doch das Abschleppseil aus meinem Wagen stibitzt.

»Ich will nicht wissen, was du da oben geschafft hast.«

»Würde ich dir auch nicht verraten«, antwortete er rotzfrech und schulterte das Abschleppseil.

»Hast du jemanden gesehen, als du die tote Frau gefunden hast?«

»Nö.« Paul schüttelte den Kopf. »Nur da weiter vorne, fast an der Stelle, wo ich dich getroffen habe, da hat so eine komische Frau gestanden.«

»Komische Frau?«

»Die stand nur so da rum und schaute mir zu. Sonst machte die nichts.«

»Warum hast du mir das nicht gesagt, als du mir von der Toten berichtet hast?«

»Weil die tote Frau interessanter war. Komische Frauen gibt's überall. Meine Lehrerinnen, ja sogar Melanie ist komisch, aber das weißt du ja. Außerdem ist die Frau weggelaufen, als sie sah, dass ich zu dir gegangen bin.«

Das würde zumindest erklären, warum ich diese Frau, komisch oder nicht, nicht gesehen hatte. Handelte es sich um die Täterin? Eine Mörderin, die Eiskrautsetzlinge mit an den Tatort brachte? Nein, das passte nicht.

Ich bemerkte, wie Paul versuchte, etwas unter seinem Pullover zu verstecken. »Was hast du denn da?«, fragte ich und nutzte das Überraschungsmoment, in dem ich an die auffällige Stelle griff. Es handelte sich um einen weichen, knisternden Gegenstand.

Verschämt zog Paul ein Bündel Polizeiabsperrband hervor. »Das hat da überall so rumgelegen.« Er wurde kleinlaut.

Um mir Ärger zu ersparen, verzichtete ich darauf, ihn zurechtzuweisen. »Lass das bloß unter deinem Pulli, damit das niemand sieht.«

»Danke, Papa. Damit kann ich in Schifferstadt …«

»Nichts wirst du. Sobald wir im Auto sitzen, gibst du mir unaufgefordert das Band.« Mit Schrecken dachte ich daran, wie Paul in der zweiten oder dritten Klasse morgens vor Schulbeginn gemeinsam mit einem Freund das Schulgebäude abgesperrt hatte.

Ich sah, wie sich Dietmar Becker von Frau Mai und Herrn Schindler verabschiedete.

»Fahren Sie zurück in die Vorderpfalz?«, fragte ich den Studenten.

»Ich habe einen wichtigen Termin an der Uni«, verriet er mir.

»Ach, Sie studieren noch?«

Becker ging auf meine Provokation kaum ein. »Bleiben Sie hier oder müssen Sie heute noch arbeiten?«

»Ein paar Minuten werde ich noch bleiben müssen«, sagte ich. »Denken Sie dran, nach Zeiskam und Landau zu fahren?« Ich zwinkerte ihm zu, was bei mir immer etwas unbeholfen aussah, da ich nicht wirklich gut zwinkern konnte.

Prompt kam die Frage meines Sohns. »Hast du was im Auge, Papa?«

»Vielleicht noch heute gegen Abend«, sagte Becker.

Ich freute mich, dass mein Plan aufgegangen war. Der Krimiautor würde die von mir gelegte falsche Fährte aufnehmen und in der Südpfalz keinen Stein auf dem anderen liegen lassen. Im Hintergrund sah ich, wie Melanie angelaufen kam. Sie wirkte zufrieden, was mich wiederum zufriedenstellte.

Nachdem Paul seine Schwester ebenfalls entdeckt hatte, kam er mit einer sonderbaren Idee: »Papa, dürfen ich und Melanie mit Herrn Becker zurückfahren? Du gibst uns den Haustürschlüssel und wir versprechen, dass Melanie brav sein wird.«

Melanie sah ratlos zwischen Paul und mir hin und her. »Dauert das bei dir länger, Daddy? Dann will ich auch nach Hause. Ich habe alles gesehen. Mit meinem Handy habe ich ein paar tolle Bilder gemacht, die zeige ich dir heute Abend.«

»Ist in Ordnung, Melanie. Ich muss noch ein Gespräch mit Herrn …, äh, mit dem leitenden Beamten aus Kusel führen. In einer Stunde können wir heimfahren.«

Dietmar Becker ging auf die verrückte Idee ein. »Es ist für mich in Ordnung, Ihre Kinder mitzunehmen und in Schifferstadt abzusetzen. Das macht mir wirklich nichts aus.«

»Papa, bitte«, bettelte Paul. »Herr Becker hat immer geile Mucke im Auto laufen. Nicht so einen Schrott, wie er bei dir immer läuft.«

Ich gab mich geschlagen. Ein Stündchen würden die beiden wohl alleine auskommen, ohne den kompletten

Hausstand zu zerlegen. »Ihr bleibt aber daheim und stellt nichts an. Das gilt für euch beide! Und Paul geht auf keinen Fall zu Herrn Ackermann, verstanden?«

Mit viel Murren und Knurren sagten die beiden zu und ich gab Melanie den Schlüssel.

»Ich bereite schon mal das Essen vor«, sagte sie und lächelte listig.

Becker verabschiedete sich zuerst bei Frau Mai und danach äußerst ausführlich bei dem Politiker. Er kündigte an, Herrn Schindler in Bälde zu kontaktieren, damit er in die kriminalistische Weltliteratur eingehen könnte. Becker war mit meinen Kindern längst verschwunden, da fiel mir das Absperrband ein, doch für eine Rückholaktion war es zu spät. Damit hatte ich einen weiteren brisanten Zukunftsposten zu verdrängen.

»Frau Mai?« Der Kollege mit dem unaussprechlichen Namen rief aus dem Kräutergarten hoch. »Können Sie bitte mit Herrn Schindler runterkommen? Wir hätten ein paar Fragen.«

Die beiden sahen mich an.

»Es geht nur um das Eiskraut, das dort unten wächst beziehungsweise nicht wächst. Gehen Sie nur zu ihm, ich komme in ein paar Minuten nach.«

KAPITEL 11
PFÄLZER EISFEUER

Ich nutzte die Gelegenheit, um zurück zu dem Not-Notarzt und seinem Gehilfen zu gehen. Ohne besondere Vorsichtsmaßnahme ging ich in Richtung Experimentiertisch, hinter dem die beiden Pseudomediziner standen. Ich verdankte mein Leben nur der Tatsache, dass ich noch gut zehn Meter von dem Tisch entfernt war, als mir ein Schrei entgegenscholl.

»Achtung, runter auf den Boden!«

Ich sah, wie eine grünliche Wolke mit einem pompösen Knall aus einem der durchsichtigen Kolben entwich und in meine Richtung schoss. Während Metzger nur die Warnung rief, reagierte Wallmen entschlossener, indem er eine Plastikwanne über den Versuchsaufbau stülpte. Die grüne Wolke verdünnte sich und zog langsam nach oben.

»Kommen Sie im Bogen um den Tisch herum«, rief Wallmen. »Auf keinen Fall durch die Reste der Wolke laufen. Inzwischen dürfte das Zeug nicht mehr sofort letal wirken, aber man weiß ja nie.«

Da ich nicht lebensmüde war, blieb ich in größerem Abstand stehen.

»Seien Sie doch nicht so feige!«, schrie Metzger. »Sind wir doch auch nicht. Günter ist heute der Held der Arbeit. Mit dem Zeug, das eben versehentlich entwichen ist, könnte man die Westpfalz komplett beerdigen. Und das Saarland dazu.«

Ich hoffte, dass er einen seiner berüchtigten Scherze machte, sicher war ich mir aber nicht. »Lassen Sie die Wanne liegen und rufen die Gefahrenabwehr. Es wäre schade, wenn ein Kollege Sie beide obduzieren müsste.«

Doktor Metzger stieß sein bekanntes Urlachen aus. »Die Plastikwanne brauche ich nachher für Herrn Diefenbach. Da drin mischen wir seine Infusionen zusammen. Selber machen ist immer billiger als das Fertigzeug.«

Wallmen versuchte mich zu beruhigen. »Die Gasreste fackeln wir kontrolliert ab. Beim letzten Mal hat das ganz gut geklappt. Matthias hebt die Schüssel etwas an und ich komme mit dem Feuerzeug. Dann gibt's einen kurzen Knall und alles ist paletti. BotoxXL herzustellen ist halt nicht trivial, sonst würde das jeder machen, bei dieser sagenhaften Gewinnspanne.«

»Machen Sie das bitte nachher. Ich muss mit Ihnen über Diefenbach sprechen.«

»Der pennt noch«, unterbrach mich Metzger. »Wir haben diskutiert, Ihren Chef stellenweise ins künstliche Koma zu versetzen, weil damit der pflegerische Aufwand für uns beide reduziert wäre. Doch das ständige Zurückholen aus dem künstlichen Koma ist nicht ideal für den Kreislauf. Und manchmal klappt's auch nicht. Und einen Chef im Wachkoma wollen wir Ihnen nicht zumuten, Palzki. Der sitzt den ganzen Tag nur da und tut nichts.«

Dass mich der Gedanke, KPD würde sich im Wachkoma befinden, nicht sonderlich beunruhigte, sagte ich nicht.

»Warum ich überhaupt hier bin.«

Metzger und Wallmen wurden neugierig. Dieser Trick funktionierte immer. Falls Dietmar Becker jemals einen realistischen Krimi schreiben würde mit einem realistischen Kommissar, würde ich als »Der Manipulator« in die Literaturgeschichte eingehen.

»Herr Diefenbach lässt es sich trotz seines eingeschränkten Gesundheitszustandes nicht nehmen, an den Ermittlungen zu den aktuellen Todesfällen teilzuhaben. Da er meist schläft oder sonst wie be…, äh, verhindert ist, weiß er nicht, dass es eine Verbindung zwischen den Verbrechen und einem ominösen Eiskraut gibt. Das ist eine ganz seltene Pflanze. Einzelheiten erspare ich mir jetzt.«

Ich wartete, um eine Reaktion zu provozieren, die auch sofort kam.

»Und in welcher Verbindung steht die Pflanze zu den Toten?«

»Das ist bisher nicht restlos geklärt«, sagte ich, ohne zu überlegen. »Die Pflanze wächst nur in Landau, Zeiskam und hier. Und dann noch in …« Ich improvisierte. »In der Gegend um den Donnersberg. Rockenhausen und so.« Was Besseres war mir auf die Schnelle nicht eingefallen. Weit genug von Schifferstadt war es allemal entfernt.

»Aha«, sagte Wallmen. Metzger sagte nichts.

»Verstehen Sie nicht die Brisanz?« Ich versuchte, den beiden ein schlechtes Gewissen einzureden. »Wenn Sie schon so viel Geld mit meinem armen Chef verdienen, sind Sie zumindest moralisch verpflichtet, ihn in seinem Willen zu unterstützen. Und zurzeit möchte er nichts lieber, als den Täter fangen, der für das Attentat auf ihn verantwortlich ist. Und gesund will er natürlich ebenfalls werden«, ergänzte ich.

»Was meinst du?«, sagte Metzger zu seinem Medizinkumpel. »Sollen wir ins Pfälzer Hochgebirge fahren? Dort könnten wir einen Höhenzuschlag verlangen. Die Luft soll dort zudem besser sein.«

»Dort war ich noch nie«, gab Wallmen zu. »Warum aber nicht? Dort werden auch nur Menschen leben. Vielleicht können wir neue Kunden akquirieren? Flyer haben wir genug im Wagen liegen. Und unser Labor haben wir in einer halben Stunde abgebaut.«

Metzger setzte einen drauf. »Soweit ich das Donnersberggebiet verorte, fahren wir am besten über Kaiserslautern. Dann kann ich unterwegs einen neuen Rollator für Diefenbach orga… ausleihen.«

»Schön«, sagte ich. »Sobald die nächste Leiche ansteht, geben Sie mir bitte innerhalb meiner Kernarbeitszeiten Bescheid, also nicht so früh wie heute.«

»Sie haben Kernarbeitszeiten?«, wunderte sich Wallmen.

»Ja, jeden dritten Mittwoch im Monat zwischen 11.00 und 11.30 Uhr. Aber nur in ungeraden Monaten.«

Ich ließ die beiden stehen. Beim Abbau ihrer Experimente und dem Abfackeln des Restgases wollte ich nicht in der Nähe sein. Ich rieb mir zufrieden die Hände: Becker würde in der Landauer Gegend recherchieren und mit einem bisschen Fortuna würde es zu einer Konfrontation mit Segemeier kommen. Auf jeden Fall würde Becker fürs Erste beschäftigt sein. KPD hingegen unternahm mit Doktor Metzger und Wallmen einen Erholungsausflug zum Donnersberg. Und Gerhard und Jutta würden die Stellung auf der Dienststelle halten. Für mich selbst blieb folglich nur die dankbare Aufgabe übrig, auf meiner Terrasse zu entspannen und mich von den letzten stressigen Tagen zu erholen. Ich fühlte mich seit Langem mal wieder so richtig wohl.

Bevor ich die Heimreise antrat, galt es, mich von den anderen zu verabschieden. Ich traf den Unaussprechlichen, der Frau Mai und Herrn Schindler Lebewohl sagte.

»Ich danke Ihnen für diese Informationen. Falls ich noch Fragen habe, werde ich mich bei Ihnen melden. Ach, gut, dass Sie auch wieder da sind, Herr Palzki. Die Ergebnisse der Spurensicherung und der Obduktion werden Sie ebenfalls interessieren. Da wir in der Westpfalz für unsere Schnelligkeit berühmt sind, werden die Resultate morgen vorliegen. Ich schicke Ihnen eine Kopie elektronisch nach Schifferstadt. Ist das für Sie okay?«

»Super«, bedankte ich mich. »Ich wollte, andere Dienststellen würden auch immer so effizient arbeiten.«

»Danke für das Lob. Heutzutage muss alles elektronisch und per E-Mail funktionieren. Nur Ewiggestrige arbeiten noch mit Fax oder Schneckenpost. Das Effiziente habe ich mir aus den Krimis von Dietmar Becker abgeschaut. Früher habe ich die Ermittlungen eher formalistisch abgewickelt. Seitdem ich das hemdsärmelig mache, flutscht es viel besser.«

Um das Thema mit Becker nicht weiter vertiefen zu müssen, gab ich ihm kurz die Hand und drehte mich in die Richtung der beiden anderen.

»Auch von Ihnen möchte ich mich verabschieden, Frau Mai und Herr Schindler. Ich drücke Ihnen für Ihre Projekte fest die Daumen.« In diesem Moment knurrte mein Magen unkontrolliert dermaßen laut, dass die Umstehenden zusammenzuckten. »Ich hatte heute nur ein kleines Frühstück«, entschuldigte ich mich. »Und anschließend musste ich sofort hierherfahren.«

Brigitte Mai lächelte. »Ich mache Ihnen einen Vorschlag, Herr Palzki. Herr Schindler und ich fahren jetzt zur Geschäftsstelle des Landfrauenverbandes der Pfalz nach Kaiserslautern. Dort ist mein Büro, nur ein oder zwei Kilometer von der Autobahn entfernt. Wenn Sie möchten, können Sie dort mit uns einen kleinen Imbiss einnehmen, der für uns vorbereitet wird. Wir erwarten Besuch auf der Geschäftsstelle.«

»Lieber nicht«, wehrte ich ab. »Ich möchte Ihren Besuch nicht stören.« Kleiner Imbiss, wenn ich das schon höre, dachte ich. Und dann bei den Landfrauen. Ich konnte mir vorstellen, wie der Imbiss aussah: Kleine Knäckebrotecken, garniert mit irgendwelchen Pflanzenteilen, die nie ein Mensch vorher gesehen und schon gar nicht gegessen hatte. Dazu irgendwelchen übelriechenden Tee und bestimmt würden Duftkerzen auf den Tischen stehen.

»Sie störe dort in Lautre net, Herr Palzki«, sagte Norbert Schindler. »Ganz im Gecheteil, ich wär froh, wenn Se mitkumme, bei der ganze Frauepauer in Lautre.« Er zwinkerte mir belustigt zu.

»Der Kuchen ist ganz frisch«, ergänzte die Geschäftsführerin. »Na, wollen Sie nicht doch mitkommen?«

Eine halbe Stunde, schwor ich mir. Aber nur, weil es sowieso auf dem Heimweg lag und es Kuchen gab.

Wenn mir Frau Mai vorher gesagt hätte, wer der Besuch war, hätte ich sofort die Flucht ergriffen. Da ich leider über keine hellseherischen Fähigkeiten verfügte, folgte ich den beiden Wagen bis nach Kaiserslautern. Vorsichtshalber hatte mir die Geschäftsführerin die Adresse aufgeschrieben, doch die Verkehrsverhältnisse waren erstaunlich übersichtlich. Ein Blick auf die Uhr verriet mir, dass es erst auf 13.00 Uhr zuging. Den Rest des Tages und vor allem den langen Rest der Woche konnte ich auf meiner Terrasse genießen. Die Temperatur war im Steigen begriffen.

In Kaiserslautern verließen wir die A6 und fuhren auf einer vierspurigen Bundesstraße bis zu einem überdimensionalen Kreisel. Wir landeten in einem Gewerbe- und Einkaufsviertel. Wenig später parkten wir in der Röchlingstraße vor einem unscheinbaren zweistöckigen Zweckbau aus rot angestrichenem Beton.

»Willkommen in Kaiserslautern«, begrüßte mich Frau Mai überschwänglich.

Na ja, dachte ich. Hier sah es nicht anders aus als in jeder anderen mittelgroßen Stadt. Mehrere Firmenschilder wiesen darauf hin, dass in diesem Gebäude neben dem Landesverband der Landfrauen auch die Landwirtschaftskammer Rheinland-Pfalz, ein Steuerberatungsbüro und weitere Unternehmen ihren Sitz hatten.

»Mer sinn noch rechtzeitig akumme«, sagte Herr Schindler, als wir die gläserne Eingangstür passierten. »Die Leit vun de Presse sinn schun vollständich do.«

Die Presse, fragte ich mich und zuckte nervös zusammen. Hatte Frau Mai vor, eine inoffizielle Presseerklärung zu den Vorfällen der letzten Tage zu geben? Sollte dies ein Versuch sein, die Landfrauen aus den Tötungsdelikten herauszuhalten? Wurde ich gar unbewusst manipuliert und hierhergelockt? Waren die Landfrauen raffinierter, als ich bisher angenommen hatte?

Das Erste, was mir passierte, als ich den Vorraum des Verbandes betrat, war ein Reflex: Meine Magensäure poppte auf. Das Buffet, das hier aufgebaut war, war einfach nur traumhaft und machte mich sprachlos. Herr Schindler und Frau Mai wurden von rund einem Dutzend Personen begrüßt und in Beschlag genommen. Nur am Rande bekam ich mit, dass es sich um die Pressevertreter handelte. Ich hingegen, der von keinem der Redakteure oder Journalisten erkannt wurde, konnte mich den zahlreichen Gaumengenüssen widmen. Das Buffet war von der wartenden Presseschar zwar schon in Teilen angeknabbert, doch die schiere Menge und vor allem die Auswahl an unterschiedlichen Dingen, von denen ich die wenigsten erkannte, waren einfach grandios. Schnell kam ich mit mehreren Landfrauen ins Gespräch, die sich um das leibliche Wohl der Besucher kümmerten.

»Ihnen scheint es zu schmecken«, wurde ich mehr als einmal gefragt und jedes Mal konnte ich nur nicken. Alles andere wäre peinlich geworden.

Frau Mai und Herr Schindler hielten jeweils eine kleine Ansprache, nach der ich immer noch nicht wusste, worum es bei diesem Treffen ging. Im Prinzip konnte es mir wurst sein, die gab es auch reichlich, denn mit den Ermittlungen hatte es offensichtlich nichts zu tun, sonst würde man mich längst mit unbequemen Fragen belagern. Nach einem halben Dutzend wohlgefüllter Teller beschloss ich, eine kleine Pause einzulegen. Ich drängte mich etwas in den Hintergrund und fand einen freien Stuhl neben einem kleinen Tisch. Auf diesem lagen mehrere Broschüren der Landfrauen sowie ein kleiner Stapel Farbkopien. Es handelte sich offensichtlich um den Vorabdruck eines Heftes. Als ich den Titel las, verlor ich vor Schreck beinahe einen Teil meines Mageninhaltes. »Einen Schatz wiederentdeckt – Eiskraut« stand da groß und unmissverständlich. Mehr als neugierig schnappte ich mir die Kopien. Im gleichen Moment setzte sich eine Landfrau zu mir.

»Interessieren Sie sich für das Eiskraut?«, fragte sie.

»Ich habe schon viel Gutes davon gehört. Was wissen Sie darüber?«

»Gemeinsam mit einer Kollegin bereite ich die Vermarktung von neuen Produkten vor«, erläuterte sie freundlich. »Mein Name ist übrigens Emmi Walter aus Kalkofen. Ich bin Mitglied im Ortsverein Oberhausen.«

»Reiner Palzki«, sagte ich, ohne meinen Beruf zu erwähnen. »Sind Sie für das Projekt Eiskraut zuständig?«, fragte ich naiv.

Sie schüttelte den Kopf. »Früher war ich zwar Kursleiterin im Bereich Ernährungsbildung, doch mit dem Eiskraut habe ich nichts zu tun. Soviel ich weiß, gibt es zurzeit nur einen Testanbau zur Saatgutvermehrung. Leider wurde vor Kurzem durch ein Feuer das meiste vernichtet. Eigentlich wollten wir mit der Vermarktung im kommenden Frühjahr beginnen, nun mussten wir den Start um mindestens ein bis zwei Jahre verschieben. Deshalb wird diese Broschüre noch nicht gedruckt. Da sollen auch kleine Samentütchen eingeklebt werden, damit die Interessenten zu Hause selbst das Eiskraut züchten können.«

Ich versuchte, den Überraschungseffekt zu nutzen und gleichzeitig etwas zu provozieren, da ich nichts zu verlieren hatte. »Ich habe gehört, dass es bei den Landfrauen untereinander Streit gibt wegen des Eiskrautes. Kann es sein, dass das Kraut absichtlich vernichtet wurde? Gibt es interne Konkurrenzkämpfe oder so etwas in der Art?«

Emmi Walter war aufgebracht. »Wie kommen Sie auf diesen Blödsinn? Neid, Eifersucht und diese Dinge gibt es bei uns nicht. Von einem Streit wegen des Eiskrautes ist mir nichts bekannt. Von welcher Zeitung sind Sie noch mal? Oder kommen Sie von einem Radiosender?«

»Vorderpfalz«, antwortete ich wenig hilfreich.

Frau Walter hakte nicht weiter nach, sondern rief nach einer Kollegin. »Gerda, kannst du bitte mal kommen?«

Als ich diese Gerda sah, überschlugen sich meine Synapsen. Diese Frau kannte ich doch, nur, woher? Irgendwelche unangenehmen Erinnerungen brachte ich mit ihr in Zusammenhang.

»Hallo, Herr Palzki«, begrüßte sie mich. »Ich habe Sie noch gar nicht gesehen. Wie geht es Ihnen denn?« Sie bemerkte, dass ich sie nicht erkannte. »Mein Name ist Gerda Opnitz. Wir haben uns doch am letzten Samstag in Mörzheim gesehen.«

Jetzt fiel der Groschen. Ernährungsführerschein. Damit war auch die unangenehme Erinnerung aufgelöst.

»Du kennst Herrn Palzki?«, fragte Emmi Walter.

»Seit einer Weinprobe vor ein paar Tagen«, antwortete sie. »Kann ich irgendwie helfen?«

Frau Walter brachte mich in die Bredouille. »Herr Palzki meint, dass es wegen des Eiskrautes landfrauenintern zu Streit gekommen ist. Kannst du ihn bitte beruhigen? Nicht, dass wir da morgen eine Falschmeldung in der Zeitung stehen haben.«

»Keine Angst.« Opnitz lachte. »Herr Palzki gehört nicht zur Presse. Er ist Polizeibeamter.«

Emmi Walter bekam große Augen. »Dann haben Sie mich angelogen.«

»Nein«, entgegnete ich. »Ich habe nur Vorderpfalz gesagt.«

»Ich übernehme«, sagte Gerda Opnitz. »Kümmerst du dich bitte um das Buffett?«

Emmi Walter nickte mir kurz zu und stand auf.

Gerda Opnitz schaute sich um, dann flüsterte sie mir verschwörerisch zu: »Haben Sie schon etwas bezüglich des Eiskrauts entdeckt? Ist es so, wie ich Ihnen am Samstag gesagt habe?«

Im Detail hatte ich alles verdrängt, was sie am Samstag in meinem Beisein sagte: Alles bezüglich dieses Führerscheins und das, was sie mir und Stefanie zu später Stunde anvertraut hatte. »Das restliche Eiskraut wurde inzwischen in Zeiskam vernichtet«, antwortete ich ihr. »Oder steckt da mehr dahinter?«

»Ich weiß nicht so genau«, antwortete sie vertraulich. »Es ist nur so ein Gefühl, dass da mehr dahintersteckt. Frau Gansfuß hat mit dem Eiskraut immer so geheimnisvoll getan. Klar, es war von Anfang an ein Projekt der Landfrauen, aber Frau Gansfuß hat sich seltsam verhalten und möglicherweise nicht mit offenen Karten gespielt. Und der Brand der Scheune. Das kann kein Zufall gewesen sein.«

Ich kam zu der Überzeugung, dass sie auch nichts Genaueres wusste. »Sind Sie wie Frau Walter ebenfalls für neue Projekte zuständig?«

Die Ablenkung funktionierte. »Ja, allerdings nicht für das Eiskraut. Aktuell bereiten wir die Einführung unseres neuen Likörs vor, am Samstag hatte ich da kurz über ihn gesprochen. Morgen haben wir in der Nordpfalz ein Verbandstreffen, da wird der neue Likör das erste Mal offiziell vorgestellt. Heute machen wir vorab die Präsentation für die Presse und morgen erfahren die Ortsverbände davon. Einen kleinen Augenblick, Herr Palzki.«

Sie stand auf und kam kurz darauf mit einer der schmalen Flaschen zurück, die sie am Samstag den Anwesenden gezeigt hatte. Nun klebte allerdings ein Etikett auf den Flaschen: »Pfälzer Eisfeuer«. »Produziert wird der Likör von der Fein-Destillerie W. Gilcher in Horschbach. Als Gegengewicht zu den großen Massenproduzenten setzen wir bei der Vermarktung nicht auf Masse, sondern auf Klasse. Nachher können Sie gerne mal davon probieren.«

Nachdem ich nicht reagierte, sprach sie weiter. »Der Geschmack des ›Pfälzer Eisfeuers‹ ist leicht, fruchtig und mit einer kleinen Schärfe im Abgang. Und er harmoniert gut zu Salaten.« Sie zwinkerte mir zu.

»Vielen Dank für die Informationen zu dem ›Pfälzer Eisfeuer‹. Wo kann man den kaufen? Das wäre ein tolles Geschenk für meine Frau.«

»Wissen Sie was, Herr Palzki? Ich schenke Ihnen diese Flasche.«

»Das kann ich nicht annehmen, wenigstens bezahlen möchte ich sie.«

»Hier handelt es sich um Gratisgaben für die anwesende Presse. Nehmen Sie ruhig, Herr Palzki, das geht schon in Ordnung.«

Frau Opnitz reichte mir die Flasche und ich bedankte mich ausführlich. »So, jetzt muss ich aber wirklich los.

Ich bin schon viel zu spät.« Ich verabschiedete mich per Handschlag.

Die Verabschiedung von Frau Mai und Herrn Schindler verlief kurz, da die beiden nach wie vor von der Presse umlagert waren.

»Wenn Sie noch etwas benötigen, melden Sie sich bitte bei mir«, sagte die Geschäftsführerin. Herr Schindler meinte zum Abschied, dass er sich freue, auf der Burg Herrn Becker kennengelernt zu haben.

KAPITEL 12
DIE ERSTEN ERFOLGE

Der Weg zur Autobahn war sehr gut ausgeschildert. Ohne Umwege erreichte ich Schifferstadt. Unterwegs kam mir der Gedanke, dass es besser sei, kurz auf der Dienststelle vorbeizufahren, da ich unter anderem Jürgen dringend mit ein paar Recherchen beauftragen musste. Zunächst führte mich mein Weg allerdings ins hintere Ende des Untergeschosses der Dienststelle, dorthin, wo sich die Gewahrsamszellen befanden. Hier gab es einen provisorisch eingerichteten Raum, der für die Feststellung von Personenidentitäten mit Fotoapparat und weiteren technischen Geräten ausgestattet war. Komplexere Fälle wurden im Polizeipräsidium Ludwigshafen bearbeitet, einfachere Sachen bei uns, was im Regelfall einen Zeitgewinn versprach.

»Servus, Reiner«, begrüßte mich der zuständige Kollege. »Du warst schon gefühlte Jahrzehnte nicht mehr hier unten bei uns. Oh, danke schön. Was soll ich mit dem Brett?«

»Du bist doch ein Experte für Daktylogramme?« Ich legte mein Mitbringsel auf seinen Tisch. »Kannst du da mal auf die Schnelle die Fingerabdrücke checken? Wäre sehr wichtig. KPD hätte die Ergebnisse am liebsten bis gestern.«

»KPD? Der ist doch schwer erkrankt, wie man so hört.«

»Nur scheinbar«, antwortete ich. »Solange er noch nicht wieder richtig sitzen kann, bin ich für den Laden zuständig, falls sich das bis zu dir runter in die Katakomben noch nicht herumgesprochen hat. Da ich ständig im Außendienst bin, habe ich die Leitung an Jutta und Gerhard delegiert.«

»KPD kommt zurück?«

»Davon müssen wir ausgehen, tut mir leid. Kannst du meinen Auftrag zwischenrein schieben?«

»Von mir aus«, knurrte er. »Bis morgen früh hast du die Ergebnisse. Gib mir mal gleich deine Fingerabdrücke, damit ich die ausschließen kann. Sonst musst du dich selbst festnehmen.«

Ich tat wie geheißen. Während ich nach der Entnahme der Abdrücke meine Fingerkuppen reinigte, gab ich dem Kollegen ein paar Hintergrundinformationen.

»Alles klar«, meinte er zum Schluss. »Wegen des rauen Holzes ist das nicht trivial, doch das wird schon klappen.«

Ich bedankte mich und schon war ich verschwunden.

KPDs Tür war geschlossen, meine Kollegen hatten ihre Lektion anscheinend gelernt. Ohne anzuklopfen, betrat ich es. Jutta und Gerhard erschraken höllisch, als ich sie mitten in einem Autorennen störte.

»Ihr lasst es euch wirklich gutgehen«, sagte ich und schmunzelte dabei. »Platz genug ist hier allerdings.«

»Das haben wir in einem von KPDs Schränken gefunden«, erläuterte Gerhard kleinlaut. »Ich bin schuld, ich habe Jutta dazu überredet.«

»Nichts da«, unterbrach ihn Jutta. »Wir haben die Modellrennbahn gemeinsam aufgebaut. Du musst uns schon beide abmahnen, Reiner.«

Ich setzte mich an die Besprechungsgruppe und wartete ein paar gemeine Sekunden ab. »Wie steht der Rundenrekord?«, fragte ich.

»Wie bitte?« Jutta stand mit offenem Mund da.

»Wie der Rundenrekord steht, will ich wissen. Damit ich ihn nachher pulverisieren kann. Aber zunächst muss ich dringend Jürgen sprechen.«

Die beiden atmeten auf. Jutta lief zur Telefonanlage und rief Jürgen an. Kurz darauf trat er ein. Da er mich zunächst nicht sah, meinte er zu den beiden anderen: »Habt ihr meinen Rekord inzwischen gebrochen? Fairerweise müsste ich außer Konkurrenz antreten, da ich regelmäßig zu Hause mit meiner Mama übe. Unsere Bahn ist leider ein kleineres Modell.« Er entdeckte mich und wurde schlagartig rot.

»Bist du mit deinem E-Mail-Projekt fertig?«, fragte ich ihn, ohne auf die Rennbahn einzugehen.

»Ich brauche eine gute Woche, bis an allen Arbeitsplatzrechnern die neuen Accounts eingerichtet sind. Vielleicht könnte ich einen Praktikanten bekommen?«

»Oder weniger Autorennen fahren«, entgegnete ich. »Aber lassen wir das jetzt. Ich habe einen wichtigen Auftrag für dich. Komm, setz dich her zu mir.«

Um das Klima etwas zu verbessern, reichte ich zunächst die gefüllte Platte mit den Lachsbrötchen herum. »Was ihr nicht schafft, verteilt ihr bitte an die arbeitenden Kollegen, okay?«

»Selbstverständlich«, sagte Jutta. »Das ist für uns viel zu viel. Zweimal am Tag gehen wir durch die Dienststelle und verteilen den üppigen Rest. Und kurz darauf kommt die nächste Lieferung. Ich habe keine Ahnung, was KPD sich dabei gedacht hat.«

»Das kann uns egal sein. Wir stehen kurz vor der Lösung des aktuellen Falles.«

»Du weißt, wer der Mörder ist?«, fragte Gerhard.

»Das heißt ›Tatverdächtiger‹, Kollege. Aber ›Mörder‹ ist in dem Fall auch okay. Sicher bin ich mir noch nicht, ich benötige zunächst ein paar flankierende Informationen. Und jetzt kommt Jürgen ins Spiel.«

Unser Jungkollege schnappte sich einen der herumliegenden Notizblöcke. »Dann diktiere mal, was du brauchst, Reiner.« Offensichtlich plagte ihn das schlechte Gewissen.

»Ich brauche Details zu zwei männlichen Personen. Der eine heißt Stefan Lochbaum. Ihm gehört gemeinsam mit seiner Frau ein Weingut in Landau-Mörzheim und eines in einem Nachbardorf, das heißt, äh …«

»Das kriege ich raus, Reiner. Wie heißt der andere?«

»Nicht so übereifrig, Kollege«, ermahnte ich ihn freundlich. »Zunächst noch mal zu Lochbaum: Er spielt in einer Theatergruppe mit, die sich ›Mörzheimer Erbsenbühne‹ nennt. Auch darüber möchte ich alles wissen.«

»Geht klar. Bis morgen hast du ein komplettes Dossier über diesen Stefan Lochbaum.«

»Aber nicht übertreiben. Ich habe keine Lust, mich seitenweise durch Grundschulzeugnisse und Freischwimmerausweise durchzuarbeiten. Bitte nur das Wesentliche.«

Ich war hin- und hergerissen. Einerseits war ich aufgrund des bombastischen Buffets bei den Landfrauen pappsatt, andererseits provozierte mich der Geruch der frischen Lachsbrötchen. Letztendlich kam ich zu dem Ergebnis, Verzicht zu üben.

»Die zweite Person heißt Klaus Monetero und ist Außenprüfer des Finanzamtes. Mehr weiß ich leider nicht über ihn.

Wenn alle Stricke reißen, kannst du bei Martina Segemeier anrufen, das ist die Leiterin der Dienststelle in Landau. Aber bitte nur im Notfall, weil die mir zu neugierig ist.«

»Das wird nicht nötig sein, Reiner. Die Infos reichen mir völlig aus. Suchst du auch Querverweise zwischen Monetero und Lochbaum?«

»Gute Frage«, sagte ich anerkennend. »Eine Querverbindung wäre super. Oder eine zwischen Monetero und Ilse und Winfried Gansfuß. In deren Weingut prüfte Monetero bis zu seinem Tod die Bücher.«

»Habe ich mir notiert. Ist das alles?«

»Das ist im Moment alles«, antwortete ich.

»Morgen früh ist alles fertig.«

»Super«, sagte ich und stand auf, bevor ich mir im Reflex doch noch ein Brötchen schnappte.

»Wie war's eigentlich in Kusel?«, fragte Jutta. »Doktor Metzger hat heute früh über den Notruf bei uns angerufen und wollte dich dringend sprechen wegen einer toten Frau in Kusel. Die Kollegen haben auf die zuständige Dienststelle verwiesen. Metzger sagte dann, dass er dich privat anruft und er deine Privatnummer habe.«

»Was er auch getan hat. Das war aber nicht in Kusel, sondern auf der Burg bei Thallichtenberg. Die Tote ist eine Landfrau aus der Westpfalz. Ob es einen Zusammenhang mit der Landauer Geschichte gibt, ist bis jetzt unklar. Die Kollegen halten uns beziehungsweise Segemeier auf dem Laufenden.«

»Nun wissen wir ja Bescheid«, meinte Gerhard.

»Und ich fahre jetzt heim. Falls was wäre, ihr wisst, wo und wie ihr mich erreichen könnt.« Ich machte eine kleine Pause. »Doch vorher ...«

Ich ging zu der Modellrennbahn und schnappte mir einen der Drücker. Nur einen winzigen Augenblick später flog der Rennwagen in hohem Bogen aus der Steilkurve und knallte an die Panoramascheibe. »Ups, ihr habt ja die schnellste Stufe eingestellt.«

»Sogar ein bisschen mehr«, beichtete Jürgen, der kein schlechtes Gewissen mehr zu haben schien. »Ich habe den Trafo etwas getunt, damit die Wagen flotter unterwegs sind. Ein Spielzeug ist das jetzt allerdings nicht mehr. Nächste Woche wollen wir den großen Mitarbeiter-Cup austragen. Du kannst aber vorher üben.«

Zu Hause hatte ich zunächst eine kleine Glückssträhne. Weder Frau Ackermann noch der Wagen meiner Frau waren zu sehen. Hinzu kam, dass es bezüglich meiner Kinder keinerlei Auffälligkeiten gab. Der Hausrat schien vollständig und intakt, Melanie und Paul waren ungewohnt friedlich.

»War die Heimfahrt mit Herrn Becker okay?«, fragte ich die beiden, die aus ihren Zimmern kamen, als ich die Wohnung betrat.

»Klar«, meinte Paul. »Wir dürfen ihn jetzt duzen, den Dietmar. Der hat eine neue Anlage im Auto, da platzt einem fast das Trommelfell.«

Melanie klang weniger begeistert. »Der fährt genauso miserabel wie du, Papa. Habt ihr zusammen den Führerschein gewonnen?«

»Polizisten brauchen keinen«, sagte ich im Jux.

»Das erklärt einiges«, erwiderte Melanie. »Papa, soll ich dir mal ein paar Fotos zeigen, die ich auf der Burg aufgenommen habe? Paul ist auch drauf.«

»Wehe, du zeigst sie ihm«, drohte Paul seiner Schwester. Diese schnappte sich die Fernbedienung und schaltete den Fernseher ein.

»Ich dachte, du willst mir Bilder zeigen? Warum machst du jetzt den Fernseher an?«

»Oh Papa, sei doch nicht so altmodisch. Du lebst wirklich hinter dem Mond. Die Fotos auf dem Handy werden doch automatisch mit meiner Cloud synchronisiert und bei Facebook hochgeladen.«

»Und der Fernseher?« Ich hatte nicht allzu viel von Melanies Aussage verstanden. Ein Fernseher kam darin aber nicht vor.

»Das ist doch ein Smart-TV. Internetfähig. Der Kasten kann viel mehr, als diese Opakanäle anzuzeigen, die du immer guckst. Wir schauen jetzt über das Internet meine Fotos an, die ich auf der Burg gemacht habe.«

Melanie behielt recht. Plötzlich tauchte auf der Mattscheibe das erste Foto auf.

»Da habe ich Paul heimlich fotografiert, wie er das Abschleppseil aus deinem Auto geholt hat.«

»He!«, beschwerte sich Paul.

Auf dem nächsten Bild sah man mich von hinten, wie ich mich mit Doktor Metzger und Wallmen unterhielt. Sie hatte ebenfalls die Szene verewigt, wo ich an der Tür des Reisemobils KPDs Stimme belauscht hatte. »Ist das jetzt für jeden im Internet zu sehen?«

»Nur von meinen Freunden bei Facebook«, antwortete sie. »Ich kann die Fotos aber auch freigeben, wenn du möchtest.«

»Nein danke. Lass mal lieber.«

Ein paar Bilder weiter sah man Paul in der Ferne mit irgendeinem Gegenstand hantieren.

»Das sieht man nachher noch genauer«, sagte meine Tochter, ohne näher darauf einzugehen.

»Wehe!«, drohte Paul. »Du hast mir versprochen, die Bilder zu löschen.«

»Habe ich vergessen, Brüderlein.« Sie lachte hämisch.

Auf dem nächsten Foto sah man auf der linken Seite zwei Pkws stehen. Ich stutzte. »Augenblick mal, Melanie. Kann man die Fotos auch vergrößern?«»

»Nur digital, Papa. Dann wird aber die Auflösung schlechter.«

»Macht nichts. Vergrößere mal bitte den weißen Wagen.«

Ich klatschte mir mit der Hand an die Stirn. Warum war ich nicht selbst darauf gekommen? Ein weißer Ford Escort Kombi und auch das Kennzeichen stimmte mit meinen Aufzeichnungen überein. Frau Schicks Tochter hatte ein Treffen mit der getöteten Landfrau auf der Burg. Damit war die Herkunft der Kiste mit dem Eiskraut geklärt. »Kannst du mir das Foto ausdrucken, Melanie?«

»Ich kann es mit deinem Account teilen, Papa. Ach nein, du bist ja der letzte Mensch, der keinen Account hat, das habe ich vergessen. Klar, ich drucke dir das Bild aus, geht absolut easy.«

Die weitere Fotoschau fiel durch die Ankunft Stefanies aus. Erschöpft kam sie mit Lisa und Lars zur Tür herein. Die beiden krakeelten um die Wette.

»Super, dass ihr da seid«, sagte sie zur Begrüßung. »Melanie, Paul, könnt ihr euch bitte um die Kleinen kümmern? Ich hole mit eurem Vater das Gepäck rein.«

Sie sah mich an. »Wie geht es deinen Verletzungen?«

»Welche Verletzungen? Das spüre ich gar nicht mehr. Und wie geht es deiner Mutter?«

»Besser«, antwortete sie. »Sie durfte wieder heim. Eine Nachbarin wird sie die nächsten Tage unterstützen. Am Wochenende werde ich noch mal nach Frankfurt fahren, wenn es möglich ist.«

»Na klar doch. Es freut mich, dass es nichts Schlimmes ist.«

Als Stefanie den Kofferraum öffnete, fiel mir etwas anderes ein. »Du, ich habe dir was mitgebracht. Komm mal mit zu meinem Wagen.« Dieser stand direkt daneben. Schwungvoll öffnete ich den Kofferraum, um ihr die Eiskrautpflanze zu geben, die ich inzwischen dort deponiert hatte. Das war ein Fehler.

»Habe ich's mir doch gedacht«, sagte sie mit Blick auf die Kartonverpackungen des Imbiss »Caravella« bissig. »Das wirft dich mit deiner Diät um Wochen zurück.«

»Nicht so voreilig, Stefanie. Das meiste haben die Kinder gegessen. Die haben mich förmlich überfallen. Ich war in der Minderheit.« Unauffällig ließ ich den Kaufbeleg in meiner Hosentasche verschwinden, der zwischen den Kartons lag.

»Was ist das für ein komisches Seil? Und die Pflanze da hinten am Reserverad?«, fragte meine Frau, während sie nach wie vor in den Kofferraum starrte.

Das Abschleppseil sah stark zerfleddert aus. Ich war mir im Unklaren, ob ich Paul deswegen zur Rede stellen oder die Sache lieber vergessen sollte. »Das Seil liegt schon länger im Kofferraum. Ich werde es bei Gelegenheit entsorgen. Hier, das ist es eigentlich, was ich dir geben wollte.« Ich nahm das Eiskrautpflänzchen heraus und drückte es ihr in die Hand.

»Was ist das?«, fragte sie.

»Eiskraut. Eines der letzten Exemplare auf diesem Planeten. Glaube ich jedenfalls. Pass gut auf das Ding auf.«

»Aus Landau?« Stefanie standen die Fragezeichen auf der Stirn.

»Zeiskam«, antwortete ich. »Das gehört aber irgendwie alles zusammen. Der Fall ist noch nicht restlos geklärt.«

»Wie geht es Diefenbach?«

»Er wird's überleben, auch wenn er ein paar Wochen ausfallen wird. Solange darf ich weiterhin die Dienststelle leiten. Gerhard und Jutta helfen mir dabei«, ergänzte ich schnell.

Stefanie versorgte die Pflanze, die etwas unter Wasser- und auch unter Lichtknappheit litt, ich war für die Koffer zuständig.

Weniger gut war, dass Melanie das letzte Foto auf dem Fernseher stehen gelassen hatte und Stefanie, neugierig, wie Ehefrauen meist waren, nachfragte. Daraufhin kam unsere Reise in die Westpfalz zur Sprache. Zunächst stotterte ich was von einer Ausflugsfahrt, doch meine Frau durchschaute mich sofort.

»Waren unsere Kinder wieder bei polizeilichen Ermittlungen dabei? Hoffentlich war es nicht gefährlich.«

»Ich habe eine Leiche entdeckt«, erzählte Paul stolz.

Das Donnerwetter, das folgte, möchte ich an dieser Stelle nicht beschreiben. Mit dem Einsatz wohlfeiler Rhetorik und psychologischer Tricks gelang es mir nach einer halben Stunde, Stefanie einigermaßen zu beruhigen.

Am nächsten Morgen war alles wieder im Lot. Ich versprach meiner Frau, mit ihr im Laufe des Nachmittags einkaufen zu fahren, um unsere Vorräte aufzufrischen.

Einkaufen gemeinsam mit der Familie war für mich die Hölle. Stefanie wertschätzte meine Bereitschaft und bedankte sich mit einem überaus gesunden Frühstück.

»Ich werde nachher Frau Gansfuß anmailen und sie fragen, ob es bei dem Eiskraut etwas Besonderes zu beachten gibt. Wann kommst du heim?«

»Das kann nicht lange dauern, Stefanie. Ich muss nur ein paar Ergebnisse abfragen. Wahrscheinlich ist der Fall dann gelöst. Bei einer eventuellen Festnahme muss ich nicht zwangsweise dabei sein.«

KAPITEL 13
SCHLAG AUF SCHLAG

Voller Optimismus fuhr ich den knappen Kilometer in den Waldspitzweg zur Dienststelle. Über die offen stehende Bürotür bei KPD war ich kurz verwundert, bis mir aus dem Raum fremde Stimmen entgegenschallten.

Am Besprechungstisch saßen neben meinen Kollegen Dietmar Becker und Inge Schick. Na, das ist mal eine Überraschung, dachte ich. Sollte der Student schneller gewesen ein? Die Autorennbahn war mit Unmengen an Zeitungsbögen nur ungenügend abgedeckt.

»Guten Morgen«, rief Becker als Erstes. Er stand auf und kam mir freudestrahlend entgegen. Er schüttelte mir die Hand. »Vielen Dank für den Tipp mit Landau und Zeiskam. Es war ein Volltreffer. Zugegeben, zuerst dachte ich, Sie locken mich auf eine falsche Fährte, damit ich Ihnen aus dem Weg bin. Doch dann habe ich den Fall schnell lösen können. Ich habe nicht einmal die Hilfe von Frau Segemeier benötigt.«

Inzwischen war auch Frau Schick aufgestanden. Sie sah sehr betrübt aus. »Guten Morgen, Herr Palzki. Tut mir leid, dass wir uns so schnell und unter diesen Umständen wiedersehen.«

»Da kann man nichts dran ändern«, antwortete ich. »Aber nehmen Sie doch bitte wieder Platz. Haben Sie Ihre Tochter gleich mitgebracht?«

»Meine Tochter? Wieso das denn?«

Becker wurde ungeduldig. »Machen Sie es doch nicht komplizierter, als es ist, Herr Palzki. Frau Schick wird alles gestehen.«

»Nichts werde ich gestehen«, widersprach sie dem Studenten. »Ich habe mich bereiterklärt, mit Ihnen nach Schifferstadt zu fahren, um für eine Zeugenaussage zur Verfügung zu stehen. Nicht mehr und nicht weniger.«

»Und Ihre Tochter? Will die nicht aussagen?«

»Was haben Sie die ganze Zeit mit meiner Tochter?«

»Ihr gehört doch der Ford Escort.«

Sie schaute verdutzt. »Haben Sie das Auto gesehen?«

»In Zeiskam mit dem Eiskraut und später auf der Burg. Frau Schick, ich bin Polizeibeamter und laufe mit offenen Augen durch die Gegend.«

»Welcher Escort?«, quatschte Becker mit einer blöden Frage zwischenrein.

Inge Schick klärte ihn auf. »Mein Wagen ist in der Werkstatt. Deshalb habe ich den meiner Tochter genommen.«

»Jetzt mal alle der Reihe nach. Frau Schick, berichten Sie zuerst.« Damit wollte ich dem Studenten zuvorkommen.

»Ich bin in Panik geraten«, begann sie. »Als ich wegen des Feuers geweckt wurde, bin ich in meine Kleider gesprungen und habe die bereitstehende Palette mit dem Eiskraut sichergestellt. Mein Gedanke war, dass jemand die Scheune nur angesteckt hat, um das Eiskraut zu vernichten. Ich wusste schließlich von der Sache bei Frau Gansfuß. Auf die Schnelle fiel mir kein besserer Platz als der Wagen meiner Tochter ein. Erst am nächsten Tag machte ich mir Gedanken, wie es weitergehen könnte. Da fiel mir Erna Giessler aus Kappeln ein, die mir vor einer Weile sagte, dass sie im Kräutergarten auf der Burg Lichtenberg versuchsweise ein kleines Beet mit Eiskraut angelegt hatte. Ich verabredete mich mit ihr für gestern früh. Es war ein sehr zeitiger Termin, da Frau Giessler im Anschluss einen Termin mit Frau Mai und Herrn Schindler hatte. Ich ging mit der Kiste in Richtung Kräutergarten. Meine Idee war, die Pflanzen vorübergehend dort einzupflanzen. Dann sah ich Frau Giessler tot zwischen den Beeten liegen. In Panik ließ ich die Kiste fallen und rannte weg. Fast zeitgleich kamen zwei Männer in den Garten. Ich glaube aber nicht, dass sie mich gesehen haben. Aus einem Versteck heraus beobachtete ich, wie die beiden die Tote fanden und anscheinend untersuchten. Ich wartete ab, um die Kiste mit dem Eiskraut in einem unbeachteten Moment zu holen. Doch immer war jemand in der Nähe. Mal ein Junge, mal ein Mädchen, und dann andere Besucher. Als ich Frau Mai und Herrn Schindler erkannte, bin ich heimgefahren.«

Gerhard und Jutta schrieben mit, was mir sehr angenehm war. Für Protokollarbeiten hatten die beiden schließlich momentan genügend Zeit.

Dietmar Becker grinste immer noch von einem Ohr zum anderen. »Und, Herr Palzki? Sind Sie mit dem Ergebnis meiner Ermittlungen zufrieden? Ich habe das alles im Alleingang geschafft.«

Ich musste Becker einen Dämpfer verpassen, damit er nicht zu übermütig wurde. »Das Einzige, was Sie im Alleingang geschafft haben, war der Transport von Frau Schick nach Schifferstadt. Die Hintergründe waren mir längst klar. Ich hatte den Escort gesehen und mir das Kennzeichen gemerkt.«

»A… aber, aber, das war doch der Wagen von ihrer Tochter.« Becker schwammen die Felle weg.

»Absolut unbedeutend. Frau Schick hat diesen winzigen Irrtum in einem einzigen Satz aufgeklärt. Alles in allem ist das aber nur ein kleiner Nebenkriegsschauplatz.« Ich schaute Frau Schick streng an. »Was haben Sie mit dem Scheunenbrand in Landau zu tun?«

»Ich?« Sie fuhr aus ihrem Sitz hoch. »Nichts, absolut nichts. Der einzige gemeinsame Nenner ist das Eiskraut, das sowohl Frau Gansfuß als auch ich zu kultivieren versuchten.«

»Aber irgendjemand muss doch die Scheunen angezündet haben.«

»Ich habe keine Ahnung, Herr Palzki. Ich habe Ihnen alles gesagt, was ich weiß. Ich habe mit dem Tod von Frau Giessler nichts zu tun. Kann ich jetzt gehen?«

Ich nickte, da sowieso alles gesagt war. Meinem Gefühl nach hatte sie die Wahrheit gesagt, ich wusste nur nicht, ob es die komplette Wahrheit war, oder ob sie wesentliche Teile verschwieg. Beckers Mimik nach war ihm inzwischen ebenfalls aufgefallen, dass die Lösung des Falles keineswegs gelungen war.

»Ich fahre Sie zurück nach Zeiskam«, sagte der Student enttäuscht. »Meine Recherchen werde ich fortführen«, sagte er in meine Richtung. »Ein paar Ansätze habe ich noch im Köcher.«

»Was meinst du?«, fragte mich Jutta, nachdem die beiden gegangen waren. »Könnte die Frau für zwei Tötungsdelikte verantwortlich sein?«

»Ich weiß nicht«, antwortete ich. »Vielleicht hat sie versucht, die komplette Eiskrautzucht an sich zu ziehen und die Landfrauen auszubooten. Sie steckte die Scheune bei Gansfuß an und unbeabsichtigt wurde der Finanzbeamte Opfer. Nein, das passt nicht: Monetero war in seinem Büro eingeschlossen, diesen Sachverhalt dürfen wir nicht vergessen. Das ist aber auch so was von vertrackt!« Wütend schlug ich mit der Faust auf den Tisch.

Das Telefon klingelte. Jutta sprang auf und lief um KPDs Riesentisch herum. Sie hörte eine Weile zu, währenddessen sich ihre Stirnfalten immer mehr kräuselten. »Bleiben Sie bitte kurz in der Leitung, ich gebe Ihnen Herrn Palzki.«

»Reiner, für dich. Jemand mit einem Namen so lang wie ein Telefonbuch, den sich kein Mensch merken kann. Es geht um das Tötungsdelikt auf der Burg Lichtenberg.«

Ich grinste und nahm ihr den Hörer ab. Es war, wie angenommen, der Exilungar. In flapsigem Ton fragte ich: »Na, haben Sie den Fall schon gelöst?«

»Was? Sie machen einen Scherz.« Gerhard und Jutta standen angespannt neben mir, was ihnen keinen Vorteil brachte, da ich ausschließlich zuhörte.

»Und da ist kein Irrtum möglich? Zu 99 Prozent gesichert? Vielen Dank für die schnelle Info. Das müssen wir jetzt erst verarbeiten.« Ich legte auf.

»Na, nun sag schon«, bettelte Gerhard.

Ich setzte mich an den Besprechungstisch und schnappte mir ein Brötchen mit gekochtem Schinken.

»Jetzt fängt der Kerl an zu essen«, tadelte mich Jutta. »Was ist denn passiert? Was Schlimmes?«

»Unfall«, sagte ich, nachdem ich den ersten Bissen heruntergeschluckt hatte. »Es war nur ein Unfall. Frau Giessler muss ausgerutscht sein und ist mit dem Kopf auf einer der steinernen Beeteinfassungen gelandet. Die Spurenlage sei eindeutig. Ein Fremdverschulden ist nahezu auszuschließen.«

»Und jetzt?«, fragte Gerhard. »Fangen wir von vorne an?«

Nachdem das Brötchen komplett einverleibt war, hatte ich meine Gedankengänge strukturiert. »Nicht von vorne, Gerhard. Wir müssen nur den Tatort in Lichtenberg streichen und uns auf Landau und Zeiskam konzentrieren.«

»Also doch Frau Schick?«

Ich hob nur die Schultern und stand auf. »Bin gleich wieder zurück.«

Grundsätzlich passte der Unfall in der Westpfalz mit meiner unreinen Ersttheorie überein, die mir seit Kurzem im Kopf herumspukte. Würde ich in wenigen Minuten die Wahrheit wissen?

»Kannst du nicht anklopfen?«, herrschte mich der Kollege in den Katakomben an. Er reparierte einen Toaster. »Ist das Gerät von meiner Mutter. Hier auf der Arbeit habe ich das passende Werkzeug.« Er grinste.

»Ich melde mich bei dir, wenn ich mal einen Reparaturdienst benötige. Hast du die Fingerabdrücke überprüft?«

Er griff in eine Schublade des Schreibtischs und zog ein paar Blätter hervor. »Wie du vorausgesagt hast, Reiner. Deine Abdrücke habe ich natürlich nicht beachtet. Ich habe den doppelten Treffer auch durch unsere Datenbank gejagt, er ist leider nicht registriert. Daher kann ich dir keine Person liefern.«

»Vielen Dank, ich kenne die Person. Bitte passe gut auf diese Beweisstücke auf.«

Unzufrieden verließ ich den Raum. Klar, ich hatte damit gerechnet, dass meine fixe Idee verifiziert wurde. Doch was sollte mir das nun sagen? Handelte es sich um den Täter oder nur um einen Gehilfen? Oder überschnitten sich wieder einmal zwei verschiedene Tatstränge? Und wo war das Motiv? Genau, das Motiv war nach wie vor absolut nebulös.

Als ich KPDs Büro betrat, stach mir ein unerträglicher Geruch entgegen. Die Klimaanlage lief auf Hochtouren. »Nanu, was ist bei euch los? Ist der Trafo der Autorennbahn geschmolzen?«

»Deine speziellen Kollegen waren bei uns«, sagte Gerhard und wedelte mit einer Akte.

»Meine speziellen Kollegen? Willst du mich auf den Arm nehmen?«

Jutta lachte und zeigte auf die Fenster, die zur Rückseite des Gebäudes führten. »Gerhard meint deine Freunde, die seit Tagen die verräucherten Akten aus Mörzheim untersuchen.«

»Mann, haben die eine Wut auf dich«, sagte Gerhard. »Wenn Dietmar Becker mal über einen Polizistenmord schreibt, dann hat er mit den dreien gleich ein vorzügliches Tatmotiv. Das wär's mal: Opfer und Täter arbeiten in der Kriminalinspektion Schifferstadt.«

»Red keinen Stuss«, unterbrach ich ihn. »Haben die was gefunden?«

»Und ob!«, mischte sich Jutta ein und gab mir die Akte. Ich setzte mich an die Besprechungsgruppe und überflog den Inhalt. Manche der Papiere waren äußerst brisant. Selbst wenn vieles nahelag, gerechnet hatte ich damit nicht. Im Moment überschlugen sich die Ereignisse. Überall gab es neue Ansatzpunkte beziehungsweise Verdächtige, doch insgesamt fehlte der rote Faden.

»Ich fahre nach Mörzheim«, sagte ich zu meinen Kollegen. »Und zwar sofort und allein.«

»Sollen wir in der Zwischenzeit einen richterlichen Beschluss anfordern?«

»Nein, lasst mal. Wir warten ab, was bei meiner Befragung herauskommt.«

Um für das folgende Gespräch gut gerüstet zu sein, packte ich mir ein wenig Proviant ein, da der Lieferant gerade eine neue Platte brachte.

»Lüftet weiter kräftig durch«, sagte ich zum Abschied. »Wenn euch die Kollegen im Hof leidtun, könnt ihr sie vorläufig von ihrer Arbeit mit den beschlagnahmten Unterlagen entbinden. Das Wesentliche haben wir ja.«

Die Fahrt in den Landauer Vorort nutzte ich, um meine Gedanken zu ordnen. Zu viel war in der letzten Stunde passiert. Die Gefahr war groß, dass man dabei relevante Hinweise übersah. Ich parkte erneut in dem Stichweg neben der Mehrzweckhalle des Weingutes der Familie Gansfuß. Die Chefin fand ich im Weinlager.

»Hallo, Herr Palzki«, begrüßte sie mich. »Haben Sie immer noch Fragen?«

»Guten Tag, ist Ihr Mann zu sprechen?«

»Tut mir leid, der ist vor nicht mal fünf Minuten weggefahren. Er wird erst spät am Abend zurückkommen.«

Ich liebte solche Überraschungen. »Das ist aber schade. Wissen Sie, wo ich ihn finden kann?«

»Da müssen Sie ein ziemliches Stück fahren, Herr Palzki. Er ist mit Herrn Becker und Stefan weg.«

»Becker?«, wiederholte ich und bekam beinahe Schnappatmung. »Meinen Sie mit Stefan Herrn Lochbaum?« Was heckte der Möchtegerndetektiv nun wieder aus? Er konnte doch unmöglich wissen, was ich wusste.

»Genau, Stefan Lochbaum. Herr Becker kam vorhin und sagte, dass er in Ihrem Auftrag käme. War das nicht korrekt?« Sie sah mich unsicher an.

Um sie nicht noch mehr zu verunsichern, ging ich auf ihre Rückfrage nicht ein. »Wo sind sie hin?«

»Nach Rockenhausen zur Versammlung. Dort findet heute eine große Verbandssitzung statt. Ich kann Ihnen aber nicht sagen, warum Herr Becker mit meinem Mann und Stefan dort hingefahren ist. Das ging alles so schnell. Ich fahre später übrigens ebenfalls nach Rockenhausen, ich bin schließlich die Präsidentin.«

»Da kann man nichts machen, Frau Gansfuß. Ich bin aber auch Ihretwegen gekommen. Hauptsächlich Ihretwegen.«

Sie seufzte. »Haben Sie es herausgefunden?«

Ich nickte, blieb aber stumm. Oft erzählten Zeugen oder Tatverdächtige von sich aus mehr, als wir Beamte ermittelt hatten, und machten uns damit die Arbeit ein Stück leichter.

»Ich wollte das alles nicht«, sagte Ilse Gansfuß und kämpfte mit den Tränen. »Ich wurde fast wahnsinnig, als Monetero gefunden wurde.«

»*Sie* haben ihn eingesperrt«, spekulierte ich.

»Ja, das habe ich. Er hat mir die Unterlagen gezeigt, aus denen erkennbar war, dass ich Gelder des Weinguts für die Eiskrautzucht entnommen habe. Monetero drohte nicht nur mit einer Steuernachzahlung, sondern auch damit, meinen Mann zu informieren. In einer Kurzschlussreaktion habe ich ihn in dem Büro eingesperrt. Ich weiß, das war verrückt, doch genauso war es. Mir war klar, dass ich Winfried informieren musste, doch der hatte einen Streit mit Stefan und war für mich nicht zu sprechen. Und dann kamen schon die ersten Gäste für die Weinprobe. Sie müssen mir glauben, Herr Palzki, der Abend war für mich die Hölle.«

»Und später haben Sie die Scheune angesteckt, um die Beweise zu vernichten.«

»Nein!«, schrie sie. »Das war ich nicht. Das muss jemand anders gewesen sein.« Sie setzte sich auf einen Schemel und vergrub das Gesicht in ihren Händen. »Wenn der Brand wenigstens wegen eines technischen Versagens entstanden wäre, aber nein, das Feuer wurde wohl mit voller Absicht gelegt.«

Nun war ich zwar erneut einen Schritt weiter, die Lösung war aber immer noch unklar. Frau Gansfuß könnte durchaus die Täterin sein, das Motiv lag auf der Hand. Vielleicht ging es aber doch um das Eiskraut und Monetero hatte nur das Pech, zufällig von Ilse Gansfuß eingesperrt worden zu sein? Wenn ich nicht diesen kleinen Minijoker im Ärmel hätte, müsste ich Frau Gansfuß auf der Stelle festnehmen. Da ich nicht davon ausging, dass sie sich ins Ausland absetzte, konnte ich die Festnahme morgen nachholen, falls sich die andere Möglichkeit als Niete herausstellen sollte.

»Ich werde morgen wiederkommen, um Ihre Aussage zu protokollieren, Frau Gansfuß. Falls sich wider

Erwarten Frau Segemeier melden sollte, können Sie ihr sagen, dass ich alle notwendigen Schritte unternommen habe und sie umgehend informieren werde.«

»Sie verhaften mich nicht?« Die Weingutchefin klang überrascht.

»Nicht mal festnehmen«, antwortete ich. »Wir sehen uns morgen wieder, beziehungsweise später, denn ich werde wohl ebenfalls nach Rockenhausen fahren müssen.«

Sie riss ihre Augen auf. »Haben Sie meinen Mann in Verdacht?«

»Bis später«, sagte ich und verließ das Weinlager des Weinguts.

Während der Heimfahrt wurde ich immer skeptischer, ob überhaupt ein vorsätzliches Tötungsdelikt vorlag und nicht bloß eine Straftat mit Todesfolge. Nein, es musste eine vorsätzliche Tat gegen Leib und Leben gewesen sein, warum sonst hatte es das Attentat auf mich gegeben? War ich zu diesem Zeitpunkt dem Täter längst auf der Spur? Stefan Lochbaum oder Winfried Gansfuß? Ich war mit dem Fall dermaßen unzufrieden, dass ich sogar den obligatorischen Umweg über die Speyerer »Currysau« schlichtweg vergaß. Ich hoffte, dass Jürgen und Robert dies nie erfahren und wenn doch, mir verzeihen würden.

Der Gestank in KPDs Büro hatte sich verzogen. Neben der Modellrennbahn stand ein Flipchart, auf dem diverse Rundenrekorde notiert waren.

»Seit vorhin liegt Klaus von der Verkehrsschule in Führung«, sagte Gerhard, als ich eintrat, ohne jedoch von der Rennbahn aufzuschauen, da er sich im Rennen mit Jutta befand. »Jürgen folgt auf Platz zwei.«

Ich beneidete meine Kollegen um ihre Zufriedenheit. Ich wollte, ich hätte annähernd solch einen lockeren Job wie sie. Statt auf der Terrasse zu sitzen oder alternativ mit der Rennbahn zu spielen, hetzte ich an einem Stück quer durch die Pfalz, um Tatorte aufzusuchen oder Zeugen zu befragen. Ob KPD nun hier war oder nicht: Stress- und arbeitsmäßig konnte ich keinen Unterschied feststellen, was mir sehr zu denken gab. Nur seine obligatorischen Sticheleien fehlten.

»Ach ja, Jürgen war hier und hat die Unterlagen über seine Recherchen auf den Schreibtisch gelegt. Sei so gut und hole sie dir selbst, du siehst, dass wir beschäftigt sind.«

Ich schnappte mir den Packen, der ähnlich dick war wie früher die Neckermann-, Quelle- oder Ottokataloge. Während ich die Platte mit den belegten Brötchen dezimierte, blätterte ich, zunächst etwas lustlos, durch Lochbaums Lebenslauf und seine erstaunlich guten Schulzeugnisse. Unglaublich, was Jürgen in dieser kurzen Zeit alles an Daten zusammengestellt hatte. Jürgen musste nicht nur die offiziellen Zugänge der Meldebehörden abgefragt haben, sondern auch, vermutlich gehackte, Zugänge zu Schulen und vielen anderen Behörden besitzen. Letztendlich fand ich nicht den kleinsten Hinweis, die Lochbaum in Verbindung mit den Landfrauen, Eiskraut oder »Schickes Lädel« bringen würde. Nichts, außer sein Mitspielen in der »Erbsenbühne« und die mehr oder weniger enge Freundschaft zu Winfried Gansfuß.

Der Lebenslauf von Klaus Monetero wies ebenfalls keine Überraschungen auf. Erst mit 13 Jahren hatte er sein

Seepferdchenabzeichen gemacht und war mit 16 in die SPD eingetreten. Als Hobby hatte Jürgen das Sammeln von Motivschnapsgläsern notiert. Vor ein paar Jahren gab es gegen ihn ein nicht näher beschriebenes Verfahren wegen Nötigung, das aber schnell eingestellt wurde. Mit 25 hatte er geheiratet, vor fünf Jahren wurde er geschieden, im letzten Jahr hatte er sich einen gebrauchten Opel gekauft. Mir wurden die Augen schwer. Erst ein paar Seiten weiter registrierte ich, dass ich den entscheidenden Hinweis überblättert hatte. Schnell blätterte ich zurück und las den Teil des Berichts im Detail. Volltreffer! Auf Jürgen war Verlass. Dies war der endgültige Beweis. Gut, ein vor Gericht verwertbarer Beweis sah anders aus, aber zusammen mit den anderen Indizien war die Sache eindeutig: Monetero wurde ermordet.

»Viel Spaß!«, rief ich meinen beiden Kollegen zu, als ich an der Tür stand.

»Wo willst du hin?«, fragte Jutta.

»Einen Mörder festnehmen«, antwortete ich. »In Rockenhausen. Würdet ihr bitte in einer Spielpause bei Stefanie anrufen und ihr sagen, dass es bei mir heute etwas später wird? Morgen mache ich den ganzen Tag Homeoffice.«

Die Fahrt nach Rockenhausen war wesentlich umständlicher als die nach Kaiserslautern, was vor allem an der Bundesstraße B48 lag, die sich für einen Vorderpfälzer, der fast nur geradlinige und breite Bundesstraßen wie die B9 kannte, um die Berge schlängelte und jeden Lkw zum Verkehrshindernis machte.

Dank meines neuen Navis hatte ich das Pfarrzentrum, dessen Adresse mir Frau Gansfuß gegeben hatte, schnell gefunden. Aufgrund der vielen Autos musste ich ein Stück entfernt parken.

Angespannt lief ich zum Pfarrzentrum, dann fielen mir beinahe die Augen aus dem Kopf. Das durfte doch nicht wahr sein! Nein, es handelte sich nicht um Frau Ackermann, sondern um ein mir sehr bekanntes Reisemobil, das auf dem Vorplatz der Kirche parkte. Diese drei hatten mir heute gerade noch gefehlt. Blöd wie ich war, hatte ich die beiden Pseudomediziner selbst, natürlich unabsichtlich, hierher ins Donnersberggebiet gelockt. Ich sondierte die Lage und genehmigte mir einen kleinen Umweg, um nicht an der mobilen Klinik des Grauens vorbeizumüssen.

Ohne dass mich jemand angesprochen hätte, konnte ich in das Foyer gelangen. Sicherheitsvorkehrungen waren bei den Landfrauen anscheinend nicht nötig.

»Palzki, da sind Sie ja endlich! Ich dachte schon, Sie kommen überhaupt nicht mehr!«

Im ersten Moment glaubte ich an eine Halluzination. Neben dem Eingang zum Saal saß eine Person in einem Rollstuhl, die ich nur an der Stimme erkannte: KPD. Er trug einen langen und widerlich fleckigen Lodenmantel, dazu eine um mehrere Größen überdimensionierte Cordhose, passend dazu ausgetragene Schlappen. Die Krönung des Ganzen war sein Kopf: Er trug eine völlig wuschelige und nicht allzu menschlich aussehende Perücke. Es sah aus, als hätte er die komplette Schurwolle eines geschorenen Schafes auf dem Kopf. Hinzu kamen eine dunkle Sonnenbrille in XXL und ein aufgeklebter Schnurrbart.

Nachdem ich mich beruhigt und mir das Lachen verkniffen hatte, sprach ich ihn an. »Herr Diefenbach, was …«

»Pst«, fauchte er mich an. »Ich bin inkognito hier. Herr Becker hat mir den heißen Tipp gegeben, dass ich an diesem Ort die beiden Tatverdächtigen festnehmen kann.«

»Zwei?«, fragte ich nach. »Sind Sie sich da immer noch sicher?«

»Na klar doch. Ich habe Ihnen und Herrn Becker doch alles erklärt. Haben Sie das schon wieder vergessen? Frau Mai und Frau Gansfuß, andere kommen nicht infrage.« Er schaute sich um. »Wo nur Doktor Metzger und Herr Wallmen bleiben? Sie wollten nur kurz etwas aus ihrem Wagen holen. Na, ist auch egal. Los, schieben Sie mich rein in den Saal. Ganz nach vorne, neben die Bühne.«

Da ich den alten, verwahrlosten Mann nicht einfach neben dem Eingang sitzen lassen konnte, schob ich ihn wie gewünscht nach vorne. KPD sollte sich nicht beschweren können.

Ich hatte nun Gelegenheit, mich umzuschauen. Viele bekannte Personen waren anwesend. Auf der gegenüberliegenden Seite sah ich Becker in einer anregenden Diskussion mit den Herren Lochbaum und Gansfuß. Ilse Gansfuß unterhielt sich im hinteren Teil des Saals mit Brigitte Mai und Gerda Opnitz, der Landfrau aus der Südwestpfalz. Auch Inge Schick fand ich nach längerem Suchen.

»Hallo, Herr Palzki.«

Ich drehte mich um und erkannte Emmi Walter, die ich in Kaiserslautern kennengelernt hatte. »Hallo«, retournierte ich. »Geht es Ihnen gut?«

»Danke der Nachfrage«, sagte sie. »Die ersten Radiosender haben inzwischen über unseren Likör ›Pfälzer Eisfeuer‹ berichtet. Morgen wird der Rest der Presse folgen. Das freut mich als Beisitzerin im Kreisvorstand des Landfrauenverbandes Donnersbergkreis natürlich besonders.« Sie zeigte auf einen Tisch auf der Bühne, auf dem mehrere Dutzend Flaschen des »Pfälzer Eisfeuers« nebst üppiger Dekoration standen.

Wie ich wusste, dauerte es bis zum Beginn der Veranstaltung noch über eine halbe Stunde. Um möglichst wenig Konversation betreiben zu müssen, bediente ich mich reichlich am Buffet. Ich wusste ja inzwischen, dass sich ein Buffet der Landfrauen durchaus mit den Buffets in Fünf-Sterne-Hotels messen konnte. Wahrscheinlich war es auch viel abwechslungsreicher und gesünder.

Nach zwei Tellern war ich in meinen Überlegungen weiter. Sollte ich überhaupt auf den Beginn der Veranstaltung warten? Vorteile brachte mir das nicht. Ich hatte mehr als genügend Indizien, um den Täter vorläufig festnehmen zu können. Waffengewalt oder sonstige Widrigkeiten konnte ich mit hoher Wahrscheinlichkeit ausschließen. Ich war nahe dran, zu dem Tatverdächtigen zu gehen, doch dann sah ich etwas, was nach einer Eskalation und Neubewertung der Situation aussah: KPD winkte mürrisch Dietmar Becker zu sich. Bestimmt war es KPD langweilig geworden und er fragte sich, warum ich die beiden Landfrauen nicht längst festgenommen hatte. Ohne auffällig hinzustieren, sah ich, wie Becker nickte wie ein Wackeldackel.

Dietmar Becker wirkte ein wenig bleich, als er nach dem Empfangen der Befehle nach vorne zur Bühne ging und sich ein Mikrofon schnappte.

»Meine sehr geehrten Damen und Herren«, begann er, obwohl nur wenige Herren anwesend waren. Im Saal wurde es sofort still. »Mein Name ist Dietmar Becker. Vielen von Ihnen bin ich als Schriftsteller bekannt, der diese herrlichen Krimis, die in der Kurpfalz spielen, schreibt.«

Er verbeugte sich und im Saal hörte man ein paar »Ahs« und »Ohs«, dann kam Applaus auf und Becker hörte fast nicht mehr auf, sich zu verbeugen.

»Den treuen Lesern meiner Bücher ist bekannt, dass ich sehr eng mit der Polizei zusammenarbeite. Auch in den leider traurigen Fall aus Landau-Mörzheim, in dem ein Mensch sein Leben verlor, bin ich involviert. Zu Ihrer aller Beruhigung kann ich sagen, dass es mir und der Polizei gelungen ist, die Täter zu identifizieren. Es freut mich insbesondere, dass wir diese Veranstaltung nutzen können, um diese festzunehmen. Festnehmen darf die Tatverdächtigen natürlich nur ein richtiger Polizeibeamter. Aus diesem Grund ist heute Abend Herr Reiner Palzki anwesend, seines Zeichens Kriminalhauptkommissar der Kriminalinspektion Schifferstadt.« Becker zeigte auf mich und am liebsten wäre ich im Boden versunken.

»Herr Palzki, darf ich Sie auf die Bühne bitten?«

Wenn der drohende Blick von KPD nicht gewesen wäre, wäre ich sofort gegangen. Ohne einen Ton zu sagen, stellte ich mich neben Becker.

Der Pseudoschriftsteller schien zufrieden. »Darf ich jetzt noch Frau Brigitte Mai, die Geschäftsführerin, und Frau Ilse Gansfuß, die Präsidentin des Landfrauenverbandes, auf die Bühne bitten?«

Die beiden überraschten Damen folgten der Aufforderung.

Becker, der Narr, machte es sich einfach. »Ich übergebe nun Wort und Tat an Herrn Palzki, der die Festnahmen durchführen wird.«

Mir blieb nichts anders übrig, als zu improvisieren. Applaus erhielt ich keinen.

»Zuerst darf ich Ihnen mitteilen, dass es gestern leider zu einem weiteren Todesfall gekommen ist. Eine Landfrau aus dem Ortsverein Kappeln bei Kusel ist im Kräutergarten der Burg Lichtenberg verunglückt. Die Obduktion ergab, dass es sich um einen Unfall ohne Fremdeinwirkung handelte.«

Beckers Mimik war ein Bild für Götter. Mit offenem Mund und vor allem zittrigen Lippen stand er da wie ein begossener Pudel. Was in KPD vorging, konnte ich aufgrund seiner obskuren Verkleidung nicht deuten.

Ich richtete mich erneut an die Zuhörer. »Wie es sich wohl auch bei Ihnen herumgesprochen hat, brannten zwei Scheunen. Zunächst die in Landau-Mörzheim, also im Weingut Gansfuß, dann bei ›Schickes Lädel‹ in Zeiskam. Beide Male wurden viele Eiskraut-Pflanzen vernichtet. Ein Zusammenhang der beiden Taten lag nahe.«

Ich grinste Becker unverschämt an, bevor ich weitersprach. »Das Feuer in Zeiskam war ein simples Ablenkungsmanöver. Mit Eiskraut hatte der Brand in Landau und der Tod des Außenprüfers des Finanzamtes nicht das Geringste zu tun.«

»Aber …«, versuchte mir Becker ins Wort zu fallen, doch ich wehrte ihn mit einer harschen Armbewegung ab.

»Es ist eindeutig. Der Täter in Landau hat mit dem

Feuer in Zeiskam versucht, von sich abzulenken. Doch dann beging er einen Fehler.«

Im Saal war es mucksmäuschenstill. Alle Augen waren auf mich gerichtet.

»Der Täter muss mich bei meinem zweiten Besuch im Weingut Gansfuß beobachtet haben und mir zum Weingut von Herrn Lochbaum gefolgt sein. Entweder war die Palette mit den Dachziegeln, die auf mich stürzte, ein weiteres Ablenkungsmanöver oder ein Mordversuch. Nach einer Verfolgungsjagd wurde ich mit einer Holzlatte niedergestreckt. Und das war der Fehler.«

Ich erlaubte mir den Luxus einer kleinen Pause. Im Prinzip lief es gut für mich. Ich hätte den Täter zwar lieber unauffälliger festgenommen, doch so war es auch okay.

»Auf der Holzlatte konnten Fingerabdrücke identifiziert werden. Allerdings sind diese in keiner Datenbank gespeichert. Jetzt könnten wir natürlich alle Personen, die irgendwie im Zusammenhang mit den Ermittlungen aufgefallen sind, zwecks Abgleich um ihre Fingerabdrücke bitten, doch das ist nicht nötig.«

Ich ging zu dem Tisch mit dem Likör und hob eine Flasche »Pfälzer Eisfeuer« in die Höhe.

»Auf solch einer Flasche wurden die gleichen Fingerabdrücke gefunden.«

Ein Raunen ging durch den Saal.

»Kommen Sie ruhig zu mir, Frau Opnitz. Sie meine ich, genau.«

Gerda Opnitz, die anlässlich der Weinprobe den Ernährungsführerschein erklärte, hatte keine Chance. Überrumpelt trat sie auf die Bühne.

»Es hat eine Weile gedauert, bis wir herausgefunden haben, dass Sie nach der Scheidung von Klaus Monetero wieder Ihren Mädchennamen angenommen haben.«

Das Gesicht der Landfrau änderte sich schlagartig. Grenzenloser Hass war zu sehen.

»Ich bin froh, dass mein Mann tot ist. Er hat mir über zehn Jahre lang das Leben zur Hölle gemacht. Und selbst nach der Scheidung hat er mir stets nachspioniert. Sogar seine Kollegen von der Steuerprüfung hat er mir mehrmals auf den Hals gehetzt. Anonym natürlich.«

»Und darum haben Sie die Scheune angesteckt?«

Gerda Opnitz war aufgrund des Tatverdachtes auf 180.

»In der Pause habe ich ihn entdeckt. Die Toilette war besetzt und ich ging weiter in die Scheune. Da hörte ich jemanden an der Tür klopfen. Ich hatte keinen Schlüssel, doch an der Stimme habe ich das Schwein sofort erkannt. Der Reservekanister mit dem Benzin, der im Regal stand, kam mir gerade recht. Das Inventar hat sofort wie blöd angefangen zu brennen. Ich bin zurück nach vorne zu den anderen. Später kam ich auf die Idee mit dem Eiskraut. Ich hoffte, dass niemand auf die wahren Hintergründe stoßen würde.«

Gerda Opnitz reichte mir ihre Hände zum Zeichen, dass ich ihr Handschellen anlegen könnte.

»Darauf können wir verzichten«, sagte ich, da ich mit Blick in Richtung KPD abgelenkt war. Dieser hatte Doktor Metzger zu sich gewinkt, der ihn nun auf die Bühne schob. Dies war mein Moment. Mit einem Griff zog ich ihm die Perücke vom Kopf, mit einem zweiten die Brille von der Nase.

»Nähere Hintergründe erfahren Sie nun von dem hochgeschätzten Herrn Klaus Diefenbach, dem guten Chef der Kriminalinspektion Schifferstadt.«

Wenige Sekunden später hatte ich mit Frau Opnitz den Saal verlassen.

ENDE

DANKSAGUNG

Es hat mir wieder einmal sehr viel Spaß bereitet, für den vorliegenden Palzki-Roman zu recherchieren und ihn zu schreiben. Das lag natürlich vor allem an den vielen Menschen, die mich dabei unterstützten oder als Teil des Buches sogar in der Geschichte mitspielen.

An erster Stelle will ich den Landfrauenverband der Pfalz nennen. Von einzelnen Aktionen der Landfrauen hat man immer mal wieder gehört oder in der Presse gelesen. Aber erst wenn man sich diesen mächtigen Verband mit seiner immensen Vielzahl an Ortsvereinen und Mitgliedern näher anschaut, kann man erahnen, was diese Damen alles für unsere Gesellschaft in ehrenamtlicher Arbeit leisten. Nur einen kleinen Ausschnitt des ständig wachsenden Angebotes habe ich in diesem Krimi erwähnt, will Sie, liebe Leser, aber dazu ermutigen, selbst nachzuschauen, was es so alles gibt:

http://www.landfrauen-pfalz.de/

Das Eiskraut (Mesebryanthemum crystallinum) gibt es wirklich. Der Landfrauenverband Pfalz hat dazu eine eigene Broschüre entwickelt mit dem Titel »Einen Schatz wiederentdeckt – Eiskraut«. Das 46-seitige Heft enthält Wissenswertes über das Eiskraut, Möglichkeiten des Anbaus, Informationen über Schädlinge und deren Bekämpfung, Ernte und Samenbildung sowie mehrere leckere Rezepte. Und als Clou ergänzt die Broschüre ein Samentütchen mit Eiskraut für die Selbstzucht. Sie können diese Broschüre gegen eine Schutzgebühr beim Landesverband der Landfrauen beziehen.

Den Likör »Pfälzer Eisfeuer« können Sie in der Fein-Destillerie W. Gilcher in Horschbach erwerben. Die im vorliegenden Roman genannte Förderung der Strukturmittel im Zusammenhang mit dem Likör ist ausschließlich der künstlerischen Freiheit entsprungen. Die Brennerei erhält keinerlei Fördermittel. Schmecken tut der Likör trotzdem.

http://brennerei-gilcher.de/

Mein Dank gilt insbesondere der Geschäftsführerin Brigitte März (im Roman leicht an ihrem Pseudonym »Mai« zu erkennen) und der Präsidentin Ilse Wambsganß (im Roman unter ihrem Künstlernamen Gansfuß auftretend). Bei einer Verlosungsaktion innerhalb der Kreisverbände hat Emmi Walter aus Kalkofen (Mitglied im Ortsverein Oberhausen) einen Auftritt als Echtperson in diesem Roman gewonnen. Herzlichen Glückwunsch!

In diesem Zusammenhang muss natürlich auch Inge Schick erwähnt werden, die gemeinsam mit Mann und Tochter »SCHICKes Lädel« in Zeiskam betreibt. Lassen Sie sich von der Produktvielfalt inspirieren oder genießen Sie eine kleine Auszeit in dem angegliederten Café. Das Eiskraut ist übrigens in »SCHICKes Lädel« erhältlich. Auch wenn die Gesundheitsaussagen im Roman leicht übertrieben sind: Geschmacklich gibt das Eiskraut mordsmäßig was her!

http://schickes-laedel.de/

Kommen wir zu Winfried Gansfuß alias Wambsganß, dem Ehemann von Ilse Wambsganß. Ohne verabredet gewesen zu sein, also absolut zufällig, traf ich das Ehepaar im März 2017 auf dem Hambacher Schloss bei einer Aufführung des Chawwerusch-Theaters. Damals war der Landfrauen-Palzki zwar längst projektiert und Frau Wambsganß kannte ich bereits. Meine Anwesenheit galt aber der Recherche über das Stück »Hambacher Fest-Bankett«, das im Vorgängerband »Hambacher Frühling« eine Rolle spielt. Jedenfalls lernte ich an diesem Abend Winfried Wambsganß kennen und mir war sofort klar, dass er in dem Krimi, in dem seine Frau mitspielt, ebenfalls auftauchen muss.

Einem weiteren Zufall ist es zu verdanken, dass just ein paar Tage nach meinem Recherchebesuch auf dem Weingut Wambsganß in Mörzheim (die Zufahrtsstraße nach Mörzheim ist wirklich unter aller Sau) die »Erbsenbühne« in der Mehrzweckhalle der Familie Wambsganß ihren Auftritt hatte und inklusive Bestuhlung alles vorbereitet war. Flexibel, wie man als Autor halt ist, und weil das Thema wunderbar passte, habe ich mir erlaubt, der »Erbsenbühne« hiermit zu literarischem Weltruhm zu verhelfen. Stefan Lochbaum, einer der Akteure des Stückes, sei im Roman stellvertretend für seine vielen Kollegen genannt. Ein paar Details über das Weingut Lochbaum sind korrekt, in anderen Teilen hat die dichterische Fantasie gnadenlos zugeschlagen.

Nutzen Sie die Internetsuchmaschine Ihrer Wahl mit den Suchbegriffen »Erbsenbühne« und »Mörzheim«.

Norbert Schindler, ehemaliger Bundestagsabgeordneter (23 Jahre) sowie Präsident der Landwirtschaftskammer Rheinland-Pfalz und Ehrenpräsident des Bauern- und Winzerverbandes Rheinland-Pfalz Süd e.V. war für eine Rolle im »Hambacher Frühling« gesetzt. Doch es zeigte sich, dass eine Rolle im »Pfälzer Eisfeuer« noch authentischer wirkt. Vielen Dank, Herr Schindler, für Ihren Auftritt.

Nach seinem grandiosen Erstauftritt im »Hambacher Frühling« ist Doktor Metzgers Gehilfe Günter Wallmen zum zweiten Mal mit dabei. Der im Realleben als Facharzt für Chirurgie und Unfallchirurgie/Notfallmedizin im Sankt-Vincentius-Krankenhaus in Speyer arbeitende Oberarzt ohne Doktortitel hat erneut zahlreiche medizinische Einfälle eingebracht, so zum Beispiel die Sache mit dem Botox.

Auch bezüglich der Sternumverletzung von KPD liegen Fiktion und Realität eng beieinander. Das Zitat, dass das Sternum wie bei einem Truthahn aufgeklappt wird, stammt von ihm, denn Günter kennt das Martyrium und den langen Heilungsprozess nach Brustbeineröffnung sehr gut aus eigener Erfahrung. Da Doktor Metzger auf seinen Lehrling aufgepasst hat, ist er mittlerweile wieder auf dem Damm und kann seinen Pflichten als Dirndlnotarzt von Speyer wieder nachkommen.

Meine heißgeliebte »Currysau« hat auch dieses Mal ihren, wenn auch kurzen, obligatorischen Auftritt. Vielen Dank an Robert und Jürgen. Dass die beiden die Cafés in den Hallenbädern in Maxdorf und Mutterstadt bewirtschaften, ist übrigens korrekt. Ich erzähle in diesem Buch schließlich keine Märchen.

Gunter Engler, Palzkiversum-Mitglied seit »Sagenreich«, dessen Tochter in »Hambacher Frühling« beinahe geheiratet hätte, war mir wieder mit Rat und Tat zur Seite gestanden. Gunter ist so etwas wie das lebende Äquivalent zu Palzkis Jungkollegen Jürgen, was das Thema Recherchen angeht. Was er nicht findet, das gibt's einfach nicht. Gunter ist allerdings verheiratet und wohnt schon länger nicht mehr bei seiner Mama. Die Idee mit dem ärztlichen Wortspiel des Doktor Hüpper Toni stammt übrigens von ihm.

Historische Themen gab es in diesem Roman weniger zu recherchieren, dennoch haben mich Gunters Hinweise vor dem einen oder anderen Fehler bewahrt. Vielen Dank, Gunter!

BONUS 1
RATEKRIMI – PALZKI UND DER FLÜCHTENDE BANKRÄUBER

Es hätte so ein schöner Tag werden können.

Von Selbstjustiz sind wir Polizeibeamte von Berufs wegen nicht sehr überzeugt. Selbstverteidigung und Notwehrgründe waren zwar akzeptabel, aber beispielsweise einen flüchtenden Teenager, der im Supermarkt eine Dose Cola stiehlt, mit einem Wagenkreuz aus dem Hinterhalt heraus niederzumähen, nein, das ging wirklich zu weit.

Aber leider sind auch wir Polizeibeamte nicht vor Überreaktionen gefeit. In der Ausbildung wird zwar die Besonnenheit als eine sehr wichtige Charaktereigenschaft eines Beamten herausgestellt, im Berufsleben funktionierte das aber im Eifer des Gefechts nicht immer. Zum Glück gab es in den letzten Jahren diesbezüglich keine Pannen, wie sie vor rund 20 Jahren passierte, als ein Polizeibeamter einem auf seinem Mofa flüchtenden 15-Jährigen hinterherschoss, bloß weil dieser kein gültiges Versicherungskennzeichen besaß und die Verkehrskontrolle ignorierte. Das Projektil wurde aus dem Hinterrad des Mofas geborgen.

Diese Gedanken schossen mir durch den Kopf, als die erste Meldung zu einem Überfall der Edigheimer Sparkasse in unserer Dienststelle ankam. Zwei Bankmitarbeiter sollen dem Täter gefolgt und ihn überwältigt haben, als er auf sein Fluchtfahrrad steigen wollte. Fahrräder als Fluchtfahrzeuge waren bei Bankräubern allgemein beliebt, zumal man verfolgende Polizeifahrzeuge bei guter Ortskenntnis leicht abschütteln konnte.

Da meine Kollegen anderweitig beschäftigt waren und an diesem aufgeklärten Fall kein Interesse zeigten, machte ich mich auf den Weg zur Bank.

Trotz des schnellen Fahndungserfolgs war das Gebäude weiträumig abgesperrt. Anscheinend war es nicht klar, ob es sich bei dem Festgenommenen um einen Einzeltäter handelte.

Im Büro des Bankdirektors, der in diesem Fall weiblich war, traf ich auf zwei Kollegen, die den vermeintlichen Räuber in Handschellen vernahmen. Die beiden Sparkassenmitarbeiter, die den Täter gefangen hatten, waren dabei.

»Ich bin unschuldig«, schrie der Verdächtige, der einen etwas verwahrlosten Eindruck machte und den ich auf Anfang 20 schätzte. »Ich war überhaupt nicht in dieser Bank.«

»Und wie kommt es, dass Sie die gleiche Jacke und die gleiche Mütze tragen wie der Täter? Schauen Sie sich das Bild unserer Überwachungskamera genau an, erkennen Sie sich nicht wieder?«

»Das bin ich nicht!«, schrie dieser. »Das Bild ist viel zu unscharf.« Insgeheim musste ich ihm recht geben. Nur mit viel Fantasie konnte man eine gewisse Ähnlichkeit abstrahieren. Ich mischte mich ein. »Erzählen Sie, was aus Ihrer Sicht passiert ist.« Der Verdächtige beruhigte sich. »Ich wollte gerade mein Fahrrad aufschließen, da kamen diese beiden Verrückten angerannt und nahmen mich in die Zange.« Ich wandte mich an die beiden Bankangestellten. »Habt ihr das Geld sichergestellt?« Sie schüttelten den Kopf. »Nein, da war noch ein Kerl. Die beiden haben sich kurz unterhalten und dann ist der andere weggerannt. Wir konnten nur einen der beiden festhalten. Wahrscheinlich hat der andere das Geld.«

»Ihr spinnt alle«, unterbrach der Verdächtige. »Der Typ hat mich nur nach dem Weg gefragt. Ich kenne den überhaupt nicht.«

Ich musste gezielter vorgehen. »Gehen wir mal nach draußen und schauen uns die Lage an.« Die Bankdirektorin blieb im Büro, alle anderen gingen mit nach draußen. 50 Meter neben der Sparkasse stand ein Fahrrad an einem Baum. »Ist das Ihr Rad?« Der Verdächtige nickte. Im gleichen Moment kam ein Polizist mit einem Bolzenschneider hinzu. »Gehen Sie bitte mal auf die Seite. Ich soll das Schloss knacken, damit wir das Rad sicherstellen können.« Ich schüttelte den Kopf. »Das können Sie sich sparen, hier liegt ein Irrtum vor. Das ist nicht der Täter.«

Frage: Was war Reiner Palzki aufgefallen?

Lösung unter www.palzki.de

BONUS 2 – EINE SOMMERLICHE IDYLLE (PALZKI CLASSIC 2007 – DREITEILER)

Es hätte so ein schöner Tag werden können.

Die Julisonne ließ das Thermometer im vorderpfälzischen Rheingraben seit Tagen ununterbrochen über die 30-Grad-Grenze steigen. Kriminalhauptkommissar Reiner Palzki wischte sich mit dem Handrücken den Schweiß von der Stirn. Vor einer Stunde befand er sich mit seinem Dienstwagen noch auf dem Heimweg ins wohlverdiente Wochenende. Am morgigen Samstag wollte er bei seiner von ihm getrennt lebenden Frau Stefanie die beiden gemeinsamen Kinder Paul und Melanie abholen, um mit ihnen zwei Tage lang die Freuden des Sommers zu genießen. Seine Doppelhaushälfte im Schifferstadter Neubaugebiet war schon in Sichtweite gerückt, als er vom dienstlichen Funkgerät aus seinen Träumen gerissen wurde. Vor wenigen Minuten war aus dem Wolfgangsee bei Waldsee eine männliche Wasserleiche gefischt worden. Fluchend wendete Palzki seinen Wagen und machte sich auf den zugegebenermaßen kurzen Weg in die Nachbargemeinde. Insgeheim hoffend, einen Standardbadeunfall protokollieren zu können, hatte sich seine Laune wieder gebessert. Kribbelig wurde er erst wieder, als er am Fundort ankam und Doktor Metzger in die Arme lief. Der stämmige und großgewachsene Humanmediziner mit den zum Mittelscheitel gekämmten schulterblattlangen feuerroten Haaren hatte mit seinem nervösen Tic etwas Seelenverwandtes mit Doktor Frankenstein. Sein linker zuckender Mundwinkel und sein Faible für schmutziggraue Kittel sollten der Grund gewesen sein, dass er vor Jahren seine Kassenzulassung mangels Patienten zurückgegeben hatte. Nur aus Langeweile saß er tagelang in der Einsatzzentrale des hiesigen Rettungsdienstes und fuhr hin und wieder Notarzteinsätze. Insbesondere, wenn der ständig von ihm abgehörte Polizeifunk einen spektakulären Fall versprach.

»Ach, der Herr Palzki ist auch schon da«, begrüßte er mich mit seinem zuckenden Frankensteinlächeln. Mich wunderte, dass er nicht wie üblich eine stark abgehangene, fast schon lebendige Banane aß.

»Tag, Herr Doktor Metzger, schon lange nicht mehr gesehen«, antwortete ich ihm möglichst neutral.

»Es gab in letzter Zeit auch wenige spektakuläre Todesfälle hier in der Gegend. Die Bewohner der Vorderpfalz sind leider viel zu friedliebend.«

»Wenn Sie mehr Action wollen, sollten Sie am besten in eine amerikanische Großstadt umsiedeln.«

Metzger zeigte auf ein weißes Laken, durch das sich menschliche Konturen abzeichneten. »Ich habe den Toten etwas zugedeckt.«

»Ertrunken?«

»Ja.«

»Irgendwelche Besonderheiten? War er alleine hier?«

»Bisher hat sich niemand gemeldet, der ihn vermisst. Ansonsten …« Metzgers Mundwinkel vibrierten im Millisekundentakt. »Ansonsten war er nackt.«

»Nackt?«, fuhr Reiner Palzki auf, »ich wusste gar nicht, dass hier Nacktbaden erlaubt ist.«

»Ist es auch nicht«, brummte Metzger. »Aber das ist noch nicht alles. Kommen Sie mal mit.«

Mit diesen Worten ging der skurrilste Arzt, den die Welt je gesehen hatte, zu der abgedeckten Leiche und zog das Laken beiseite. Ohne sich um Dinge wie Einmalhandschuhe zu kümmern, bückte sich Metzger und drehte den Kopf des Toten zur Seite.

»Sehen Sie das, Herr Palzki?«

Natürlich erkannte der Beamte sofort die zwei riesengroßen und blutunterlaufenen Hämatome hinter dem Ohrbereich.

»Kopfsprung in zu flaches Wasser?«, versuchte der Kommissar das Gesehene mit einem ersten Erklärungsversuch zu deuten.

»Niemals, Herr Palzki. Ich habe schon einige Badeunfälle in meiner Karriere begutachtet, aber diese Hämatome stammen garantiert nicht von einem Kopfsprung. Diese Beulen wurden ihm eindeutig durch Fremdeinwirkung beigebracht. Ich wette meinen gesamten privaten Antibiotikabestand, dass dieser Mann bewusstlos ins Wasser geworfen wurde. Lassen Sie es mich wissen, falls der Obduktionsbericht etwas anderes ergeben sollte.«

Mit diesen Worten verabschiedete sich Metzger, nicht ohne vorher doch noch eine seiner Bananen aus dem Kittel zu ziehen, die aus der letztjährigen Saison stammte.

Mit diesem Leichenfund fielen Palzkis Wochenendpläne wie ein Kartenhaus in sich zusammen. Wieder einmal musste er kurzfristig seinen Kindern absagen. Stefanie würde sich zu Recht aufregen und ihn verbal zur Schnecke machen. Palzkis ständige Ambivalenz zwischen Job und Privatleben bewertete Stefanie mit der Bemerkung, dass seine Unzuverlässigkeit das einzig Zuverlässige an ihm sei.

Eine großflächig angelegte Suchaktion rund um den komplett abgesperrten Badesee erbrachte in den Abendstunden den Fund einer einzelnen, stark verschmutzten Jeans, in der ein seit zwei Jahren abgelaufener Personalausweis steckte. Da das Lichtbild im Ausweis dem Toten entsprach, erübrigte sich die Veröffentlichung eines Fotos in der regionalen Presse. Gottfried Sattler hieß der Tote, zuletzt wohnhaft in Otterstadt und 42 Jahre alt.

Am späten Samstagmorgen betraten Kriminalhauptkommissar Palzki und sein Kollege Gerhard Steinbeißer Sattlers Wohnung in der Römerstraße in Otterstadt. Die Spurensicherung war schon fast fertig. Lediglich zwei Beamte in ihren Einwegschutzanzügen sicherten noch Abdrücke und andere Hinweise.

»Pfui Teufel, wie kann man es in so einer Bude nur aushalten!« Palzki sah sich um. Die Einrichtung der spärlich möblierten Zweizimmerwohnung stammte Großteils vom Sperrmüll, die nikotinverseuchten Tapeten mussten wahrscheinlich als Sondermüll entsorgt werden. Allein im Wohnzimmer standen vier rekordverdächtig überfüllte Aschenbecher herum. Der größere Rest der Kippen lag allerdings wahllos verstreut auf dem teilweise zerrissenen PVC-Boden. In der Küche fand der Kommissar ein mittelprächtiges Leergutlager vor, alles Flaschen mit ehemals alkoholischem Inhalt. Die einzigen literarischen Werke, die Palzki in der Wohnung ausmachen konnte, waren neben einem zehn Jahre alten Telefonbuch diverse vergilbte BILD-Zeitungen.

»Eindeutig Alkoholiker«, wurde Palzki von einem ihm unbekannten Beamten angesprochen. »Wir konnten bisher keine fremden Spuren finden. Die Kippen scheinen alle von unserem Toten zu stammen.«

Ja, dachte Palzki, so lebte also Gottfried Sattler, der mysteriöse Tote, der gestern aus dem Waldseer Wolfgangsee gezogen wurde. Als ihn sein Kollege Gerhard ansprach, wurde er jäh aus seinen Gedanken gerissen.

»Auf das Motiv bin ich mal gespannt. Ein Vermögensdelikt scheint wohl nicht vorzuliegen. Übrigens, Reiner, die Kollegen sind inzwischen dabei, sein soziales Umfeld zu erkunden. Sehr erfolgreich waren sie bisher aber nicht. Er scheint ziemlich abgeschottet gelebt zu haben.«

Palzki drehte den Kopf Richtung Steinbeißer. »Ich bin immer wieder erschüttert, wenn ich sehe, unter welchen Umständen so manche Mitbürger dahinvegetieren.«

In diesem Augenblick klingelte Palzkis Handy.

»Ja, Palzki.«

»Tag, Herr Palzki, Hingstenberg hier.«

Doktor Doktor Hingstenberg war Rechtsmediziner. Als Endzwanziger galt er als Kapazität seines Faches. Seine gelebte Eitelkeit brachte er durch seinen permanenten Dreitagebart und seine sehstärkenlose Brille, die er nur aus »optischen« Gründen trug, zum Ausdruck.

»Guten Tag. Sie rufen doch nicht schon wegen Sattler an?«

»Aber Herr Kommissar, wo denken Sie hin! Natürlich verbringe ich meine freien Wochenenden lieber am Institut als daheim am Grill.« Die Ironie sprang förmlich durch den Hörer. »Herr Palzki, um 5.30 Uhr hat man mich wegen des Badeunfalls geweckt. Als ob das nicht

Zeit bis Montag gehabt hätte. Na gut, also hier telefonisch mein erster Bericht. Der Mann wurde mit zwei nichttödlichen Hammerschlägen im Schädelbereich niedergestreckt und eine Stunde später in den See geworfen. Das gab ihm den Rest. Fremde DNA-Spuren stehen erst in einer Woche zur Verfügung, wenn überhaupt welche zu identifizieren sind. Er war immerhin fast zwei Tage im Wasser gelegen. Alkohol war übrigens keiner im Spiel, auch ansonsten schien er ziemlich gesund gewesen zu sein.«

Palzki stutzte.

»Kein Alkohol? Wir sind vor Ort in seiner Wohnung. Wahrscheinlich war er Hauptabnehmer der umliegenden Brauereien.«

Hingstenberg lachte. »Ne, er muss definitiv mindestens ein paar Tage vor seiner Ermordung abstinent gelebt haben.«

Palzki bedankte sich und beendete das Telefonat. Nachdenklich wandte er sich wieder an seinen Kollegen. »Hat man inzwischen Verwandte ausmachen können?«

»Tut mir leid, Reiner, das geht nicht so schnell. In der Wohnung wurde nichts gefunden und das Rathaus hat heute geschlossen. Die Kollegen versuchen gerade, jemanden vom Einwohnermeldeamt privat zu erreichen.«

Hauptkommissar Palzki, der sich in der Nähe der Eingangstüre befand, hörte Stimmen im Treppenhaus des Mehrfamilienhauses. Schnell öffnete er die Tür und stand vor einem älteren Pärchen, das ihn erstaunt anstarrte.

»Kriminalpolizei, guten Tag. Bitte entschuldigen Sie, dass ich Sie so überfalle. Darf ich Ihnen ein paar Fragen stellen?«

Stotternd berichtete der Mann: »Wir haben uns schon den ganzen Morgen über das Geschehen in der Wohnung gewundert. Vorhin hat uns jemand gesagt, dass Herr Sattler beim Baden ums Leben gekommen ist. Das ist uns allerdings sehr seltsam vorgekommen.«

»Wieso seltsam?«, entgegnete Palzki.

»Weil Herr Sattler wahrscheinlich noch nie in den letzten 20 Jahren baden war. Der lebte nur in seiner Wohnung und wenn er die verließ, dann nur für den Weg zum Supermarkt und zur Kneipe, da vorne gleich an der Ecke.«

»Wissen Sie, ob er Verwandte oder Bekannte hatte?«

»Einen Bruder soll er haben. Einmal hat er erzählt, dass seine Eltern nicht mehr leben. Vor ein paar Tagen soll er übrigens in seiner Stammkneipe in einen heftigen Streit verwickelt gewesen sein. Da gab es sogar einen richtig großen Polizeieinsatz.«

Kriminalhauptkommissar Reiner Palzki und sein Kollege Gerhard Steinbeißer gingen die wenigen Meter zu Sattlers Stammkneipe zu Fuß. Die Wirtschaft mit dem innovativen Namen »Pilskneipe« war bereits zu dieser frühen Stunde gut gefüllt. Nach Sauerstoff schnappend, steuerten die beiden Beamten auf den Wirt zu, der recht oberflächlich leere Pilstulpen ausspülte.

»Tag«, stellte sich Palzki vor. »Kriminalpolizei. Sie haben bestimmt schon von dem Todesfall Sattler gehört.« Der Wirt nickte, während er die vor sich hin dudelnde Schlagermusik leiser drehte. »Können Sie uns etwas über Gottfried Sattler erzählen?«

»Oh, Jesses, was soll ich Ihnen über Friede erzählen? Er war ein Säufer und einer meiner besten Kunden. Sein

Hartz IV hat er immer in Pils und Zigaretten angelegt.« Er überlegte kurz. »Sogar ein bisschen mehr als das. Aber wo er das Geld herhatte, das weiß ich nicht. Kann mir aber auch egal sein.«

»Worum ging es bei dem Streit vor ein paar Tagen?«, wollte Palzki wissen.

»Das haben doch Ihre Kollegen schon protokolliert. Friede hatte kräftig getankt und laberte, dass er bald viel Geld haben würde. Das hat ihm natürlich keiner geglaubt. Da gab dann ein Wort das andere und zum Schluss flogen die Fetzen. Es blieb mir nichts anderes übrig, als ihm Hausverbot zu erteilen. Und dem Georg Fischer gleich mit. Die beiden waren sich auch vorher schon nicht grün.«

»Hatte Herr Sattler irgendwelche Verwandten?«

Der Wirt grübelte eine Weile, bevor er antwortete: »Ich glaube, er hat mal was von einem Bruder erzählt, zu dem er aber keinen Kontakt hatte.«

»Nicht sehr ergiebig, was uns dieser Pilsexperte da erzählt hat. Das mit dem Bruder war uns schon bekannt«, meinte Gerhard Steinbeißer, als sie die Kneipe verlassen hatten. Palzkis Handy piepste erneut.

»Servus, Reiner«, meldete sich ein Kollege. »Wir haben den Bruder von Gottfried Sattler ausfindig machen können, es handelt sich übrigens um dessen Zwillingsbruder.«

»Sehr gut. Und wo wohnt er?«

»Das ist eine etwas seltsame Geschichte. Winfried Sattler wohnte bis vor zwei Wochen alleinstehend in Altrip. Von einem Tag auf den anderen ist er dann verschwunden. Seine Mietwohnung ist gekündigt, seine Konten sind aufgelöst und in der Gemeinde ist er mit unbekanntem Ziel abgemeldet. Selbst bei seinem Arbeitgeber, dem Großkraftwerk Mannheim, ist er seit diesem Tag nicht mehr zur Arbeit erschienen.«

»Wie konntet ihr ihn dann so schnell ausfindig machen?«

»Über die Schufa. Er hat in Böhl-Iggelheim ein neues Konto eröffnet. Schließlich konnten wir feststellen, dass Winfried ein kleines möbliertes Apartment gemietet hat. Wenn du auf dem Weg nach Böhl-Iggelheim bei uns in der Kriminaldirektion vorbeikommst, kannst du dir ein kleines Dossier über Winfried abholen. Die Kollegen waren verdammt fleißig.«

Eine Stunde später drückten Palzki und Steinbeißer auf den namenlosen Klingelknopf in Böhl-Iggelheim. Ein verblüffter Winfried Sattler öffnete.

Nach kurzer Begrüßung kam Palzki zur Sache.

»Wir kommen wegen Ihres Bruders Gottfried. Wann haben Sie ihn das letzte Mal gesehen?«

»Meinen Bruder, den alten Säufer? Das muss schon Jahre her sein. Keine Ahnung, was der zurzeit macht.«

»Wir müssen Ihnen leider mitteilen, dass Ihr Bruder gestern tot aus einem Badesee geborgen wurde.«

»Wie bitte?« Winfried Sattler wurde blass. »Kommen Sie doch bitte rein.«

Winfried zeigte auf eine braune Ledercouch, während er sich selbst zunächst eine Zigarette anzündete und sich auf einem Sessel niederließ.

»Wie ist das passiert?«

»Dazu komme ich gleich. Erzählen Sie mir doch bitte zuerst mal, warum Sie so kurzfristig umgezogen sind und selbst Ihrem Job nicht mehr nachgehen?«

Winfried war in sich zusammengesunken. »Auch wenn mir mein Bruder nicht allzu viel bedeutete, das ist dennoch ein Schlag für mich. Ach so, Sie wollten ja was von mir wissen. Das ist ganz einfach. Ich habe vor knapp drei Wochen den Lottojackpot geknackt. Bevor ich mich auf die Bettelanrufe meiner Bekannten einlasse, habe ich beschlossen, kurzfristig meinen Lebensmittelpunkt zu verlagern.« Er schaute den beiden Beamten kurz in die Augen. »Die Wohnung hier ist aber nur für eine kurze Zeit. Ich werde demnächst nach Florida auswandern und zwar auf die Keys.«

Winfried zog eine Flasche Bier unter dem Tisch hervor. »Wollen Sie auch eine?«

»Nein, vielen Dank, Herr Sattler«, entgegnete Palzki. »Aber ich habe übrigens noch ein kleines Dossier über Sie. Darf ich es Ihnen vorlesen? Nichtraucher, Abstinenzler und Vegetarier. Tut mir leid, Herr Gottfried Sattler. Es reicht eben nicht aus, nur Ihren Bruder Winfried umzubringen, sich für ihn auszugeben und seine sozialen Kontakte abzubrechen, um so an seinen Lottogewinn zu kommen. Sie hätten sich auch an die Lebensweise Ihres Bruders anpassen müssen, zumindest solange Sie noch in Deutschland sind. Das ist aber für Sie als Alkoholiker alles andere als einfach, nicht wahr?«

BONUS 3 – PALZKI INTERAKTIV

Im Sommer 2016 wurde in der Regionalausgabe Frankenthal der Tageszeitung DIE RHEINPFALZ ein zehnteiliger interaktiver Fortsetzungskrimi mit Kommissar Palzki abgedruckt. Jede Woche konnten sich die Leser für eine der drei angebotenen Lösungsalternativen entscheiden und damit beeinflussen, wie die Geschichte weitergeht. Hier finden Sie den von den RHEINPFALZ-Lesern ausgewählten Krimistrang, der jede Woche an einem anderen Ort spielte.

PALZKI-INTERAKTIV TEIL 1

PALZKI UND DER ELEFANT IM PORZELLANMUSEUM

Es hätte so ein schöner Tag werden können.

Ausgerechnet Frankenthal! Ein schönes Städtchen, gewiss. Schon oft hatte ich mit meiner Frau tolle Veranstaltungen im »CongressForum« besucht oder wir bummelten durch die Fußgängerzone, die trotz ihrer Kürze ein eigenes Flair besaß. Mein Problem lag vielmehr in der Hin- und Rückfahrt. Jedes Mal, wenn wir Frankenthal aus Richtung Pfingstweide von der B9 her ansteuerten, verfuhr ich mich. Gewöhnlich landeten wir irgendwo nördlich der Innenstadt in der Diaspora, dort, wo außer den Frankenthaler Bürgern noch nie ein Mensch seinen Fuß hingesetzt hatte. Die Rückfahrt war aufgrund der unübersichtlichen Verkehrsführung nicht weniger anspruchsvoll. Einmal verfuhr ich gefühlt eine halbe Tankfüllung, bis ich den rettenden Wegweiser fand. Freunde hatten mir wegen meines schlechten Orientierungssinns empfohlen, zukünftig nur noch mit der S-Bahn zu fahren. Doch das ging heute nicht.

Porzellandiebstahl in Frankenthal. Mit diesem Auftrag schickte mich mein Chef Klaus P. Diefenbach, den wir alle nur KPD nannten, in die kreisfreie Stadt. Zuerst dachte ich an einen verspäteten Aprilscherz, konnte man doch heutzutage in jedem Kaufhaus für wenige Cent kiloweise Porzellan kaufen. Vielleicht hatte auch nur jemand ein bisschen Material für einen Polterabend organisiert?

Nachdem ich nach einer längeren Anreise das 1990 eröffnete Erkenbert-Museum am Rathausplatz erreicht hatte, wurde ich sofort eines Besseren belehrt. Die kommissarische Museumsleiterin Frau Doktor Kriemhilde Ministraw empfing mich in ihrem Büro. »Herr Palzki, gut, dass Sie doch noch gekommen sind. Ich hatte Sie schon vor zwei Stunden erwartet.« Ich ignorierte ihren Vorwurf und rührte meinen Kaffee um, den sie mir hingestellt hatte. »Stellen Sie sich vor, der Elefant von Hannibal Barkas ist gestohlen worden.« Ich überprüfte erfolgreich, ob ich wirklich wach war. »Eigentlich bin ich wegen ein paar verschwundenen Porzellantellern hier. Aber gut, wo wohnt dieser Herr Barkas?« Ministraw blickte mich schräg an. »Jetzt ist nicht die Zeit für Witze, Herr Palzki. Die Lage ist ernst. Hannibal lebte vor mehr als 2.000 Jahren. Im Krieg gegen die Römer überquerte er mit seiner Armee und 37 Kriegselefanten die Alpen.«

»Ach, der«, entgegnete ich ohne größere Regung. »Die Elefanten dürften inzwischen ebenfalls tot sein.«

»Natürlich«, polterte Ministraw, »es geht ja auch um Nachbildungen der Elefanten aus kostbarem Frankenthaler Porzellan.«

Nippesfiguren, dachte ich genervt. Wegen solch einer Lappalie musste ich mein klimatisiertes Büro verlassen. »Herr Palzki, im 18. Jahrhundert wurde rund 50 Jahre lang in Frankenthal kostbares Porzellan hergestellt, das sich zu einem begehrten Sammelobjekt entwickelte. Irgendwann hat der Kurfürst Carl Theodor die Manufaktur erworben, seitdem wurde das Porzellan mit seinem Zeichen ›CT‹ markiert.«

»Und dieses ›CT‹ macht das Porzellan so wertvoll? Das kann man doch bestimmt leicht kopieren.«

»Eben nicht«, beteuerte Ministraw. »Die meisten Formen sind im Laufe der Zeit verloren gegangen. Gerade deshalb sind wir so stolz darauf, einen der 37 produzierten Elefanten erworben zu haben. Nur noch drei Exemplare soll es geben.« Meine Kaffeetasse war leer getrunken, mein Erkenntnisgewinn bisher gering. »Dann zeigen Sie mir mal den Tatort.« Die kommissarische Leiterin nickte und stand auf. »Kommen Sie bitte mit.« Seltsamerweise ging sie nicht in das Museum hinein, sondern zum Ausgang. »Wo wollen Sie hin?«, fragte ich überrascht.

»Rüber ins Rathaus. Dort wird im ersten Stock ein Teil des Porzellans ausgestellt.« Vor dem Eingang kam uns ein grauhaariger Mann entgegen, der auf mich einen etwas verwirrten Eindruck machte. In der Hand hielt er eine prall gefüllte Stofftüte. Er erschrak, als er meine Begleiterin entdeckte. »Hallo, Herr Löwenapfel«, begrüßte sie ihn. »Das ist Herr Palzki von der Kriminalpolizei. Er kümmert sich um den Diebstahl. Herr Palzki, das ist unser neuer Oberbürgermeister.«

Ich gab ihm die Hand, dabei bemerkte ich, wie er leicht zitterte. »Dann wünsche ich Ihnen viel Erfolg«, sagte dieser und ging schnell in Richtung Rathausplatz.

»Seltsam«, meinte Ministraw, »normalerweise hat er es nicht so eilig. Kommen Sie mit, Herr Palzki.« Der erste Stock war für den Publikumsverkehr gesperrt. Die Vitrine, in der sich hauptsächlich Teller befanden, aber auch anderes Porzellan stand, war sichtbar aufgebrochen. Hier hatte jemand mit roher Gewalt gearbeitet. »Nur der Elefant ist weg«, sprach uns von hinten eine Frau an. Sie kam zu uns und stellte sich vor. »Ich bin Ute Histor, die Schatzmeisterin des hiesigen Altertumsvereins. Wir haben den Ankauf des Elefanten finanziell unterstützt.«

Ich untersuchte die aufgebrochene Vitrine. Natürlich konnte der Bruch eine Finte sein, überlegte ich. Ich drehte mich zu den beiden Damen um. »Wer hat alles einen Schlüssel für diese Vitrine?« Frau Ministraw stutzte einen Moment, dann antwortete sie: »Wir beide natürlich, dann noch der Oberbürgermeister. Sie werden doch nicht einen von uns verdächtigen?«

»Nein, natürlich nicht«, winkte ich ab. »Das sind alles Routinefragen. Wer hat den Diebstahl entdeckt?«

Frau Histor meldete sich. »Das war ich. Heute Morgen, eine Stunde, bevor das Rathaus öffnet. Ich wollte den Inhalt der Vitrine etwas anders arrangieren, doch schon von der Treppe aus sah ich, dass sie aufgebrochen war.«

Die kommissarische Museumsleiterin drängte. »Haben Sie schon etwas herausgefunden, Herr Palzki?«

Ich lächelte. »Natürlich, wir wollen schließlich keine Zeit vertrödeln.«

Was soll Palzki tun?

Möglichkeit 1: Der Bürgermeister Löwenapfel erscheint am verdächtigsten.

Möglichkeit 2: Die kommissarische Museumsleiterin Doktor Kriemhilde Ministraw weiß mehr, als sie zugibt.

Möglichkeit 3: Für Ute Histor vom Altertumsverein wäre es einfach gewesen, den Elefanten zu stehlen.

PALZKI-INTERAKTIV TEIL 2

PALZKI UND DAS KONSPIRATIVE TREFFEN IM STRANDBAD

Es hätte so ein schöner Tag werden können.

Solch einen Ermittlungsfall hatte ich noch nie. Bisher war ich es gewohnt, ausschließlich Mörder und andere Gewaltverbrecher zu überführen. Wegen einer angeblichen Mordsflaute beauftragte mich mein Chef KPD, wie wir Klaus P. Diefenbach nannten, einen in Frankenthal verschwundenen Elefanten wiederzubeschaffen. Natürlich keinen echten, sondern einen aus kostbarem Frankenthaler Porzellan. Die kommissarische Museumsleiterin des Erkenbert-Museums, Frau Doktor Kriemhilde Ministraw, zeigte mir die aufgebrochene Vitrine im Obergeschoss des Rathauses.

Nach einer ersten Befragung der potenziell Verdächtigen kam ich zu dem Schluss, dass wohl Ministraw selbst für diesen Diebstahl verantwortlich sein könnte. Aus diesem Grund verließ ich das Rathaus, um hinüber ins Museum zu gehen. Dort erwartete mich eine Überraschung.

»Frau Ministraw hat heute Mittag frei«, erklärte mir eine blonde Mitarbeiterin mit stark asymmetrischer Frisur.

»Klasse«, antwortete ich, »da werden wertvolle Exponate gestohlen und die Leiterin macht Urlaub.«

»Kommissarische Leiterin«, verbesserte sie mich. »Außerdem wurde meines Wissens nur ein Exponat gestohlen und zwar der Elefant von Hannibal Barkas. Und Urlaub hat sie ebenfalls nicht, sie baut Überstunden ab.«

Das Wort »Klugscheißer« war mir bereits auf der Zunge gelegen. »Und wo finde ich die Dame?«, fragte ich augenrollend.

»Das darf ich Ihnen nicht sagen.«

»Es ist wichtig, Sie wollen doch auch, dass der Elefant zurückkommt.«

»Strandbad«, flüsterte sie. »Das wissen Sie aber nicht von mir.«

Als ich aus dem Museum heraus in die Sommerhitze trat, konnte ich die Motivation von Ministraw, ins Schwimmbad zu gehen, gut nachvollziehen. Mangels Badebekleidung wollte ich zunächst zurück zur Dienststelle fahren, doch dann entschied ich mich anders. War nicht gerade ein unauffälliges Freibad als verschwörerischer Treffpunkt prädestiniert? Ohne weiter zu überlegen, fuhr ich in den Frankenthaler Südosten zum Strandbad.

Nachdem ich den Eintritt bezahlt hatte, entdeckte ich sofort den rettenden Biergarten. Kaum saß ich an einem Tisch und überlegte, was ich trinken könnte, trat ein Mann zu mir, den ich nicht nur wegen seines Namensschildes »Ben Waters – Schwimmmeister« beruflich sofort zuordnen konnte. »Sie scheinen mir kein normaler Badegast zu sein«, sprach er mich mit ernster Miene an und begutachtete meine wenig badetaugliche Kleidung. »Ein paar Gäste behaupten schon den ganzen Tag, dass sich ein Spanner in unserem Bad aufhalten soll.« Mittels meines Dienstausweises klärte ich ihn schnell auf, verriet ihm aber nicht den Grund meines Hierseins. Dennoch hatte ich den Eindruck, dass es ihm sehr unangenehm war, dass Polizei anwesend war.

Mich von meinem untrüglichen Instinkt leiten lassend, folgte ich heimlich dem Schwimmmeister, der sich von mir eilig verabschiedet hatte. Nicht sehr weit vom Biergarten entfernt gab es einen wunderschönen Kinderbereich, der als Piratenbucht angelegt war. Sogar ein Piratenschiff gab es dort. Ich traute meinen Augen nicht, als ich genau in diesem Kinderbereich die kommissarische Museumsleiterin Doktor Kriemhilde Ministraw lesend auf einer Bank sitzen sah. Das Ganze wurde noch mysteriöser, als sich der Schwimmmeister neben sie setzte und ein Gespräch begann. Ich versteckte mich hinter einer Rutsche und beobachtete die beiden unschlüssig. Sollte ich es wagen und Ministraw offen ansprechen? Vielleicht verriet sie sich oder gab den Diebstahl zu. Nach ein paar Minuten weiterer Beobachtungszeit hatte ich mich für diese Vorgehensweise entschieden. Ich war auf dem Weg zu den beiden, als eine dritte Person auf Ministraw und den Schwimmmeister zutrat und diese ebenfalls begrüßte. Der etwa 40-Jährige hatte eine verblüffende Ähnlichkeit mit dem amerikanischen Privatdetektiv Thomas Magnum aus den 80er-Jahren des vergangenen Jahrhunderts, was nicht nur an seinem Schnauzer und dem Hawaiihemd lag. Er setzte sich an die freie Seite von Ministraw und unterhielt sich mit ihr und dem Schwimmmeister. Einmal lachten sie gemeinsam laut auf. Kurz darauf öffnete Ministraw umständlich ihre Handtasche und holte ein kleines, in Papier eingeschlagenes Päckchen hervor, in dem größenmäßig durchaus der gestohlene Elefant stecken könnte. Sie gab das Päckchen an den Schwimmmeister, der es zunächst vorsichtig in der Hand wog, dann aber der Thomas-Magnum-Kopie weiterreichte. Dieser grinste und steckte das Päckchen in seinen Rucksack. Keine Minute später hatte er sich von den beiden verabschiedet. Auch der Schwimmmeister stand nun auf. Jetzt war mal wieder eine Entscheidung angesagt, und das sehr schnell.

Was soll Palzki tun?

Möglichkeit 1: Palzki soll sich weiterhin an die kommissarische Museumsleiterin Frau Doktor Kriemhilde Ministraw halten.

Möglichkeit 2: Höchstwahrscheinlich ist der Schwimmmeister Ben Waters in den Diebstahl involviert.

Möglichkeit 3: Der Mann mit dem Thomas-Magnum-Outfit hat den Elefanten in seinem Rucksack.

PALZKI-INTERAKTIV TEIL 3

PALZKI UND DIE VERDÄCHTIGE KAJAKFAHRERIN

Es hätte so ein schöner Tag werden können.

Mein Chef KPD verlangte von mir, nach Frankenthal zu fahren, um einen im Museum gestohlenen Elefanten wiederzubeschaffen. Glücklicherweise nur einen aus Porzellan, keinen echten. Leider wurde es nichts mit einem lockeren Tag, denn der Elefant war, wie sich herausstellte, aus kostbarem Frankenthaler Porzellan. Anscheinend gab es Sammler, die sich für solche Stücke interessierten. Meinem unfehlbaren Riecher folgend, verfolgte ich die kommissarische Museumsleiterin des Erkenbert-Museums, Frau Doktor Kriemhilde Ministraw, bis zum Strandbad. Dort unterhielt sie sich zunächst mit einem Schwimmmeister, dann übergab sie ein Päckchen, in dem durchaus der gestohlene Elefant stecken könnte, einem zwielichtigen Typen, der mich mit seinem Hawaiihemd und seinem Schnauzer an den TV-Detektiv Thomas Magnum erinnerte.

Da ich schnell schaltete, konnte ich dem Kerl unbemerkt nachschleichen, der nach der Übergabe des Päckchens zügig das Freibad verließ und zu seinem Wagen ging. Zum Glück fuhr er keinen Ferrari, sondern einen alten Fiat Panda, der zu seinem Outfit in etwa so passte wie Til Schweiger als Nachrichtensprecher.

Jetzt musste ich schnell schalten, dieses Mal allerdings meinen Wagen. Einmal musste ich eine rote Ampel überfahren, um Magnum, wie ich ihn einfachheitshalber taufte, auf den Fersen zu bleiben. Dieses kleine Geheimnis behalten Sie aber bitte für sich, okay? Die Fahrt verlief zügig von Süd nach Nord durch Frankenthal. Nach dem Unterqueren der A6 blieb er noch eine Zeit lang auf der B9 Richtung Worms. Dann setzte er den Blinker und bog an einer Abzweigung nicht nach Petersau, dem nordöstlichsten Teil von Frankenthal, sondern westlich, zum Silbersee, ab.

Der Fiat Panda mit dem Detektiv-Double fuhr bis fast an den See, wo eine Gruppe Kajakfahrer ihr Lager aufgebaut hatte. Ich ließ meinen Dienstwagen stehen und lief die paar Schritte nach vorne in Richtung Ufer. Da einige Sportler herumliefen, dürfte ich nicht allzu sehr auffallen. Magnum parkte neben einem Kind, das zum Silbersee schaute und offensichtlich eine Kajakfahrerin beobachtete, die gerade zum Ufer zurückkehrte. Das Kind wedelte mit seinen Armen und schrie: »Oma, das hast du klasse gemacht! Wann darf ich auch mal fahren?« Die Dame, ich schätzte sie auf Anfang 60, zog lächelnd ihr Boot an den Strand und herzte ihren Enkel.

Magnum ließ ich währenddessen natürlich nicht aus den Augen. Er zögerte eine Weile, dann ging er auf die

Kajakfahrerin zu. Sie unterhielten sich ein paar Minuten, dann übergab er ihr das Päckchen, das er von Doktor Kriemhilde Ministraw im Strandbad bekommen hatte. Er tätschelte noch ein wenig den Hinterkopf des Kindes, dann stieg er ohne weitere Verabschiedung in seinen Panda und fuhr davon. Ich verzichtete darauf, ihm zu folgen. So langsam hatte ich genug von der Verfolgungsjagd. Wenn das so weiterging, musste ich irgendwann jedem der Frankenthaler Bürger nachfahren, weil alle in den Diebstahl des Elefanten verwickelt waren. Gut, das war jetzt vielleicht eine Nuance übertrieben. Ich ging auf die Kajakfahrerin zu und zeigte ihr meinen Ausweis. »Dürfte ich bitte Ihren Namen erfahren?«, fragte ich sie in einem autoritären Tonfall. Sie zuckte zusammen, dann antwortete sie mit leiser Stimme: »Ich heiße Regina Renz. Was wollen Sie von mir?«

»Ich interessiere mich für Ihren Tascheninhalt!«, antwortete ich. »Darf ich?« Sie ließ es geschehen. Ich öffnete ihre geräumige Tasche und zog ein Buch heraus, das obenauf lag. »Mordsgrumbeere?«, las ich den Titel. »Was soll das denn?«

»Das ist ein Krimi«, antwortete sie. »Ich lese für mein Leben gern, wenn ich nicht gerade mit dem Kajak unterwegs bin oder mit meinen Enkeln. Das ist übrigens ein Krimi, der in unserer Region spielt.«

Angewidert gab ich ihr das Buch. Krimi hatte ich den ganzen Tag genug, da musste ich solchen Schund nicht auch noch lesen. Siegesgewiss zog ich das Päckchen aus der Tasche, in dem ich den Elefanten vermutete. »Sie erlauben doch?«, fragte ich, wartete die Antwort aber nicht ab. Die Verpackung war schnell entfernt. Zum Vorschein kam ein Elefant aus Porzellan. »Jetzt bin ich auf Ihre Antwort aber sehr gespannt.«

Während Regina Renz vor sich hin stotterte, drehte ich das Tier um und entdeckte einen kleinen Stempel. »Made in Taiwan«, konnte ich mühevoll entziffern. Was hatte dies nun wieder zu bedeuten? Ich verschwieg ihr zunächst meinen Fund. »Haben Sie noch mehr Diebesgut zu Hause?«

»Ich? Nein, natürlich nicht«, protestierte Frau Renz. »Ich soll das Stück nur für einen Freund eine Zeit lang aufbewahren. Ist es denn sehr kostbar?«

»Wie man's nimmt«, antwortete ich. »Wer war der Magnum-Typ eben?«

»Wen meinen Sie?«

»Der Kerl, der Ihnen die Porzellanfigur gebracht hat.«

Sie zuckte mit den Achseln. »Keine Ahnung, das war nur ein Bote. Ich habe ihn nie vorher gesehen.«

Was soll Palzki tun?

Möglichkeit 1: Palzki soll sich weiterhin an die kommissarische Museumsleiterin Frau Doktor Kriemhilde Ministraw halten. Sie hat den Elefanten nach dem Diebstahl vertauscht.

Möglichkeit 2: Der Magnum-Typ dürfte mehr wissen. Palzki hat sich das Kennzeichen des Wagens gemerkt, damit könnte er ihn entlarven.

Möglichkeit 3: Regina Renz ist eine Sammlerin und hat den Diebstahl in Auftrag gegeben. Bei ihr in der Wohnung findet Palzki weiteres Diebesgut.

PALZKI-INTERAKTIV TEIL 4

PALZKI UND DIE HAUSDURCHSUCHUNG

Es hätte so ein schöner Tag werden können.

Angefangen hatte es mit einer Kleinigkeit, zumindest aus meiner Sicht. Im Frankenthaler Erkenbert-Museum wurde ein Elefant gestohlen. Natürlich kein lebendiger, sondern einer aus kostbarem Frankenthaler Porzellan.

Eine Kleinigkeit für einen erfahrenen und psychologisch hochgeschulten Kriminalbeamten wie mich. So dachte ich jedenfalls zu Beginn meiner Ermittlungen. Dann kamen immer mehr Verdächtige in meinen Fokus und es begann eine Verfolgungsjagd quer durch Frankenthal. Schließlich landete die Hehlerware, nachdem sie durch mehrere Hände gegangen war, bei der sportlichen Rentnerin Regina Renz am Silbersee, die Kajak fuhr. Zufällig entdeckte ich bei der Beschlagnahmung des Elefanten, dass es sich um eine billige Kopie samt Aufdruck »Made in Taiwan« handelte.

Trotz dieser Erkenntnis war bei der Dame eine Hausdurchsuchung dringend geboten. Da ich in historischen Dingen nicht sehr bewandert war, nahm an der Durchsuchung Bernhard Schuh teil, ein Experte in Sachen Antiquitäten.

Frau Renz wurde immer nervöser, je näher wir ihrer Wohnung kamen. »Muss das wirklich heute sein?«, fragte sie. »Ich bin nicht zum Aufräumen gekommen.«

»Das macht nichts«, antwortete ich ihr lächelnd. »Nach unserem Besuch wird es nicht aufgeräumter sein.« Während der Flur und das Wohnzimmer von unzähligen Spielsachen belagert waren, anscheinend hielten sich die Enkel häufig bei der Oma auf, sah es im Schlafzimmer ganz anders aus. Neben einem Bett und einem Kleiderschrank gab es ein riesiges Bücherregal, das mit Kriminalliteratur regelrecht vollgestopft war. »Wer liest denn den ganzen Schund, äh, die tollen Bücher?«, fragte ich überrascht, während es mich schüttelte.

»Ich natürlich, Herr Palzki. Soll ich Ihnen ein paar gute Krimis empfehlen? Zum Beispiel die Reihe von …«

Ich unterbrach sie harsch. »Jetzt nicht, dafür habe ich keine Zeit. Ich muss mich um die wahren Verbrechen kümmern. In Deutschland gab es im vergangenen Jahr knapp 300 reale Morde. Die Schreiber dieser Bücher«, ich zeigte auf die Regalwand, »die sich auch noch selbstherrlich ›Schriftsteller‹ nennen, erfinden jedes Jahr Zehntausende Morde der übelsten Sorte. Und viele Leser nehmen das Ganze dann für bare Münze.« Ich merkte, dass ich so nicht weiterkam und wechselte abrupt das Thema. »Was befindet sich hinter dieser Tür?« »Nur ein Vorratsraum«, antwortete sie viel zu schnell. Der Vorratsraum entpuppte sich als kleines Privatmuseum. Bernhard Schuh pfiff anerkennend durch die Zähne. »Wahnsinn, was hier alles liegt.« Nach einer kurzen Umschau öffnete er eine Vitrine und nahm einen Knochen in die Hand. »Ist das der Mammutknochen, der vor ein paar Jahren im Erkenbert-Museum gestohlen wurde?« Regina Renz wurde kreidebleich und nickte. »Dann liegen nebenan die Schädelfragmente des 25.000 Jahre alten Homo heidelbergensis, die man 1961 bei Grabungen auf dem Strandbadgelände gefunden hat?« Erneut nickte Frau Renz.

»Sind das ebenfalls Kopien?«, fragte ich den Experten. »So weit ich das beurteilen kann, sind das alles Originale«, sagte Schuh. Ich wandte mich an die überführte Rentnerin. »Wie passt die Kopie des Elefanten zu Ihrem privaten Museum?«

Frau Renz hatte sich mittlerweile gefasst. »Jetzt muss ich wohl Farbe bekennen. Die Sachen habe ich alle von Frau Ministraw bekommen. Ich habe gutes Geld dafür bezahlt. Warum sie mich dieses Mal mit einer Kopie übers Ohr hauen will, weiß ich nicht.«

Na klasse, dachte ich. Die Täterin war also die kommissarische Museumsleiterin Frau Doktor Kriemhilde Ministraw. Und Frau Renz war als offensichtliche Auftraggeberin ebenfalls nicht unschuldig. Trotzdem, der Fall war noch nicht komplett gelöst. Ich fragte Frau Renz, ob sie wüsste, wo ich um diese Uhrzeit Frau Ministraw finden könnte. »Die ist zurzeit in der Erkenbert-Ruine. Dort findet heute Abend eine Veranstaltung des Museums statt.«

Die Reste der ehemaligen Stiftskirche Sankt Maria Magdalena befanden sich nicht allzu weit von Renz' Wohnung entfernt. Nach der stressigen Parkplatzsuche fand ich die kommissarische Museumsleiterin im Innenhof, der früher der Innenraum der Kirche war. Der Hof war bestuhlt und auf einer Bühne lief eine Probe.

»Frau Doktor Ministraw«, begann ich das Gespräch, »ich muss Ihnen leider eine traurige Mitteilung machen.«

Sie erschrak. »Ist der Elefant zerstört?«

Ich grinste sie an. »Das wollte ich eigentlich von Ihnen wissen. Frau Renz hat nur eine Kopie erhalten. Bei der Hausdurchsuchung fanden wir dafür ein paar andere schöne Sachen, die in Ihrem Museum verschwunden sind, als Sie noch eine normale Mitarbeiterin waren.« Nachdem sie sich von dem Schreck ihrer Entlarvung erholt hatte, erzählte ich ihr von meiner Observation im Strandbad. Dann sagte ich ihr, dass ich sie leider mit auf die Dienststelle nehmen müsste.

»Hat das nicht Zeit bis nach der Veranstaltung?«, bettelte sie.

»Keinesfalls«, entgegnete ich ihr autoritär. »Bis dahin haben Sie garantiert das Original verschwinden lassen.«

»Aber ich habe das Original nicht mehr«, beteuerte sie. »Ich habe den Elefanten im Strandbad weitergegeben, so wie Sie es ja auch beobachtet haben. Von einer Kopie weiß ich jedenfalls nichts. Den Diebstahl gebe ich selbstverständlich zu, dafür hatte ich schließlich meine Gründe.«

Was soll Palzki tun?

Möglichkeit 1: Palzki soll der kommissarischen Museumsleiterin Frau Doktor Kriemhilde Ministraw nicht trauen. Bestimmt hat sie das Original noch in ihrem Besitz.

Möglichkeit 2: Der Magnum-Typ, der Frau Renz den Elefanten brachte, hat den Elefanten vertauscht. Palzki hat sich das Kennzeichen des Wagens gemerkt, damit könnte er ihn entlarven.

Möglichkeit 3: Auch der Schwimmmeister im Strandbad könnte den Elefanten vertauscht haben. Für diese Behauptung spricht, dass im Strandbad auch die Schädelfragmente des Steinzeitmenschen gefunden worden waren.

PALZKI-INTERAKTIV TEIL 5

PALZKI UND DER MUSEUMSFÄLSCHER

Es hätte so ein schöner Tag werden können.

So schnell konnte es gehen: Innerhalb eines Tages hatte ich, zumindest auf den ersten Blick, den Diebstahl des Elefanten aus wertvollem Frankenthaler Porzellan aufgeklärt, der aus einer Vitrine im Rathaus gestohlen wurde. Offensichtlich hatte die kommissarische Museumsleiterin Frau Doktor Kriemhilde Ministraw bereits in der Vergangenheit Museumsstücke entwendet und diese für einen guten Preis an die Rentnerin und Privatsammlerin Regina Renz verkauft. Damit hätte der Fall abgeschlossen sein können, wenn da nicht noch eine letzte kleine Frage offen geblieben wäre: Warum fand ich bei Frau Renz nur eine Kopie des Porzellanelefanten, während die Museumschefin eisern behauptete, das Original weitergegeben zu haben? Zudem schwieg sie sich über das Motiv für den Diebstahl aus. War es wirklich nur das Geld oder steckte viel mehr dahinter?

Da das Ergebnis unbefriedigend war und die polizeiliche Vernehmung von Frau Doktor Ministraw nichts ergeben hatte, weil sie beharrlich schwieg, musste ich ein paar Tage später noch mal nach Frankenthal fahren. Die Parkplatzsuche war schwierig wie immer, dafür verlief ich mich nicht auf dem Weg zum Erkenbert-Museum, wo ich mich mit dem Antiquitätenexperten Bernhard Schuh traf, der hauptberuflich bei der Frankenthaler Schutzpolizei arbeitete.

»Guten Tag, Herr Palzki«, begrüßte er mich. »Wir haben inzwischen weitere Exponate der Sammlerin Regina Renz überprüft. Es handelt sich in allen Fällen um Originale, die allerdings nur zu einem kleinen Teil aus diesem Erkenbert-Museum stammen. Selbstverständlich wurden alle Exponate beschlagnahmt, es wird aber noch eine Weile dauern, bis alle Stücke den korrekten Eigentümern zugeordnet werden können.«

»Haben Sie Frau Renz festgenommen?«

»Keine Chance«, antwortete er, »es besteht keine Fluchtgefahr. Die Hintermänner, mit Ausnahme von Frau Ministraw, hat sie bisher nicht verraten. Sie behauptet lediglich, sie habe das alles in ihren Krimis gelesen.«

Um Himmels willen, dachte ich. Wieder jemand, mit dem beim Lesen von haarsträubenden und unrealistischen Kriminalgeschichten die Fantasie durchging und der alles für bare Münze nahm. Damit sollen sich die Frankenthaler Kollegen der Polizeiinspektion herumärgern.

»Lassen Sie uns bitte durch das Museum gehen«, bat ich Bernhard Schuh. »Vielleicht sehen Sie, ob weitere Ausstellungsstücke fehlen. Sie sind schließlich des Öfteren hier.« Ich schaute auf meine Uhr. »In einer halben Stunde wird Frau Doktor Ministraw kommen. Ich habe sie ins Museum geladen zu einer kleinen Vernehmung. Selbstverständlich wurde sie inzwischen freigestellt.«

Zunächst gingen wir durch das Untergeschoss, in dem Funde aus dem 6. – 7. Jahrhundert gezeigt wurden, die aus einem fränkischen Gräberfeld in Eppstein stammten. »Nanu«, sagte Schuh plötzlich. »Da stimmt doch etwas nicht.« Er öffnete eine der Vitrinen, zu der er im Rahmen der Ermittlungen die Schlüssel erhalten hatte, und holte einen Gegenstand hervor, der mich an eine gläserne Blumenvase erinnerte. »Das ist eindeutig ein Replikat«, meinte er aufgebracht. »Bei meinem letzten Besuch lag hier noch das Original.« Der Experte suchte weiter und fand im Untergeschoss auf Anhieb zwei weitere Kopien. Dann gingen wir nach oben. »Unglaublich«, meinte ich. »Dass so etwas bisher niemandem aufgefallen ist.«

Bernhard Schuh verteidigte ungewollt den Dieb. »Die Repliken sind schon sehr gut gemacht. Ohne Anfangsverdacht fallen sie nicht auf. Aber was ist das?« Er zeigte auf ein Gemälde. »Das Bild ist von Pieter Schoubroeck, einem flämischen Maler, der 1607 in Frankenthal gestorben ist.«

»Und was ist damit?«

»Was damit ist? Es ist eine Fälschung, sogar eine plumpe Fälschung. Im Vergleich zu den anderen Repliken ist dies eine Amateurarbeit.«

»Herr Palzki?«, rief es in diesem Moment durch das Museum. Die ehemalige Museumschefin Doktor Ministraw war eingetroffen und suchte mich. Kreidebleich stand sie kurz darauf vor uns. Meine Taktik bestand darin, nicht lange um den heißen Brei herumzureden, sondern sie mit den Fakten zu konfrontieren. »Sie haben nicht nur Exponate wie den Elefanten ersatzlos aus Ihrem Museum gestohlen, sondern auch andere Stücke durch Kopien ersetzt.«

Frau Doktor Ministraw stand lange der Mund offen, bevor sie antwortete. »Das lasse ich mir nicht anhängen, damit habe ich nichts zu tun. Um welche Exponate geht es überhaupt?« Nachdem ihr Bernhard Schuh von seinen Funden berichtet hatte, wurde sie noch bleicher, was ich nicht für möglich gehalten hätte. »Dann kann das nur mein Bruder gewesen sein, der Fred. Wahrscheinlich hat er auch den Elefanten ausgetauscht.«

»Wer ist Fred?«, fragte ich überrascht, aber erfreut, dass endlich Bewegung in die Ermittlungen kam.

»Sie kennen ihn doch von Ihrer Beobachtung im Strandbad.«

»Sie meinen die Thomas-Magnum-Kopie?«

Sie sah mich verdutzt an. »Mein Bruder sieht garantiert nicht wie Magnum aus, er ist Schwimmmeister im Strandbad. Ich habe ihm einen eigenen Schlüssel für das Museum gegeben. Dass er mich hintergeht, wusste ich nicht.«

Was soll Palzki tun?

Möglichkeit 1: Palzki soll der ehemaligen Museumsleiterin Frau Doktor Kriemhilde Ministraw nicht trauen. Bestimmt hat sie das Original des Elefanten und weitere Exponate in ihrem Besitz.

Möglichkeit 2: Der Schwimmmeister Fred könnte tatsächlich, wie von seiner Schwester behauptet, hinter den Kopien stecken.

Möglichkeit 3: In Palzkis Augen hat sich auch der Antiquitätenexperte Bernhard Schuh verdächtig gemacht. Viel zu schnell hat er im Museum die Kopien gefunden. Es wäre schließlich nicht das erste Mal, dass ein Polizist am Ende der Täter war.

PALZKI-INTERAKTIV TEIL 6

PALZKI IM CONGRESSFORUM

Es hätte so ein schöner Tag werden können.

Begonnen hatte die ganze Geschichte mit einem trivialen Fall: Im Erkenbert-Museum wurde ein Elefant aus wertvollem Frankenthaler Porzellan gestohlen. In den letzten Tagen war es mir zwar nicht gelungen, das Original wiederzubeschaffen, dafür hatte ich einige andere üble Gaunereien aufgedeckt.

Die vor ihrer Freistellung als kommissarische Museumsleiterin tätige Frau Doktor Kriemhilde Ministraw hatte in den letzten Jahren diverse Originale aus dem Fundus des Museums an die Privatsammlerin Regina Renz verkauft. Gegen beide Personen wird zurzeit umfangreich ermittelt. Frau Ministraw hat nach ihren Angaben auch den Elefanten gestohlen, doch bei der Sammlerin kam nur eine Kopie an. Inzwischen hatte der Antiquitätenexperte Bernhard Schuh, der hauptberuflich bei der Frankenthaler Schutzpolizei arbeitet, im Museum weitere Exponate entdeckt, die gegen Replikate ausgetauscht worden waren.

Frau Ministraw hatte vorhin in meinem Beisein ihren Bruder, der als Schwimmmeister im Strandbad arbeitet, verdächtigt, da er von ihr einen Schlüssel des Museums erhalten hatte. Bevor ich zu dem Strandbad fuhr, würde ich einen anderen Verdächtigen unter die Lupe nehmen: Bernhard Schuh, der Experte in Sachen Antiquitäten, hatte in meinen Augen viel zu schnell die ausgetauschten Museumsstücke identifiziert und überdurchschnittlich nervös erschien er mir auch. Einen Beamtenbonus hatte er bei mir nicht, denn es wäre nicht das erste Mal, dass ein Polizeibeamter in illegale Geschäfte verwickelt wäre. Da er sich längst verabschiedet hatte, beschloss ich, zu seiner Dienststelle zu fahren und ihn mit meinem Verdacht zu konfrontieren. Ich sagte Frau Ministraw zum Abschied, dass ich mir ihren Bruder wegen des Elefanten vorknöpfen würde. Dann ließ ich mir den Weg zur Polizeiinspektion erklären. Die sei nur 400 Meter von hier entfernt, meinte sie. Ich müsste nur dieser Straße nach Norden folgen, dann könnte ich die Polizei nicht verfehlen.

Mangels Parkplätzen und den horrenden Strafgebühren, wie ich in den letzten Tagen in der RHEINPFALZ gelesen hatte, beschloss ich, meinen Wagen stehen zu lassen und zur Inspektion zu laufen. Ganz so einfach war die Orientierung in Frankenthal für mich dann doch wieder nicht. Nach mehrmaligem Befragen von Passanten kam ich völlig erschöpft eine Stunde später dort an. »Zu

Herrn Schuh wollen Sie?«, fragte mich am Eingang ein Beamter, dem ich mich mittels Dienstausweis zu erkennen gab. »Der ist in einer Ermittlungssache im Erkenbert-Museum unterwegs«, sagte er mir.

»Eben nicht. Er ist längst weg.«

Der Beamte blickte in einen Kalender, dann lachte er kurz auf. »Tut mir leid, den Rest des Tages hat er frei. Wahrscheinlich probt er schon für seine große Rede im Congressforum Frankenthal.«

»Was? Herr Schuh ist Künstler?« Mir kam er eher bieder daher. Mein Gegenüber lachte. »Künstler ist er schon, aber keiner, der Lieder singt oder so etwas in der Art. Im ›Culinarium‹, das ist das Restaurant des Congressforums, gibt es heute Abend eine Vernissage. Fragen Sie mich aber nicht, worum es genau geht. Das ist nicht meine Welt.«

Ich verabschiedete mich und bemerkte, dass mein Plan, zur Polizeiinspektion zu laufen, einen entscheidenden Nachteil hatte: Ich musste auch wieder zurück. Verschweigen wir den Ablauf der nächsten Stunde, da sie zur Aufklärung der Tat nichts beitrug. Anschließend fuhr ich mit dem Dienstwagen zum Congressforum. Dank meinem Dienstausweis kam ich ungehindert ins »Culinarium«. Alle Tische waren festlich gedeckt und an einem saß tatsächlich Bernhard Schuh, der heftig erschrak, als er mich sah. »Herr Palzki, was machen Sie hier? Kommen Sie, wir gehen nach draußen, hier drin ist es so stickig.«

Selbstverständlich war mir sofort aufgefallen, wie auffällig unauffällig er versuchte, mich aus dem Gebäude zu bringen. Ich wollte ihm widersprechen und auf seine Ausstellung zu sprechen kommen, da kam eine Dame fast ganz in Rot in das ›Culinarium‹. Mit fast ganz in Rot meine ich rote Haare, rotes Kleid und grüne Schuhe. Na ja, über Geschmack ließ sich streiten. »Bernd, kommst du bitte mal mit in den Spiegelsaal? Eines der Bilder scheint nicht richtig zu hängen.« Der Antiquitätenexperte wurde nun ebenfalls knallrot. »Ich komme gleich«, antwortete er, »dauert nur ein paar Minuten.«

»Machen Sie sich doch keine Umstände, Herr Schuh. Ich gehe einfach mit Ihnen in den Spiegelsaal.« Ohne auf ihn zu achten, ging ich in Richtung des Veranstaltungssaals, der mit zahlreichen Stellwänden ausgestattet war, an denen, wenig verwunderlich, alte oder zumindest auf alt getrimmte Gemälde hingen. »Ich kann alles erklären«, meinte Bernhard Schuh. »Ich male Bilder alter Frankenthaler Künstler nach. Das sind natürlich alles Kopien.« Ich zeigte auf eines der Bilder. »Das sieht aus wie das Bild von diesem Schoubroeck. Ich glaube, eine Hausdurchsuchung bei Ihnen wäre dringend angesagt.« Schuh flennte mich an: »Ich habe mir das Original von Schoubroeck nur ausgeliehen, damit ich es in Ruhe abmalen kann. In der Zwischenzeit habe ich im Museum eine Schnellkopie an dessen Stelle gehängt. Mit den anderen Kopien habe ich nichts zu tun, das müssen Sie mir glauben, Herr Palzki.«

Was soll Palzki tun?

Möglichkeit 1: Eine Hausdurchsuchung bei Bernhard Schuh wird die anderen Originale und den Elefanten zum Vorschein bringen.

Möglichkeit 2: Der Schwimmmeister Fred könnte tatsächlich, wie von seiner Schwester behauptet, hinter den Replikaten stecken.

Möglichkeit 3: Palzki bemerkte im Spiegelsaal, wie die fast ganz rote Dame nach dem Geständnis Schuhs unauffällig einen großen Karton durch eine Tür in einen Nebenraum schob.

PALZKI-INTERAKTIV TEIL 7

PALZKI IN DER ERICH-PUTZ-ANLAGE

Es hätte so ein schöner Tag werden können.

Die Jagd nach dem Porzellanelefanten wurde immer konfuser. Nach dem Diebstahl im Erkenbert-Museum entlarvte ich zunächst eine Sammlerin, die der ehemaligen kommissarischen Leiterin des Museums wertvolle Ausstellungsstücke abkaufte, die diese gestohlen hatte. Danach entdeckte ich, dass weitere Exponate des Museums gegen Kopien ausgetauscht worden waren. Das Original eines Schoubroeck-Gemäldes konnte ich inzwischen auf einer Vernissage im Congressforum sicherstellen. Ausgerechnet ein Polizeibeamter, der Experte für Antiquitäten war, steckte dahinter. Wer die anderen Exponate gegen Replikate ausgetauscht hatte, das war nach wie vor ungeklärt. Genauso ungeklärt wie der Elefant aus kostbarem Frankenthaler Porzellan, der immer noch verschwunden war.

Während ich im Spiegelsaal des Congressforums den Polizeibeamten und Maler Bernhard Schuh befragte, sah ich, wie eine Frau versuchte, möglichst unauffällig einen größeren Karton aus dem Spiegelsaal, in dem die Gemäldeausstellung aufgebaut war, hinauszuschieben. Wenn die Dame mit ihren roten Haaren und dem knallroten Kleid sowie den grasgrünen Schuhen nicht so auffällig bekleidet gewesen wäre, hätte ich dies vielleicht gar nicht bemerkt.

Leider war es mir nicht vergönnt, ihr zu folgen, da im gleichen Moment Bernhard Schuhs Kollegen kamen und zwar aus dienstlichen Gründen. Bis alles besprochen und die Ausstellung vorläufig beschlagnahmt war, konnte ich die fast ganz rote Frau nicht mehr finden. Bernhard Schuh verriet mir allerdings, dass sie Bettina Tolvaj hieß und für die Organisation der Stellwände zuständig war. Mittels Rückfrage bei den anwesenden Kollegen konnte ich innerhalb weniger Minuten ihre Adresse im Frankenthaler Norden in Erfahrung bringen. Um keine Zeit zu verlieren, benutzte ich mit Erfolg das Navi. Nachdem ich eine Weile an der Tür der Doppelhaushälfte geklingelt hatte, kam eine Nachbarin heraus. »Die Bettina ist vor fünf Minuten weggefahren«, sagte sie. Prima, dachte ich. »Wissen Sie, wo sie hingefahren ist?« Das Kennzeichen und den Fahrzeugtyp hatten die Frankenthaler Kollegen für mich ebenfalls recherchiert. »Na klar, sie ist zur Erich-Putz-Anlage gefahren. Seit Kurzem ist sie ehrenamtlich für den Tierschutzverein tätig, der dort ein Gelände gepachtet hat.«

Um nicht als unwissend dazustehen, bedankte ich mich und rief auf der Polizeiinspektion an, als ich im

Wagen saß. Die Kollegen erklärten mir zwar, dass sich die Erich-Putz-Anlage am südöstlichsten Ende von Frankenthal in der Nähe der Isenach befindet, die komplizierte Wegbeschreibung ließ allerdings Übles ahnen. Der Beamte sagte mir noch, dass dort auf dem Gelände die Stadtwerke einen Ranneybrunnen betrieben, wenn er nicht inzwischen stillgelegt war. Diese Informationen halfen mir nicht im Geringsten, die Anlage zu finden. Ich kurvte eine Zeit lang auf freiem Feld zwischen Äckern herum und musste zigmal nachfragen, bis ich das umzäunte Gelände fand, das mit einem Wäldchen und viel Buschwerk zwischen den Äckern wie eine Oase aussah.

Neben dem Gittertor entdeckte ich den Wagen von Bettina Tolvaj. Ich parkte daneben und stellte fest, dass das Tor nur angelehnt war. Ich wusste es zwar nicht mit Gewissheit, doch ich hoffte, dass der Tierschutzverein auf diesem Gelände kein freilaufendes Großwild wie Löwen oder Tiger besaß. Insgesamt sah es ziemlich naturbelassen aus, Gärtnerarbeiten wurden hier wahrscheinlich auf das Allernötigste beschränkt. Nach wenigen Metern entdeckte ich in der Mitte des Geländes einen großen Pavillon, der irgendwie nostalgisch auf mich wirkte. Solch ein Bauwerk hätte ich hier nie und nimmer vermutet. Vor mir öffnete sich die Tür und meine Zielperson, die sich inzwischen umgezogen hatte, kam heraus.

»Wa..., äh, was wollen Sie hier?«, fragte sie schockiert. »Unbefugte haben keinen Zugang.« Im selben Augenblick erkannte sie mich. »Sie waren doch vorhin im Congressforum?«, fragte sie.

Ich nickte. »Genauso wie Sie. Mich würde brennend interessieren, was Sie in dem Karton versteckt haben.«

»In welchem Karton?«, fragte sie sofort zurück.

»Darf ich mir den Pavillon von innen anschauen?« Viel zu schnell nickte sie, hier war ich wohl auf der falschen Fährte. Im Pavillon war ein Kran montiert. Auf dem Boden entdeckte ich große Metallplatten. Darunter musste sich der Brunnen befinden. Ich durchsuchte kurz das Inventar, das hauptsächlich aus alten Möbeln und Krimskrams bestand. »Na, sind Sie jetzt zufrieden?«

»Nicht ganz«, antwortete ich. »Einen Blick in den Kofferraum Ihres Wagens sollten wir noch riskieren.«

An ihrer Reaktion erkannte ich, dass ich richtiglag. Sie wehrte sich und wollte ihren Anwalt anrufen, doch vergebens. Schließlich gab sie auf und öffnete den Kofferraum. In dem mir bekannten Karton lagen ein halbes Dutzend Porzellanfiguren. Keine sah einem Elefanten nur halbwegs ähnlich. Ich hob eine der Figuren heraus und entdeckte auf Anhieb den Aufkleber »Made in Taiwan«.

»Jetzt bin ich aber gespannt«, sagte ich zu Frau Tolvaj, die sich entschlossen hatte, zu gestehen.

»Ich habe herausgefunden, dass Bernhard Schuh ein Gemälde des Museums ausgetauscht hat. Nun wollte ich ihn erpressen, dass er für mich diese Porzellanfiguren austauscht. Die Originale hätte ich dann an eine Sammlerin verkauft. Mit dem Elefanten habe ich aber nichts zu tun!«

Was soll Palzki tun?

Möglichkeit 1: Eine Hausdurchsuchung bei Bettina Tolvaj wird den Elefanten zum Vorschein bringen.

Möglichkeit 2: Der Schwimmmeister Fred könnte tatsächlich, wie von seiner Schwester Kriemhilde behauptet, hinter den Replikaten stecken.

Möglichkeit 3: Bernhard Schuh, der Polizist, Antiquitätenexperte und Maler, ist immer noch Palzkis Verdächtiger Nummer 1.

PALZKI-INTERAKTIV TEIL 8

PALZKI IN DER PETERSAU

Es hätte so ein schöner Tag werden können.

Wahnsinn, wie viele Gauner es in Frankenthal gab. Egal, wen ich in den letzten Tagen verdächtigt hatte, einen Porzellanelefanten aus dem Erkenbert-Museum gestohlen zu haben, in jedem Fall hatte er beziehungsweise sie Dreck am Stecken, was jeweils zu weiteren Ermittlungen führte.

Fast konnte man es als Wunder bezeichnen, dass es im Frankenthaler Erkenbert-Museum vermutlich doch noch ein paar wenige Originale gab, die bisher nicht durch Replikate ersetzt worden waren. In der vorderpfälzischen kreisfreien Stadt schien sich ein großer Kunsthandel etabliert zu haben, der mit gestohlenen Ausstellungsstücken dealte. Im Moment war ich mir unsicher, ob ich alle Akteure ermittelt hatte oder nur die Spitze des Eisbergs.

Das Original eines Schoubroeck-Gemäldes, das ich ausgerechnet auf der Vernissage eines Berufskollegen sicherstellen konnte, führte mich zu Bettina Tolvaj, bei der ich aber nur einen Karton mit Kopien von Porzellanfiguren fand. Damit wollte sie den Maler, Antiquitätenexperten und Polizeibeamten Bernhard Schuh erpressen. Dies war zwar ebenfalls nicht legal, eine Spur des Elefanten hatte ich aber immer noch nicht.

Ich erinnerte mich an die inzwischen freigestellte kommissarische Museumsleiterin Frau Doktor Ministraw, die ihren Bruder verdächtigte, den Elefanten ausgetauscht zu haben.

Dieser Bruder, der nach ihren Angaben Fred hieß, arbeitete als Schwimmmeister im Strandbad, wo ich ihn zusammen mit seiner Schwester vor ein paar Tagen observierte. Dieses Mal fuhr ich in offizieller Mission hin, den Weg kannte ich auch noch. »Zu wem wollen Sie?«, fragte mich die Dame am Kassenhäuschen.

»Zu Fred Ministraw«, antwortete ich.

»Kenne ich nicht«, war die Antwort.

»Aber der soll doch hier als Schwimmmeister arbeiten.«

Die Dame schaute mich verwirrt an, dann hatte sie eine Idee. »Meinen Sie vielleicht Fred Nager? Der ist Schwimmmeister.« Ich erkannte meinen Irrtum. Geschwister mussten nicht zwangsläufig den gleichen Nachnamen haben. Wahrscheinlich war Ministraw verheiratet. »Genau, den suche ich.«

»Der hat heute aber frei.« Um meinen nächsten

Wunsch etwas verbindlicher werden zu lassen, zückte ich meinen Dienstausweis. »Und wo wohnt er?« Die Kassendame zuckte kurz zusammen. »Zu Hause werden Sie ihn nicht finden, der ist mittags immer mit seinen Hunden in der Petersau. Hat er was ausgefressen?« Ich ließ die neugierige Frage unbeantwortet und verabschiedete mich. Schon wieder stand mir eine Fahrt ans andere Ende von Frankenthal bevor.

Nachdem ich nach einer Weile den Weg auf die B9 gefunden hatte, war alles recht einfach. Kurz nach der A6 kam ich an die mir bekannte Abbiegung, wo es links zum Silbersee ging. Nun nahm ich die rechte Abfahrt und fuhr, immer Ausschau nach dem Schwimmmeister haltend, im Schritttempo an der Chipsfabrik Intersnak, am Hofgut Petersau und der Reitanlage Carlo Opel vorbei. An einem beinahe kreisrund angelegten Parkplatz stutzte ich: Dort parkte der Wagen der Rentnerin Regina Renz. Die Kajakfahrerin war mir bekannt. Sie war als Kunstsammlerin eine der »Kundinnen« von Doktor Ministraw. Stand ich nun kurz vor der Aufklärung des Diebstahls? Länger konnte ich darüber nicht nachdenken, denn ich sah, dass die Rentnerin in ihrem Auto saß. Ich fuhr ein paar Meter weiter, sodass sie mich nicht im Blickfeld hatte. Eine Viertelstunde später, so langsam wurde ich ungeduldig, kam der Schwimmmeister Fred Nager mit seinen beiden Dalmatinern in unsere Richtung gelaufen. Sein Wagen stand direkt neben dem Wagen von Regina Renz, was mich mehr als verwunderte. Ich wurde Zeuge, wie Regina Renz ausstieg und den Schwimmmeister herzlichst begrüßte. Jetzt war es Zeit, den beiden meine Aufwartung zu machen. Gerade als ich ausstieg, öffnete sie ihren Kofferraum. Während sich die beiden über den Kofferraum beugten, sprach ich sie von hinten an. »Na, mal wieder auf Elefantenjagd?«

»Haben Sie mich erschreckt, Herr Palzki!«, schnaufte Frau Renz nach mehreren Schrecksekunden. »Was machen Sie hier, Herr Palzki?«

»Ach, ich mache nur einen Spaziergang.« Da Fred Nager wissen wollte, wer ich war, erklärte ich ihm die Sachlage. »Auch Ihnen, Herr Nager, wird in den nächsten Tagen eine Befragung bevorstehen«, sagte ich zu ihm und schaute gleichzeitig zu den Hunden, die aber friedlich auf dem Boden saßen. »Irgendwo muss der Elefant ja sein.«

»Ich habe ihn nicht«, verteidigte sich Nager. »Ich war nur der Überbringer.« Ich ging nicht näher auf das Thema ein. »Was haben Sie denn da Schönes in dem Karton, Frau Renz?« Bevor die beiden reagieren konnten, hob ich eine der Laschen hoch und starrte auf – Kriminalromane. Selten muss ich so belämmert ausgesehen haben. Die Rentnerin lachte und zog einen Pfalzkrimi aus dem Karton. »Herr Nager und ich tauschen regelmäßig unsere Lektüre aus. Wir sind beide Krimileser aus Passion.« Sie schaute mich an. »Oder ist das verboten, Herr Palzki?«

Was soll Palzki tun?

Möglichkeit 1: Bestimmt sind die Krimis nur eine oberflächliche Tarnung. Weiter unten im Karton dürfte es interessanter werden.

Möglichkeit 2: Dass der Schwimmmeister Fred Nager die Kunstsammlerin Regina Renz kennt, die von seiner Schwester Museumsstücke erworben hat, muss etwas zu bedeuten haben. Nager ist Verdächtiger Nummer 1.

Möglichkeit 3: Hier ist Palzki auf der falschen Fährte. Nach wie vor dürfte Bernhard Schuh, der Polizist, Antiquitätenexperte und Maler der vielversprechendste Verdächtige sein.

PALZKI-INTERAKTIV TEIL 9

PALZKI BEI KARTOFFEL-KUHN

Es hätte so ein schöner Tag werden können.

So etwas war mir bisher noch nie passiert. Nach langen und komplizierten Ermittlungen hatte ich endlich einen Verdächtigen gefunden, doch dann stellte sich dieser als unschuldig heraus. Frau Doktor Ministraw, die ehemalige kommissarische Leiterin des Enkenbert-Museums, hatte ihren Bruder Fred Nager bezichtigt, den Elefanten aus wertvollem Frankenthaler Porzellan gegen ein billiges Replikat ausgetauscht zu haben. Wie ich vorhin in der Petersau feststellen musste, tauschte er mit der Antiquitätensammlerin Regina Renz allerdings keine illegalen Ausstellungsstücke, sondern nur billige Kriminalromane.

Inzwischen hatte ich zwar viele weitere Personen identifiziert, die an ungesetzlichen Machenschaften beteiligt waren, das Original des Elefanten war aber noch nicht wieder aufgetaucht. War mir der Täter vielleicht immer einen Schritt voraus? Oder wusste er sogar, was ich tat, und konnte sich darauf einstellen? Wenn das so wäre, hätte die Frankenthaler Polizei einen Maulwurf in ihrer Dienststelle sitzen. In diesem Zusammenhang ging mir immer noch Bernhard Schuh durch den Kopf, denn als Polizist, Antiquitätenexperte und Maler hatte er durchaus günstige Voraussetzungen für den Diebstahl des Elefanten.

Ich beschloss, meinem Kollegen eine Falle zu stellen, und fuhr zur Polizeiinspektion Frankenthal, die ich dieses Mal wesentlich schneller fand. Leider war Bernhard Schuh nicht im Dienst, wie ich dort erfuhr. Da ich einen dienstlichen Grund belegen konnte, durfte ich ihn zu Hause anrufen. »Hallo, Herr Schuh«, begrüßte ich den Antiquitätenexperten, nachdem er sich gemeldet hatte.

»Herr Palzki, jagen Sie immer noch den verschwundenen Elefanten?«

»Ja«, bestätigte ich ihm.

»Tut mir leid, dass ich Ihnen nicht weiterhelfen kann. Alles, was ich weiß, habe ich erzählt.« Jetzt war es Zeit für meinen Bluff. »Ich weiß alles, Herr Schuh. Es war einfach, es herauszufinden.«

»Wie, äh, wie, Sie wissen alles? Was, äh, meinen Sie damit?«, stotterte er herum.

»Eben alles«, antwortete ich. »Ich meine damit nicht nur Ihre Bilder.«

Bernhard Schuh war für einen Moment still. »Ja, wenn das so ist«, meinte er schließlich, »dann muss ich wohl alle Karten offenlegen. Können Sie um 20.00 Uhr bei Kartoffel-Kuhn sein? Ich erkläre Ihnen den Weg.«

Da ich erst kürzlich wegen einer anderen Ermittlung in dem riesengroßen Abpackbetrieb zu tun hatte, antwortete ich: »Ich kenne das Unternehmen. Ich werde pünktlich sein.«

Die aus großer Entfernung erkennbaren Hallen des Unternehmens Kartoffel-Kuhn standen neben der Landstraße zwischen dem Oggersheimer Gewerbegebiet westlich der B9 und Maxdorf. Es lag auf der südlichsten Gemarkungsecke des Frankenthaler Ortsteils Eppstein.

Normalerweise hätte mich die späte Uhrzeit stutzig machen müssen, doch da dachte ich noch nicht an eine gefährliche Situation. Die Dämmerung hatte eingesetzt, als ich das Firmengelände betrat. Nur ein paar Fahrzeuge standen auf dem Parkplatz, das Tagesgeschäft schien erledigt zu sein.

Vor dem Verwaltungseingang stand rauchend eine Frau. »Sind Sie Herr Palzki?«, fragte sie, während sie die Zigarette austrat. Nach meinem Nicken zeigte sie auf den Eingang. »Mein Name ist Dorothea Terpomo. Bernhard Schuh wartet drinnen auf uns.« Wir gingen durch den Verwaltungstrakt, in dem tatsächlich noch zwei Angestellte arbeiteten. Nach einer Feuerschutztür standen wir in einer Halle enormen Ausmaßes, die mit Maschinen, Rohren, Leitungen und unendlich vielen Laufbändern bestückt war. »Lassen Sie uns diese Treppe nach oben gehen, dort wartet Bernhard auf uns.« Die Halle war menschenleer und fast alle Laufbänder standen still. »Passen Sie auf Ihren Kopf auf«, rief Frau Terpomo, als über uns ein großer Metallschlitten wie ein Ufo hinwegschwebte. So langsam wurde mir mulmig zumute. An einer Sortieranlage stießen wir endlich auf

Bernhard Schuh, der mich grimmig anschaute. »Keiner meiner Frankenthaler Kollegen hat bisher mein Geheimnis entdeckt. Und nun kommen Sie daher.« Er zeigte nach unten. »Dort werden die Grumbeeren verpackt. Kommen Sie, ich zeige Ihnen etwas Besonderes.« Aus Sicherheitsgründen ließ ich die beiden vorgehen. Ein kleiner Schubs und ich würde wahrscheinlich auf einem Laufband landen, das in einem elektrischen Hackwerk mündete. Was wollte mir Bernhard Schuh zeigen? Drogen? Oder doch noch den Elefanten? Ich war sehr gespannt. Meine beiden Führer blieben bei einer Abpackstation stehen. »Hier werden meine Allians verpackt«, erklärte er stolz.

»Allianz? Sie haben eine Versicherung?«

Schuh lachte. »Allians mit ›s‹. Das ist eine sehr wohlschmeckende Kartoffelsorte, sie wird nur selten angebaut.«

»Aha«, sagte ich, mehr nicht. Schuh erklärte mir alles. »Ich habe vor zwei Jahren ein paar Hektar Äcker geerbt. Dort baue ich als Nebenerwerbsbauer die Allians-Kartoffel an. Meinem Dienstherrn habe ich das aber nicht gemeldet.«

Mist, wieder einmal war ich auf der falschen Fährte. Oder doch nicht?

Was soll Palzki tun?

Möglichkeit 1: Bernhard Schuh hat Palzki eine Lügengeschichte erzählt, um von dem Elefanten abzulenken.

Möglichkeit 2: Dorothea Terpomo hat sich sehr verdächtig benommen. Hier soll Palzki genauer hinschauen.

Möglichkeit 3: Es nützt alles nichts, Palzki muss noch mal ins Museum. Nur dort kann er das Geheimnis um den gestohlenen Elefanten lüften.

PALZKI-INTERAKTIV TEIL 10

PALZKI IM RATHAUS

Es hätte so ein schöner Tag werden können.

So langsam bekam ich Ärger mit KPD, wie wir auf unserer Dienststelle den Leiter Klaus P. Diefenbach nannten. Ich sei unfähig, selbst so einen kleinen Diebstahl wie den eines Porzellanelefanten aufzuklären. Nur noch bis heute Abend gab er mir Zeit, das verschwundene Museumsstück zu finden, ansonsten würde er seine eigene geballte Kompetenz einbringen und den Fall sicherlich in kürzester Zeit lösen.

Dass er den Fall selbst lösen würde, daran glaubte ich nicht, denn außer Einbildung und Größenwahn hatte unser Chef keinerlei Kompetenzen in Ermittlungsdingen. Am meisten ärgerte mich, dass meine sonstigen Ermittlungsergebnisse nicht gewürdigt wurden. Auch wenn es mit der Wiederbeschaffung des Elefanten bis jetzt nicht geklappt hatte, so hatte ich dennoch als Beifang die gefühlt halbe Einwohnerschaft von Frankenthal irgendwelcher krimineller Machenschaften überführt.

Frustriert fuhr ich noch einmal zum Erkenbert-Museum, wo alles begonnen hatte. Ich schlich durch die einzelnen Räume und ließ den bisherigen Fall gedanklich Revue passieren. Angefangen hatte alles drüben im Rathaus. Aus einer Vitrine im Obergeschoss wurde der Elefant aus wertvollem Frankenthaler Porzellan gestohlen. Der Diebstahl war im Prinzip aufgeklärt. Die ehemalige kommissarische Leiterin Doktor Ministraw des Erkenbert-Museums hatte inzwischen gestanden, den Elefanten aus der Vitrine gestohlen und einer Sammlerin verkauft zu haben. Nur zu dumm, dass bei der Sammlerin kein Original, sondern lediglich eine billige Replik ankam. Plötzlich hatte ich einen Geistesblitz. Was, wenn der Elefant bereits früher ausgetauscht wurde? Ich musste zum Rathaus, um diese Idee weiterzuverfolgen.

Vor der Vitrine, die inzwischen repariert worden war, fand ich Ute Histor, die Schatzmeisterin des Altertumsvereins. »Hallo, Herr Palzki«, begrüßte sie mich. »Konnten Sie inzwischen den Diebstahl aufklären? Die Versicherung weigert sich, den Schaden zu übernehmen, weil angeblich die Alarmanlage ausgeschaltet war. Vom ideellen Wert des Ausstellungsstückes ganz zu schweigen.«

Ich setzte alles auf eine Karte. »Soviel ich weiß, sind Sie eine der Personen, die einen Schlüssel zur Vitrine haben.«

»Na und?«, antwortete sie schnippisch. »Die Vitrine wurde aufgebrochen. Warum hätte ich das tun sollen, wenn ich einen Schlüssel habe?«

»Vielleicht haben *Sie* die Figur vor dem Diebstahl ausgetauscht?«

Ute Histor bekam einen roten Kopf. »Ich habe damit nichts zu tun, basta!« Sie drehte sich um und nahm wütend die Treppe ins Erdgeschoss.

Ich sah, wie sich neben der Vitrine eine Tür öffnete. Als ich die Person erkannte, dachte ich für einen Moment zu träumen. Jacques Bosco kam auf mich zu. Jacques, einer der letzten Allgemeingelehrten der Menschheit und Erfinder, der oft genug Dinge erfand, für die die Menschen noch nicht reif waren. Schon mehrfach hatte er mir mit einer seiner genialen Erfindungen geholfen, Verbrecher zu überführen.

»Jacques? Was machst *du* hier?«, fragte ich verblüfft.

Der Erfinder lächelte. »Oh hallo, Reiner, ich wusste gar nicht, dass du in Frankenthal bist. In den letzten Tagen war ich fast ohne Pause in diesem Labor, das mir freundlicherweise der Bürgermeister Löwenapfel zur Verfügung gestellt hat. Nicht einmal zum Zeitunglesen bin ich gekommen. Und was machst du hier?«

Mir standen die Fragezeichen im Gesicht geschrieben. Ein Labor im Frankenthaler Rathaus? Jacques in einem Raum neben der Vitrine? »Hast du mitbekommen, wie diese Vitrine aufgebrochen wurde?«, fragte ich meinen Freund, den ich seit Kindheitstagen kannte. »Nur am Rande, ich habe wenig Zeit. Willst du mal einen Blick in mein Labor werfen?« Natürlich wollte ich. Wie ein Labor sah der Büroraum nicht aus. Trotzdem standen ein paar seltsame Geräte herum. In einem Kasten, der entfernt einem Mikrowellenherd ähnelte, entdeckte ich den gesuchten Porzellanelefanten. »*Du*?«, fragte ich verwirrt. »*Du* hast den Elefanten gestohlen?«

Auch Jacques wirkte verwirrt. »Gestohlen? Wieso

sollte ich das tun? Ich habe die Figur nur für kurze Zeit ausgetauscht, damit ich meine Tests machen kann. Danach kommt sie zurück in die Vitrine.«

Mir fiel es wie Schuppen von den Augen. Mein Freund Jacques hatte, aus welchem Grund auch immer, den Elefanten ausgetauscht. Just in dieser Zeit wurde dann die Kopie gestohlen. »Und wer hat dir das erlaubt?«

»Na, der Bürgermeister natürlich. Mit seiner Erlaubnis versuche ich, mit einer zerstörungsfreien Methode herauszufinden, ob in diesem Elefanten ein wertvolles Amulett von Carl Theodor enthalten ist. Es gibt da ein paar literarische Hinweise, doch gefunden hat man es bis jetzt noch nicht.« Nun musste ich mich erst mal setzen. Da war ich tagelang durch das komplette Frankenthaler Stadtgebiet gefahren, um dann am Ende den Elefanten nur wenige Meter neben der Vitrine zu finden. Nun wusste ich auch, warum der Bürgermeister Löwenapfel bei meinem ersten Besuch so seltsam reagiert hatte. Er wusste zwar Bescheid, dass das Original nicht in der Vitrine gestanden hatte, von der aufgebrochenen Vitrine und dem Diebstahl wusste er allerdings nichts.

*Weitere Titel finden Sie auf den
folgenden Seiten und im Internet:*
WWW.GMEINER-SPANNUNG.DE

Hauptkommissar Palzki ermittelt:

1. Fall: Ernteopfer
ISBN 978-3-89977-748-2

2. Fall: Schwarzkittel
ISBN 978-3-89977-804-5

3. Fall: Erfindergeist
ISBN 978-3-8392-1009-3

4. Fall: Wassergeld
ISBN 978-3-8392-1062-8

5. Fall: Räuberbier
ISBN 978-3-8392-1129-8

6. Fall: Blutbahn
ISBN 978-3-8392-1240-0

7. Fall: Pilgerspuren
ISBN 978-3-8392-1318-6

8. Fall: Künstlerpech
ISBN 978-3-8392-1384-1

9. Fall: Ahnenfluch
ISBN 978-3-8392-1437-4

10. Fall: Tote Beete
ISBN 978-3-8392-1538-8

11. Fall: Weinrausch
ISBN 978-3-8392-1686-6

12. Fall: Sagenreich
ISBN 978-3-8392-1743-6

13. Fall: Mordsgrumbeere
ISBN 978-3-8392-1925-6

14. Fall: Parkverbot
ISBN 978-3-8392-2049-8

15. Fall: Hambacher Frühling
ISBN 978-3-8392-2215-7

16. Fall: Pfälzer Eisfeuer
ISBN 978-3-8392-2328-4

17. Fall: Ein Mörder aus Kurpfalz
ISBN 978-3-8392-2419-9

18. Fall: Festakt
ISBN 978-3-8392-2571-4

19. Fall: Pfälzer Bausünden
ISBN 978-3-8392-2747-3

20. Fall: Das letzte Mahl
ISBN 978-3-8392-2803-6

21. Fall: Ordentlich gemordet
ISBN 978-3-8392-0068-1

22. Fall: Der Bibel-Code
ISBN 978-3-8392-0243-2

Alle Bücher von Harald Schneider finden Sie unter www.gmeiner-verlag.de

GMEINER SPANNUNG

WWW.GMEINER-VERLAG.DE
Wir machen's spannend

Daniel Izquierdo-Hänni
Mörderische Hitze
Kriminalroman
249 Seiten, 13,5 x 21 cm,
Premium-Klappenbroschur
ISBN 978-3-8392-0287-6
€ 14,00 [D] / € 14,40 [A]

Nach einem traumatischen Fall hat Vicente Alapont seinen Job als Inspektor bei der Mordkommission der Policía Nacional an den Nagel gehängt und fährt jetzt in seiner Heimatstadt Valencia Taxi. Als sich einer seiner Stammgäste das Leben genommen haben soll, will er dies nicht glauben und fängt an, auf eigene Faust zu ermitteln. Rasch zieht eine alteingesessene Winzerfamilie Alaponts Aufmerksamkeit auf sich. Doch kann er seinem wiedergewonnenen Spürsinn trauen?

GMEINER SPANNUNG

WWW.GMEINER-VERLAG.DE
Wir machen's spannend

Andy Neumann
Zehn
Thriller
384 Seiten
12,5 x 20,5 cm, Paperback
ISBN 978-3-8392-0318-7
€ 12,00 [D] / € 12,40 [A]

»Er starrte träumerisch aufs Wasser und versenkte sich ein weiteres Mal in die Gewissheit, ein Leben ausgelöscht zu haben. Ihm war endgültig klar, dass es seine Bestimmung war. Sein Schicksal!«

Jahrelang zieht ein Serienmörder eine Blutspur durch Deutschland. Seine Taten haben nur eines gemeinsam: Sie sind nicht aufzuklären. Es gibt kein Muster, keine Zeugen, kein erkennbares Motiv, keine Verbindung zwischen den Opfern. Die Mordkommission ist hilflos. Kann der Journalist Niessen den Mörder stoppen? Sein Instinkt führt ihn auf einen Kreuzzug, an dessen Ende die Story seines Lebens wartet – oder der Tod.

GMEINER SPANNUNG

WWW.GMEINER-VERLAG.DE
Wir machen's spannend

Carlos Ávila de Borba
**Commissario Conti
und der Tote im See**
Kriminalroman
315 Seiten, 13,5 x 21 cm,
Premium-Klappenbroschur
ISBN 978-3-8392-0241-8
€ 17,00 [D] / € 17,50 [A]

Während einer morgendlichen Bootsfahrt zur
Isola del Garda entdeckt eine Familie einen unter
der Wasseroberfläche treibenden Körper. Offenbar handelt es sich bei dem Toten um einen Ranger
aus Tignale, der im Naturpark Gardasena arbeitete.
Zur gleichen Zeit wird am Brenner ein Transporter
kontrolliert, der illegal eine riesige Trüffelmenge
nach München liefern soll. Luca Conti, der gerade
seinen letzten Lehrgang zum Kommissaranwärter
absolviert, glaubt an eine Verbindung zwischen den
Fällen und beginnt auf eigene Faust zu ermitteln …

GMEINER SPANNUNG

WWW.GMEINER-VERLAG.DE
Wir machen's spannend

Norbert Klugmann
**Bitte parken Sie nicht
in unserem Schaufenster**
Roman
283 Seiten
12,5 x 20,5 cm, Paperback
ISBN 978-3-8392-0237-1
€ 14,00 [D] / € 14,40 [A]

Dutzende Male kam es in der Waitzstraße zu spektakulären Unfällen beim Ein- und Ausparken. Fast immer saß ein betagter Mensch am Steuer, der nächste Crash liegt stets in der Luft. Er rauscht in ein Schaufenster oder prallt gegen eine Hauswand. Alle Schutzmaßnahmen versagen.

Doch dann der Bums in Poppenbüttel. Ein Pensionär im SUV brettert in den Eingang eines Kaufhauses. Konkurrenz für Othmarschen! Was die im wilden Westen können, können sie in Poppenbüttel auch. Von wegen »gebrechliche Senioren« – mit den mobilen Rentnern muss man jederzeit rechnen.

GMEINER SPANNUNG

WWW.GMEINER-VERLAG.DE
Wir machen's spannend

DIE NEUEN Lieblingsplätze

ISBN 978-3-8392-0154-1 — AM INN
ISBN 978-3-8392-2730-5 — AUGSBURG UND BAYERISCH-SCHWABEN
ISBN 978-3-8392-0155-8 — FÜNFSEENLAND
ISBN 978-3-8392-0158-9 — HARZ

ISBN 978-3-8392-0160-2 — mit Hund NORDSEEKÜSTE NIEDERSACHSEN
ISBN 978-3-8392-0159-6 — LÜNEBURGER HEIDE
ISBN 978-3-8392-0161-9 — NIEDERRHEIN
ISBN 978-3-8392-0163-3 — OSTSEE MECKLENBURG-VORPOMMERN

ISBN 978-3-8392-0164-0 — OSTSEE SCHLESWIG-HOLSTEIN
ISBN 978-3-8392-2626-1 — SACHSEN
ISBN 978-3-8392-0156-5 — für Senioren BODENSEE
ISBN 978-3-8392-0157-2 — für Senioren NORDSEE SCHLESWIG-HOLSTEIN

ISBN 978-3-8392-0166-4 — SÜDLICHE WEINSTRASSE UND PFÄLZERWALD
ISBN 978-3-8392-0166-4 — SÜDTIROL
ISBN 978-3-8392-2838-8 — USEDOM
ISBN 978-3-8392-0168-8 — WIESBADEN RHEIN-TAUNUS RHEINGAU

GMEINER KULTUR

WWW.GMEINER-VERLAG.DE
Mensch, Kultur, Region